rororo

rororo

LAURIE R. KING
wuchs in San Francisco auf und bereiste mit ihrem Mann zwanzig Länder und fünf Kontinente. Die Autorin lebt heute mit ihrer Familie in Watsonville, Kalifornien.

Der erste Band der Kate-Martinelli-Krimireihe «Die Farbe des Todes» erschien ebenfalls als rororo-Taschenbuch (Nr. 22 204).

Außerdem als rororo-Taschenbuch erhältlich: Laurie R. Kings historische Mary-Russell-Krimis: «Die Gehilfin des Bienenzüchters» (Nr. 13 885), «Tödliches Testament» (Nr. 13 889), «Die Apostelin» (Nr. 22 182)

LAURIE R. KING

Die Maske des Narren

Thriller

Deutsch von Ute Tanner

Rowohlt Taschenbuch Verlag

2. Auflage März 2001

Deutsche Erstausgabe
Veröffentlicht im Rowohlt Taschenbuch Verlag
GmbH, Reinbek bei Hamburg, August 1998

Gesamtherstellung Clausen & Bosse, Leck
Printed in Germany
ISBN 3 499 22205 1

Gewidmet dem Träger des so passenden Namens Nathanael Wayland, angelsächsischer Zauberer und einziger Mensch in der Bibel, der jemals einen Witz gemacht hat.

Es wäre müßig zu leugnen, daß die Städte San Francisco und Berkeley, die University of California und die Graduate Theological Union *(in aeternum floreant)* tatsächlich existieren und einige Ähnlichkeit mit ihren Entsprechungen in diesem Roman haben. Um so wichtiger ist es mir, dem Leser zu versichern, daß im Gegensatz zu diesen Institutionen aus Stein und Glas die auf diesen Seiten geschilderten Persönlichkeiten – Seminaristen, Dekane, Polizeibeamte, Wohnsitzlose – sowie die moderne internationale Narrenbewegung in der hier beschriebenen Form Phantasiegebilde der Autorin sind.
Mit einer Ausnahme vielleicht.

« Der Bursch ist klug genug, den Narrn zu spielen;
Und das geschickt thun, fordert ein'gen Witz.
Die Laune derer, über die er scherzt,
Die Zeiten und Personen muß er kennen
Und wie der Falk auf jede Feder schießen,
Die ihm vors Auge kommt. Dies ist ein Handwerk,
So voll von Arbeit als des Weisen Kunst.»

(William Shakespeare, *Twelfth Night*)

1 Bruder Feuer

Dichter Nebel lag über San Francisco, als die Obdachlosen sich im Park sammelten, um Theophilus zu verbrennen.

Bruder Erasmus hatte den Platz bestimmt: das kleine Baseballspielfeld im westlichen Teil des Golden Gate Park. Unter den Männern und Frauen, die dort zusammenkamen, begriffen nur wenige die makabre Ironie dieser Platzwahl, die darin bestand, daß die Stelle in unmittelbarer Nähe der Grillplätze lag. Diese wenigen fragten sich, ob Bruder Erasmus damit eine bestimmte Absicht verfolgte. Sein Stil war es allemal.

Der erste Parkbewohner, der an diesem feuchtgrauen Januarmorgen aufwachte, war Harry. Es war wie immer ein jähes Erwachen, eine erbarmungslose Vertreibung aus dem Schlaf durch die Geister, die in seinem Kopf hausten. Eben noch schnarchte er friedlich, gleich darauf schnaubte er, kämpfte kurz mit dem Schlafsack, der ihn an Händen und Füßen gefesselt hielt, warf ihn ab und stürzte in blinder Panik durchs Gebüsch. Nach fünf, sechs Schritten kam sein Gehirn in Gang, nach drei weiteren blieb er stehen, krümmte sich hustend und kehrte zu seinem Lager unter den Rhododendronbüschen zurück. Gewissenhaft verstaute er die wenigen Habseligkeiten, an denen sein Herz hing, in seiner Leinentasche: das Foto seiner Frau und seines toten Sohnes aus dem Jahr 1959, ein kleines, abgegriffenes Buch, einen Rosenkranz, die schöne Wolldecke, die ein guter Mensch ordentlich gefaltet auf der Vortreppe seines Hauses hatte liegenlassen (und die geradezu auf Harry zu warten schien). Dann hielt er inne, machte die Tasche wieder auf und kramte mit einer Hand in ihren Tiefen herum. Endlich bekam er den Streifen Stoff zu fassen, den er gesucht hatte, und zog ihn heraus. Es war ein schmuddeliger Seidenschlips mit einem grellen, psychedelischen Muster aus den Sechzigern, das den Augen weh tat. Er legte sich den Schlips um den Hals, zog und zerrte, bis die Enden vorn gleich lang waren, und begann mit zwei linken Händen den Knoten zu binden. Als der Seidenstoff ihm zum drittenmal durch die Finger rutschte, fluchte er, sah sich schuldbewußt um und wandte sich dann wieder seinem ungewohnten Geschäft zu. Der fünfte Versuch gelang. Er zog den Knoten unter den Kragen seiner zwei Hemden fest, überlegte einen Augenblick und griff erneut in die Tasche. Diesmal verschwand sein Arm nur bis zum Ellbogen und kam mit einem Kamm wieder zum Vorschein, der ebenso grellfarbig und fast ebenso alt wie der Schlips war und nur noch wenige Zähne hatte. Mit dem Kamm brachte er sein dünnes Haar in Ordnung, spuckte in die Hände und strich noch einmal glättend darüber. Schwungvoll wie ein Investmentbanker rückte er den zerknautschten Schlips zurecht und machte die Tasche endgültig zu.

Harry warf einen letzten Blick auf sein Höhlenlager im Gebüsch, schwang sich die Tasche über die rechte Schulter und arbeitete sich bis zur Lichtung vor. Ein letztes Mal hielt er inne, um sich die drei dürren Äste zu greifen, die er am Vorabend an einen Baum gelehnt hatte; dann ging er, die Äste hoch erhoben in der Linken, tiefer in den Park hinein.

Auch Scotty war jetzt wach – dank Harrys krampfigem

Husten, der aus fünfzig Metern ungemindert herüberdrang. Scotty stand nicht gern früh auf. Er blieb erst mal liegen und horchte schlaftrunken und schnapsbenebelt auf die Vorbereitungen seines Nachbarn. Als Harry sich auf den Weg gemacht hatte, wurde er in der nebelfeuchten Stille, durch die nur das Rauschen des Verkehrs auf der Fulton Street drang, wieder angenehm müde.

Aber Theophilus war dein Freund, rief er sich energisch zur Ordnung, zumindest verabschieden könntest du dich doch von ihm. Die Hand in dem fingerlosen Handschuh kam aus Pappkarton- und Stoffschichten hervor, griff sich den Hals der Flasche, die neben ihm lag, und kehrte damit in die Wärme zurück. Der unförmige Klumpen, der Scotty war, hob und senkte sich, man hörte ein kurzes Gurgeln und nach einer Pause einen tiefen, müden Seufzer. Scotty rappelte sich hoch, kratzte sich gründlich an Kopf und Bart, trank den Rest von seinem billigen Wein, um sich gegen den frostigen Morgen zu wappnen, und zerrte dann mit großem Getöse den Einkaufswagen aus dem Gebüsch.

Mit Verschönerungen seiner Person hielt er sich nicht auf. Während er mit dem *Safeway*-Wagen gen Westen rollte, sah er aufmerksam auf den Boden. Hin und wieder blieb er stehen und bückte sich steif, um ein Stück Holz aufzuheben, das er zu seinen Habseligkeiten in den Wagen legte. Es waren hauptsächlich kleinere Stücke, doch als er beim Baseballplatz angekommen war, hatte er einen hübschen Haufen beisammen.

Unter der Brücke der Nineteenth Avenue, auf der schon der Frühverkehr brummte, stieß Hat zu ihm. Der grüßte nicht, nickte aber in seiner gutmütigen Art und faßte neben Scotty Tritt. Hat tat fast nie den Mund auf. Seinen Spitznamen verdankte er der Tatsache, daß er stets eine Kopfbedeckung trug. Wie er wirklich hieß, wußte kein Mensch, außer vielleicht Bruder Erasmus. Harry hatte mal erzählt, er habe gesehen, wie die beiden sich angeregt unterhielten. Hat besaß keinen festen Schlafplatz, in den letzten Wochen hatte er am Bootshaus von Stow Lake kampiert. Heute trug er einen flotten Tweedhut mit Feder, den er aus der Abfalltonne vor einem Bioladen gerettet hatte; ein richtiges Prachtstück, das bis auf drei kleine Mottenlöcher und einen Sengfleck hinten an der Krempe sehr gut erhalten war. Über seiner Schulter hing ein Army-Rucksack aus Vietnamzeiten, in der rechten Hand hatte er einen roten Nylonbeutel, den er eines Nachts in einem Durchgang gefunden hatte. (Von den Einbruchswerkzeugen, die darin steckten, hatte er sich weitgehend getrennt, da sie ihm einfach zu schwer waren, aber das Bargeld hatte er natürlich gut gebrauchen können.) In der linken Hand hielt er die hellen splittrigen Latten einer Obstkiste. Sein hüftlanger weißer Bart war sorgfältig gebürstet, und aus dem Knopfloch schaute eine fröhliche gelbe Primel, die er am vergangenen Nachmittag aus einem Blumenbeet des Parks gerettet hatte.

Aus dem ganzen Park kamen die Obdachlosen zusammen, bewegt von einer Macht, die die meisten weder begreifen noch benennen konnten. Hätte man sie – wie es die Polizei später tat – nach ihrem Beweggrund gefragt, hätten sie lediglich antworten können, daß sie sich auf den Wunsch von Bruder Erasmus zusammengefunden hatten. Mit diesem rechtschaffenen Manne jedoch, der so einfach und so hilfsbereit wirkte, konnten sie sich nicht verständigen, da er keine andere Sprache als die irgendeines exotischen Inselvolkes zu sprechen schien.

Und so kamen sie denn, auch wenn sie nicht wußten, warum: aus Haight kam Sondra in ihrem besten Samtkleid, von der Potrero Street der unablässig vor sich hin brabbelnde und den Kopf schüttelnde Ellis (was weniger auf Mißbilligung als vielmehr auf einen Synapsenschaden hindeutete), Wilhelmia kam von ihrem Stammplatz am Königin-Wilhelmina-Tulpengarten; ihr Nachbar Doc von der südlichen Windmühle; das junge Paar Tomás und Esmeralda von ihrem Lager unter der Brücke am Tennisplatz. Durch die gepflegte Wildnis des John-McLarens-Parks zogen sie zum Baseballplatz, wo Bruder Erasmus, John und der jüngst entschlafene Theophilus sie erwarteten. Alle brachten Zweige, Äste oder Holzstücke mit, alle versuchten den Treffpunkt zu erreichen, ehe der Himmel sich zögernd erhellte; alle, alle kamen sie und legten ihr Holz auf den Stoß, den Bruder Erasmus unter der Leiche aufgetürmt hatte, und dann traten sie zurück und warteten, bis er das Streichholz anriß.

Natürlich gab es an jenem Morgen auch noch andere Leute im Park. Autos durchquerten ihn auf der Nineteenth Avenue, auf dem Transverse Drive, auf dem John F. Kennedy Drive. Doch sollte einer der Fahrer die durch den Nebel ziehenden Gestalten überhaupt bemerken, so dachte er sich sicher nichts dabei.

Allerdings gab es noch eine andere Kategorie von Frühaufstehern, die diese Gestalten sehr wohl zur Kenntnis nahmen. Mit Anbruch der Dämmerung fanden sich die ehrgeizigen Jogger aus den Nachbarbezirken Richmond und Sunset im Park ein. Im Gegensatz zu den gewöhnlichen Läufern, die später am Tage erscheinen würden, wußten diese in Stretchkluft und Nikeschuhe gekleideten Männer und Frauen um die Freuden frühen Schwitzens. Während sie über die Straßen und Wege trabten, blickten sie sich aufmerksam, wenn auch fast automatisch nach unappetitlichen Typen um, von denen unter

Umständen Bettelei, Raub oder zumindest Belästigung zu erwarten war. Um diese Zeit freilich sah man die Wohnsitzlosen nur selten hier herumlaufen, meist lagen sie noch neben ihren Habseligkeiten im Unterholz zusammengerollt oder standen, anscheinend im Stehen schlafend, neben ihren Bündeln.

Heute vormittag aber herrschte Unruhe unter dem Parkvolk. Mehrere Läufer sahen auf die Uhr, weil sie dachten, sie hätten sich in der Zeit geirrt, zwei oder drei dachten ärgerlich, daß sie nun vielleicht ihre Route ändern müßten, und etliche liefen beim Anblick der Holzprügel in den Händen der abgerissenen Gestalten rasch auf die andere Straßenseite.

Die einzige Verletzung an diesem Morgen aber (wenn man von dem Schlag absieht, der den armen Theophilus niedergestreckt hatte, doch das war schon am Vortag passiert) trug ein vielversprechender junger Stanford-Absolvent mit MBA-Abschluß, derzeit beschäftigt als Direktionsassistent bei der Bank of America, davon. Gelöst ging dieser die zweite Hälfte seiner üblichen Fünfmeilenroute an, die ihn am See entlangführte. Über den Walkman ließ er sich die Börsenmeldungen aus den Frühnachrichten ins Ohr raunen, doch in Gedanken war er schon bei der heiklen Sitzung, die ihm in vier Stunden bevorstand. Nichts hatte er an diesem Morgen weniger erwartet als den plötzlichen Anblick eines riesigen Kerls mit langem Bart und irren Augen, der, eine große Keule schwingend, geräuschvoll aus dem Unterholz brach. In seiner Angst kam der vielversprechende junge Mann ins Stolpern, stürzte, rollte ein Stück weit und versuchte, die Arme schützend über den Kopf gelegt, wieder hochzukommen, während sein vermeintlicher Angreifer ihn verwundert betrachtete, den Eukalyptusast schulterte, den er mit einiger Mühe aus dem Gebüsch gezogen hatte, und davonging. Die welken Blätter raschelten über den Boden und hinterließen einen scharf-würzigen Duft.

Bis der schlotternde Jogger zum Presidio Park gehinkt und per Anhalter nach Hause gefahren war, um den geschwollenen Knöchel zu kühlen und die Polizei zu verständigen, war die Versammlung am Baseballplatz komplett. Zwei Dutzend Obdachlose, Männer und Frauen, standen im Kreis um einen hüfthohen Stoß aus Zweigen und Ästen, auf dem ein steifer, kleiner Körper lag. Mißtönend, aber hingebungsvoll sangen sie «Alles ist mit Gottes Segen», während Bruder Erasmus das Streichholz an den Scheiterhaufen hielt.

Der *Examiner* machte an diesem Nachmittag mit folgender Schlagzeile auf: OBDACHLOSE VERBRENNEN GELIEBTEN HUND IM GOLDEN GATE PARK.

Drei Wochen später trabte der körperlich wiederhergestellte, aber derzeit arbeitslose einstmalige Direktionsassistent der Bank of America trübselig über den John F. Kennedy Drive. Kleine weiße Atemwolken standen vor seinem geöffneten Mund, und das Geplapper des Nachrichtensprechers prallte gegen seine verschlossenen Ohren, da sah er sich zum zweitenmal einem aus dem Gebüsch brechenden, astschwingenden Rauschebart gegenüber, was ihn in ebenso heftigen wie unvernünftigen Zorn versetzte. Sein in drei Wochen erheblich verpufftes Ego blähte sich unversehens zu einem wutgefüllten Airbag auf. Vier schnelle Schritte, dann stand er vor dem Rauschebart und schlug ihm mit seiner einzigen verfügbaren Waffe, einem Stereo-Walkman, auf den struppigen Kopf. Zum Glück für beide sprang das Gehäuse auf, sobald es mit der Wollmütze in Berührung kam, was den erbosten Exbanker nicht daran hinderte, den Kopf des einstigen Grundstücksmaklers weiter mit dem kaputten Kasten aus Plastik und Elektronikteilen zu bearbeiten.

Eine Autofahrerin beobachtete die Szene und verständigte per Autotelefon den Notruf.

Als drei Minuten später die Streife eintraf, sah sie zwei Männer nebeneinander im bereiften Gras sitzen. Der eine, der aussah, als habe er einen schweren Schock erlitten, blutete in seinen struppigen Bart und stank noch auf sechs Meter Entfernung nach billigem Wein und altem Schweiß, der andere war glattrasiert, sauber gekleidet und trug Zweihundert-Dollar-Laufschuhe. Beide weinten. Der Läufer hatte die Knie angezogen und den Kopf auf die Arme gelegt, während der Penner seine zuckenden Schultern umfaßt hielt und ihn tröstend tätschelte.

So ganz war den beiden Polizisten nicht klar, was sich da abgespielt hatte, aber sie füllten pflichtgemäß ihre Formulare aus und warteten, bis die Gefährten im Unglück im Rettungswagen verstaut waren. Ehe sich die Tür schloß, fiel der Polizistin noch etwas ein. Wozu er die Äste brauche, die er da herumschleppe, fragte sie den Penner.

Bevor die beiden Cops nach einem flotten Sprint an dem Baseballplatz angekommen waren, hatten die ölhaltigen Eukalyptus- und Redwoodzweige auf diesem zweiten Scheiterhaufen schon Feuer gefangen, und die Flammen stiegen in einer prasselnden Wolke aus Funken und brennenden Blättern zum Himmel empor. Der Scheiterhaufen war viel höher als der, auf dem vor drei Wochen das Hündchen Theophilus gelegen hatte. Aber das war diesmal auch nötig.

Auf dem neuen Scheiterhaufen lag die Leiche eines Mannes.

2 Die Minderen Brüder lebten ohne Bequemlichkeiten und ohne Besitz in der Portiunkula, aßen, was sie gerade fanden, und schliefen auf dem Boden.

«Ganz schön heftig», sagte Kate Martinelli halblaut. «Wetten, daß Jon heute abend was Gegrilltes macht?»

Sie stand neben Al Hawkin und sah zu, wie die Mitarbeiter des Polizeiarztes die Leiche transportgerecht verpackten. Die typische Boxerhaltung eines verbrannten menschlichen Körpers machte ihnen erhebliche Schwierigkeiten, aber schließlich waren auch die Fäuste untergebracht und die Leiche verladen. Jetzt konnte man es fast wieder wagen, die kalte Luft einzuatmen.

Al kniff die Augen zusammen und sah zu einem Baum hoch. «Weißt du, daß das seit einem guten halben Jahr der erste Witz ist, den ich von dir höre?»

«Es war kein Witz.»

«Immerhin so was Ähnliches.»

«Das Leben ist eben zur Zeit nicht sehr lustig, Al.»

«Ich weiß. Wie geht es Lee?»

«Besser. Sie hat endlich einen Rollstuhl gefunden, in dem sie bequem sitzt, und die neue Krankengymnastin scheint ihr Handwerk zu verstehen. In ein, zwei Wochen will sie es mit einem Gehgestell versuchen. Aber sag Lee nichts davon, sonst will sie es sofort haben.»

«Ist gut.»

«Hab ich dir schon erzählt, daß sie wieder angefangen hat zu praktizieren?»

«Du, das freut mich aber!»

«Vorläufig hat sie nur zwei Patienten angenommen, und immer nur einen am Tag, aber damit kriegt sie eben doch wieder ein Stück normales Leben mit, und das macht viel aus.»

«Eben. Empfängt sie auch Besucher?»

«Wenn du kommst, freut sie sich immer.»

«Ich hatte damals das Gefühl, daß es sie ermüdet.»

«An dem Tag selbst schon, dafür hält ihre gute Laune dann zwei Tage vor. Aber ruf vorher an, mit Überraschungen kann sie noch nicht gut umgehen.»

«Wenn ich es schaffe, komm ich morgen mal vorbei und bring ihr ein paar Blumen mit.»

«Das würde ich an deiner Stelle nicht tun. Lee mag keine Schnittblumen.»

«Ich weiß. Damit haben wir dann gleich ein ergiebiges Diskussionsthema.»

«Du denkst auch an alles, Al!»

«Besten Dank. Kollegin?»

Kate, die gerade Notizbuch und Stift aus der Jackentasche holte, sah auf.

«Schön, daß du wieder dabei bist.»

Kate nickte kurz. Hawkin sah ihr nach, während sie aufrecht und selbstsicher auf das bunte Häuflein der Wohnsitzlosen zuging, und überlegte, warum sie zurückgekommen war.

Die letzten Monate mußten tiefe Narben in ihrer Seele hinterlassen haben, aber davon merkte man ihr nichts an. Nur ihr Blick war noch wachsamer geworden, und als sie die drei Reporter sah, die hinter dem Absperrband der

Polizei herumlungerten, zuckte sie unwillkürlich zusammen.

Im Frühjahr hatten sich die Medien mit Wonne auf Kate Martinelli gestürzt. Man bedenke: Eine echte Lesbierin aus San Francisco und Polizistin, deren Lebensgefährtin durch den Schuß eines krankhaften Menschen, der es eigentlich auf die weltberühmte Künstlerin Eva Vaughn abgesehen hatte, schwer verletzt worden war. Selbst für seriöse Druckmedien war diese Kombination aus gehobener Kultur, Pathos und Sinnenkitzel unwiderstehlich gewesen. Wochenlang hatten die Leser Kates kantiges Gesicht, ihre gequälten dunklen Augen auf den Titelseiten von Skandalblättern und Nachrichtenmagazinen besichtigen können, und der Fernsehsender ABC brachte eine halbstündige Sendung über Homosexualität bei der Polizei.

Während die Öffentlichkeit diesen Trubel genoß, während waschkörbeweise Schmähbriefe eintrafen und die Telefonzentrale des Polizeipräsidiums unter der Flut der Anrufe zusammenbrach, verbrachte Kate ihre Tage in dem Krankenhaus, wo ihre Lebensgefährtin zwischen Leben und Tod schwebte. Erst nach sechs Wochen stand fest, daß Lee durchkommen würde, noch einmal sechs Wochen vergingen, bis die Ärzte verhalten die Hoffnung äußerten, Lee eine zumindest teilweise Bewegungsfähigkeit der Hüfte und der Beine zurückgeben zu können.

Und da hatte sich Hawkin zu einem Schritt entschlossen, der ihn innerlich noch immer schwer belastete. In der ehrlichen Überzeugung, Arbeit sei die beste Therapie für Kate, hatte er ihren neu erwachten Lebensmut skrupellos ausgenutzt, um sie in den Dienst zurückzulocken, wo sie geradewegs in das beispiellose Desaster des Mordfalls Raven Morningstar geraten war. Als der Fall im August blutig und skandalträchtig zu Ende ging, war es natürlich ein

Fest für die Medien gewesen, daß ausgerechnet Kate im Mittelpunkt des Geschehens stand. Daß sie zu den wenigen Beteiligten gehörte, die sich nicht schuldig gemacht hatten – denn aus dem Umstand, daß sie nicht hellsehen konnte, war ihr schließlich kein Vorwurf zu machen –, spielte keine Rolle. Sie wurde zum Opfer der Medien und mußte zur Unterhaltung der Nation öffentlich bluten.

Warum sie nach dem Fall Morningstar nicht gekündigt hatte, begriff Hawkin bis heute nicht. Weil Lee ihre Lebensgefährtin brauchte, hatte Kate sich weder eine Kugel durch den Kopf geschossen noch einen Nervenzusammenbruch bekommen, sondern sich hinter ihrem Schreibtisch verschanzt, sich fünf Monate mit Büroarbeit abgequält und mit zusammengebissenen Zähnen jene besondere Spielart von Haß und Schikane ertragen, mit der eine quasimilitärische Organisation ein Mitglied verfolgt, das die Schwäche des Ganzen entlarvt hat. Vor zwei Wochen war sie blaß, aber gefaßt bei Hawkin erschienen. Wenn er sie noch als Partner haben wolle, sagte sie, sei sie bereit.

Er hatte die größte Hochachtung vor dieser jungen Frau, was er sie nach Möglichkeit nicht merken ließ, seinen Kollegen gegenüber aber bei jeder Gelegenheit nachdrücklich betonte.

Doch eine Erklärung dafür, warum sie zurückgekommen war, hatte er noch immer nicht.

Nachmittags um vier saß Hawkin im Polizeipräsidium am anderen Ende der Stadt in seinem Drehsessel und rieb sich erschöpft den Nacken. Der Kaffee hatte nicht viel geholfen. «Hast du inzwischen schon Durchblick in diesem Schlamassel?» Es blieb offen, ob er den Fall im allgemeinen meinte oder die Vernehmungsprotokolle, Ausdrucke von Haftberichten und die Akten, die den Zwischenfall mit dem Hund betrafen und die sich bergeweise auf seinem Schreibtisch türmten. Der Bericht über die Hundeverbrennung war so formuliert, daß an der persönlichen Meinung der beiden ermittelnden Kollegen, die das Lächerliche des Falles herausgestrichen und mit beißender Ironie auf die unnütz vergeudete Zeit hingewiesen hatten, kein Zweifel bestehen konnte. Der Hundebesitzer war nur flüchtig vernommen worden und hatte nichts Wesentliches zu dem Fall beitragen können, und Hawkin hatte sich im Gespräch mit dem zuständigen Beamten nur deshalb nicht so scharf geäußert, wie er es gern gewollt hätte, weil er wußte, daß er vermutlich ebenso reagiert hätte wie der jüngere Kollege.

«Ein wenig, aber wir brauchen unbedingt diesen Erasmus, der letzten Monat die Feuerbestattung des Köters organisiert hat. Allerdings haben alle Beteiligten glaubhaft versichert – soweit man bei diesen Leuten von glaubhaft sprechen kann –, daß er diesmal nicht dabei war. Was gut genug für den Hund war, haben sie sich wohl gesagt, ist auch gut genug für seinen Herrn. Die Spurensicherung will heute noch mal die ganze Gegend überprüfen, aber es sieht aus, als ob er langsam verblutet ist und das Blut nach dem Tod zum Stehen kam und nicht in einem kräftigen Strahl herausgeschossen ist wie zum Beispiel bei einer Messerwunde. Eine Schußwunde ist nicht auszuschließen, aber Luis, einer der Obdachlosen, die ihn gefunden haben, meint, daß ihm jemand den Schädel eingeschlagen hat. Und wo die losen Äste und Zweige abgeblieben sind, wissen wir ja. Wie? Ja, danke, ich nehme noch eine Tasse.»

«Wo war ich stehengeblieben?» Kate blätterte in ihren Notizen. «Ja, richtig: bei der Leiche. Harry Radovich und Luis Ortiz behaupten beide, sie hätten den Toten zuerst gesehen, aber sie waren zusammen unterwegs, und ihre

Aussagen decken sich, allerdings enthält die von Harry mehr Einzelheiten. Abends gegen sechs sahen sie sein Zeug verlassen hinter einer Bank stehen. Du kennst die Stelle, sie ist etwa dreihundert Meter von dem Scheiterhaufen entfernt. Zuerst haben sie gedacht, daß er schläft, er lag auf dem Bauch unter diesem Baum mit den Zweigen, die bis zur Erde gehen, und hatte den Kopf zur Seite gedreht. Er war nicht zugedeckt, und sie dachten, er wäre vielleicht krank, die Grippe grassiert ja zur Zeit hier. Sie zogen ihn an den Beinen, und als er nicht reagierte, gingen sie näher heran und drehten ihn um. Die rechte Kopf- und Gesichtshälfte war mit eingetrocknetem Blut bedeckt, die Augen waren eingesunken, die Hornhaut trüb, die Haut dunkel, so daß sich bei Fingerdruck keine weißen Flecken zeigten, und der Oberkörper war schon ziemlich steif.»

Hawkin, der zur Kaffeemaschine gegangen war, drehte sich erstaunt um. «Das haben dir zwei alte Säufer erzählt?»

«Luis war drei Jahre Sanitäter in Vietnam, er kennt sich mit Leichen aus.»

«Und du meinst, man kann etwas auf sein Urteil geben?»

«Mit Vorbehalt. Er schwört Stein und Bein, daß er sich erst zugeschüttet hat, nachdem sie auf die Leiche gestoßen sind. Im Augenblick ist er zittrig, aber nüchtern. Zumindest kann seine Aussage ein brauchbarer Anhaltspunkt für uns sein, wenigstens bis der Obduktionsbefund vorliegt.»

«Der uns über die Todeszeit nicht viel sagen dürfte, es sei denn, daß sie was mit dem Mageninhalt anfangen können.»

«Wann wollen sie die Obduktion machen?»

«Gleich morgen früh.»

«Gut», sagte Kate so ungerührt, als sei von der Ankunft eines wohlgeordneten Aktenbündels die Rede und nicht von verbranntem Fleisch und Motorsägen, die mit kreischendem Laut Menschenknochen durchtrennten.

«Wie lange dauert es bei einem Alkoholiker mittleren Alters in einer Nacht knapp über dem Gefrierpunkt, bis die Totenstarre einsetzt?»

«John trank nicht, darüber sind sich alle einig, und nahm auch keine Drogen.»

«Okay. Angenommen sie haben die Totenstarre erkannt – wovon ich noch nicht überzeugt bin –, dann müßte sein Tod in etwa Dienstag vormittag kurz vor zwölf eingetreten sein. Davon sollten wir für den Anfang ausgehen ...»

«Einverstanden. Allerdings würde ich die Todeszeit eher noch etwas nach hinten verschieben. Immerhin hat er nicht viel gewogen.»

Da Hawkin es geflissentlich vermieden hatte, sich den Toten näher anzusehen, konnte er dazu nichts sagen.

«Weiß jemand, wie er mit Nachnamen hieß?» fragte er.

«Nein. Sie kannten ihn nur als John.»

«John, der Herr von Theophilus ...»

«Von wem?»

«So hieß der Hund. Ich glaube, das bedeutet ‹einer, der Gott liebt› oder ‹Gottesfreund›.»

Kate schnaubte verächtlich. «Ja, wo sind wir denn hier? In einer Obdachlosenmission oder einem Priesterseminar? Gottesfreund ... Bruder Erasmus ... Bescheuerte Namen haben die Leute!»

«Erasmus war ein Philosoph, soviel ich weiß. Hat eine Abhandlung über das Lob der Narrheit geschrieben. Sechzehntes oder siebzehntes Jahrhundert.»

«Wenn du's sagst, wird's schon stimmen. Jedenfalls ist

dieser Erasmus irgendwo auf der anderen Seite der Bucht, in Berkeley oder Oakland, er kommt erst am Sonntag zurück, und weil sie dachten, die Leiche könnte anfangen zu riechen, haben sie nicht auf ihn gewartet, sondern alles an Holz zusammengetragen, was sie finden konnten, den Toten auf den Scheiterhaufen gewuchtet, ein paar Flaschen brennbare Flüssigkeit drübergekippt und das Ganze angezündet. Wilhelmina hat zusammen mit einem der Männer dazu gebetet. Heute früh um sechs war übrigens die Leichenstarre offenbar schon fast vorbei. Als sie ihn auf den Holzstoß hoben, soll sein Kopf gebaumelt haben.»

«Ich schlage vor, daß wir Harry, Luis und Wilhelmina hierbehalten, bis der Obduktionsbefund vorliegt und wir die Todesursache wissen. Die Begründung überlasse ich dir.» Hawkin überlegte einen Augenblick. «Du kannst sie ja wegen unvorschriftsmäßiger Beseitigung einer Leiche oder Behinderung der polizeilichen Ermittlungen drankriegen. Die anderen können gehen. Wir übrigens auch. Bis die Untersuchungsergebnisse vorliegen, können wir höchstens versuchen, Bruder Erasmus aufzuspüren. Übernimmst du das?»

«Heute abend?»

«Morgen. Zu der Obduktion gehe ich.»

Interessant, dachte Hawkin. Alles in allem habe ich nur ein paar Wochen mit Martinelli zusammengearbeitet, und das ist schon einige Monate her, aber ich kann ihr trotzdem ansehen, was sie denkt. Sie überlegt, ob sie darauf bestehen soll, die Scheißarbeit in der Leichenhalle zu machen, um zu beweisen, daß sie dazu in der Lage ist. Aber auf der anderen Seite bringt sie es eben doch nicht fertig. Genausowenig kann sie zugeben, wie heilfroh sie ist, daß ich den Job übernehmen will.

Kate war noch immer hin- und hergerissen, als Hawkins Telefon läutete.

Als er aufgelegt hatte, sah er Kate an. «Unten ist eine der obdachlosen Frauen. Sie sagt, daß sie Informationen über die Verbrennung hat.»

3 … Wasser seine Schwester, rein und klar und unantastbar

Die Frau, die wenige Minuten später hereinkam, entsprach nicht ganz Kates Erwartungen – schon deshalb, weil sie durchaus manierlich aussah. Das ergrauende Haar war im Nacken zu einem ordentlichen Knoten geschlungen, die nervös hin und her gehenden Augen waren klar, der Rücken gerade. Ihr Aufzug war etwas abenteuerlich – ein Rock, unter dem die Aufschläge einer langen Hose hervorsahen, Bluse, Strickjacke und Strickschal, Ringe an allen fünf Fingern –, aber auch in dieser zusammengewürfelten Kluft bewahrte sie eine gewisse Würde. Ohne Ziererei setzte sie sich, als Hawkin auf einen Stuhl deutete. Auch Kate zog sich einen Stuhl heran und zückte ihren Stift. Hawkin warf einen Blick auf den Zettel, den man ihm hereingereicht hatte, und sah seine Besucherin mit einem überraschend sanftmütigen Lächeln an.

«Sie heißen Beatrice?» So, wie er es aussprach, hatte der Name nur zwei Silben.

«Be-a-tri-ce», verbesserte sie, und jetzt klang es unverkennbar italienisch.

«Haben Sie auch einen Nachnamen?»

«Schon lange nicht mehr.»

«Und wie lautete er früher?»

«Das haben die jungen Männer von unten mich auch gefragt.»

«Und haben vermutlich keine Antwort bekommen …»

«Die Umgangsformen Ihrer Leute haben mich nicht sehr beeindruckt.»

«Das tut mir leid. Ihr Alter ist sicher kein Entschuldigungsgrund.»

Sie sah ihn nachdenklich an.

«Vergib ihnen, denn sie wissen nicht, was sie tun, würde wohl Bruder Erasmus in so einem Fall sagen.»

«Wer ist dieser Bruder Erasmus?» hakte er nach.

«Jankowski.»

«Erasmus Jankowski?» fragte Hawkin höflich-erstaunt.

«Nein, nein, ich kenne den Mann kaum», protestierte Beatrice. Kate stützte einen Ellbogen auf die Schreibtischplatte und kniff sich in die Nase. «Das heißt, ich kenne ihn allenfalls so gut wie die anderen, die Sie heute früh mitgenommen haben, aber das will nicht viel sagen.»

«Sie heißen also Jankowski ...»

«Verstehen Sie jetzt, warum ich mich von dem Namen getrennt habe?»

«Ach, ich weiß nicht», sagte Hawkin mit einer Anwandlung von Galanterie. «Klingt doch gar nicht übel.»

«Wie eine Totenglocke», fertigte sie ihn ab, und Hawkin beeilte sich, wieder dienstlich zu werden.

«Was wissen Sie von dem, was sich heute früh im Golden Gate Park abgespielt hat, Miss – Miss Jankowski?»

«Nennen Sie mich einfach Beatrice. Ich habe ihnen gesagt, daß es Schwachsinn ist, aber nicht einmal Männer, die ihren Verstand in billigem Wein ersäufen, wollen auf Frauen hören.»

«Sie wollten die Männer davon abbringen, den Toten zu verbrennen?»

«Es ist schließlich ein Unterschied, ob es sich um einen Mann oder um einen Hund handelt.»

«Waren Sie dabei, als der Hund verbrannt wurde? Das war vor drei oder vier Wochen, nicht?»

«Das hatte wenigstens eine gewisse Schönheit», sagte Beatrice wehmütig. «Es war angemessen. Und es war auch – nun ja, vielleicht strenggenommen nicht legal, aber doch wohl keine strafbare Handlung...» Sie zwinkerte Al Hawkin kumpelhaft zu, der die Frage geflissentlich überhörte.

«Kannten Sie den Toten?»

«Den Hund hab ich gut gekannt.»

«Und den Mann?»

«Oje. Er war –» Beatrice Jankowski wirkte plötzlich befangen. «Der Mann ist uninteressant.»

«Mich interessiert er aber.»

Sie hob kurz den Blick, sah auf ihre kräftigen Finger mit den verdickten Gelenken herunter, drehte an ihren Ringen und seufzte.

«Kann ich mir vorstellen. Ich würde lieber über den Hund reden.»

«Gut, dann erzählen Sie uns erst mal von dem Hund», sagte Hawkin nachgiebig. Über das verwitterte Gesicht der Frau ging ein Ausdruck der Erleichterung, und ihre Hände kamen zur Ruhe.

«Er war ein ganz lieber Kerl, weiß mit einem schwarzen Fleck über dem linken Auge. Das Fell sah aus wie das von einem Drahthaarterrier, aber in Wirklichkeit war es ganz weich und ständig voller Grannen. John – es war sein Hund – mußte ihn täglich bürsten. Erstaunlich klug, wenn man bedenkt, was für einen kleinen Kopf er hatte. Ich hab ihn mal beobachtet, wie er über die Fahrbahn gelaufen ist, da hat er erst nach rechts und links geguckt.»

«Und wie ist er gestorben?»

«Wir ... sie ... Gesehen hat es niemand. Ein Auto vielleicht ... da hat er eben doch mal nicht aufgepaßt ... John hat ihn ganz früh am Morgen gefunden. Er war mit dem Kopf irgendwo angeschlagen.»

«Oder jemand hat ihm den Kopf eingeschlagen.»

Sie nickte. «Oder eingetreten.» In ihrem Gesicht zuckte es, und sie verkrampfte die Hände ineinander.

«Und wie ist John gestorben?»

«Keine Ahnung.»

«Wie haben Sie von seinem Tod erfahren?»

«Mouse hat es mir gestern nacht erzählt, ich hab ihn getroffen, als er die Mülltonnen hinter einem Restaurant auf der Stanyon Street durchsortierte.»

«Wer verbirgt sich hinter diesem Namen?»

«Mouse nennen sie ihn, weil er vor seinem Zusammenbruch irgendwas mit Computern gemacht hat. Ein sehr lieber Mensch. Eigentlich heißt er Richard, glaube ich.»

«Richard Delgadio. Hochgewachsen, schwarz, graues Haar, kurzer Bart ...»

«Delgadio? Wie schön das klingt.»

«Um welche Zeit hat er Ihnen von Johns Tod erzählt?»

Statt einer Antwort schob die Frau den linken Ärmel hoch und sah vielsagend auf ihr nacktes Handgelenk.

«Wenigstens ungefähr», sagte Hawkin geduldig.

«Man bekommt ein ganz anderes Zeitgefühl, wenn man auf der Straße lebt», sagte sie nachdenklich. «Aber das Textilgeschäft war schon geschlossen, das weiß ich noch, und die Buchhandlung war noch auf, demnach muß es zwischen neun und elf gewesen sein. Ist das wichtig für Ihre Ermittlungen?»

«Wahrscheinlich nicht.» Beatrice gluckste, und auch Hawkin mußte lächeln. «Aber zu der – zu der Verbrennung sind Sie nicht gegangen?»

«Nein. Ich habe zu Mouse gesagt, daß er ein Trottel ist und die Sache sofort Officer Michaels melden soll.»

«Michaels ist wohl einer der dort zuständigen Streifenpolizisten ...»

«Ein geiler Typ.»

«Wie bitte?» fragte Hawkins verblüfft.

«Ehrlich. Tolle Beine, schön behaart. Aber sagen Sie's ihm nicht weiter, vielleicht ist es ihm peinlich.»

Kate kam die Beschreibung bekannt vor. «Ist das nicht einer von der Fahrradstreife?»

«Klasse, der Mann», bekräftigte Beatrice. Um Al Hawkins Mund zuckte es.

«Sie haben Johns Tod nicht gemeldet?»

«Das war nicht meine Sache.»

«Sie wußten, daß die Leiche heute früh verbrannt werden sollte.»

«Mouse hatte eine halbvolle Flasche Pinselreiniger gefunden und fragte mich, ob das Zeug brennen würde. Und von Mr. Lazari, der das Lebensmittelgeschäft hat, haben Doc und Salvatore zwei alte Obstkisten gekriegt. Dem hab ich's auch gesagt.»

«Mr. Lazari?»

«Nein, dem doch nicht, das ist ein ganz vernünftiger Mann.»

«Sie haben Doc gesagt, daß John tot ist?»

«Hören Sie eigentlich zu, Inspector?»

«Ich gebe mir die größte Mühe, Ms. Jankowski ... Beatrice.»

«Natürlich, Sie sind müde, Sie Ärmster. Tut mir leid, daß ich Sie aufhalte. Nein, ich habe Doc gesagt, daß er und Harry und die anderen Volltrottel sind und sich nur Schwierigkeiten einhandeln würden. Bruder Erasmus wär das bestimmt nicht recht, hab ich gesagt. Bei Doc hat's geholfen, bei Salvatore nicht. Er hatte sogar eine Bibel dabei, aber mit der Lesung hat er ziemlich danebengelegen. Für

Beerdigungen ist das Hohelied Salomos eigentlich nicht so recht geeignet ...»

«Die Trauerfeier fand also unter Leitung von Salvatore statt?»

«Es hat mich auch gewundert, wenn man bedenkt ...»

«Wenn man was bedenkt, Beatrice?»

«Sie wissen schon ...»

«Nein, tut mir leid.»

«Wie dumm von mir, ich hatte ganz vergessen, daß Sie ja den Mann gar nicht kannten.»

«Salvatore Benito? Mit dem habe ich vorhin gesprochen.»

Sie warf ihm einen traurig-enttäuschten Blick zu.

«Oder meinen Sie John? Nein, da haben Sie recht, den kannte ich nicht.»

«Sie Glücklicher», bemerkte sie halblaut.

«Sie mochten John nicht?»

«Einen Hund wie Theophilus hatte der nicht verdient.»

«Die anderen schienen ihn ganz nett zu finden.»

«Ein Mensch kann lächeln und trotzdem ein Schuft sein. Hat das Erasmus gesagt, oder hab ich das irgendwo gelesen? Ach ja, ich werde langsam alt.»

«John gab sich nach außen hin freundlich, aber wenn man ihn besser kannte, war er ganz anders – meinen Sie es so?»

«Ich kannte ihn nicht», wiederholte sie entschieden. «Leider kannte er mich. Aber er konnte mich nicht zwingen, zu dieser Feuerbestattung zu gehen, und jetzt kann er nicht –» Sie unterbrach sich, sah auf ihre Hände herunter, drehte an ihren Ringen und blickte zu den beiden Kriminalbeamten hoch. «Er war kein angenehmer Mensch.»

Hawkin lehnte sich zurück und betrachtete Beatrice Jankowski nachdenklich.

«Er hat Sie erpreßt?»

«Das ist ein sehr häßliches Wort.»

«Es ist auch eine sehr häßliche Tat.»

«Ich fand's nicht schön, aber es war im Grunde nicht schlimm. Oder nicht sehr schlimm», verbesserte sie sich. «Nur so was wie ein kleiner Schubs, damit ich Sachen mache, die ich sonst nicht gemacht hätte.»

«Zum Beispiel?»

«Die großen Kaufhäuser können das bißchen Zeug leicht verschmerzen.»

«Er hat Sie zu Ladendiebstählen angestiftet?»

Sie hob zornrot den Kopf.

«Wie können Sie das von mir denken? Nie würde ich so was tun. Es ist ein großer Unterschied, ob man das selber macht oder nur nicht ... petzt.»

«Sie haben John beim Ladendiebstahl beobachtet, und er hat Sie ein bißchen unter Druck gesetzt, damit Sie ihn nicht verraten», übersetzte Hawkin.

«Danach hat er mir manchmal die Sachen gezeigt, die er eingesteckt hat. Er wußte, daß ich so was nicht gut finde, daß es mir unangenehm ist.»

«Hat er auch andere erpreßt?»

«Es war keine richtige Erpressung», widersprach sie. «Er wollte nichts haben, es war ... irgendwie eine Frage der Macht. Er hatte Spaß daran, die Leute zappeln zu lassen.»

«Wer waren die anderen?»

«Ich kenne ihn erst seit zwei Jahren.»

«Die Namen!» forderte Hawkin mit sanftem Nachdruck.

«Ich ... genau weiß ich es nicht. Ich hab mir so meine

Gedanken gemacht, weil es ein, zwei Leute gab, mit denen er befreundet war, bis sie sich plötzlich in seiner Nähe offenbar nicht mehr wohl gefühlt haben und weggegangen sind. Der eine hieß Maguire – mit Nachnamen, glaube ich –, und letzten Sommer war da so ein netter kleiner Chinese, Chin hieß der …»

«Und gab es auch andere, die in der Clique geblieben sind?»

«Ja, also …»

«Salvatore vielleicht?»

«Es war schon sonderbar, daß er die Trauerfeier hielt, obgleich er mit Bruder Erasmus gar nicht so vertraut war.»

«Und war John mit Bruder Erasmus vertraut?»

«Das bildete er sich jedenfalls ein.»

«Und Sie hatten das Gefühl, daß Erasmus Abstand zu ihm hielt?» Al Hawkin hatte offenbar keine Mühe, dem Zickzackkurs von Beatrices Gedanken zu folgen.

«Bruder Erasmus hat keine Freunde.»

«Aber John hielt sich für einen Freund von Erasmus?» hakte Hawkin nach.

«Ja. Er hat sich immer als sein Vertreter aufgespielt, wenn Bruder Erasmus nicht da war.»

«Glauben Sie, daß John Bruder Erasmus erpreßte?»

«Ich glaube nicht, daß er in Wirklichkeit so heißt.»

«John? Oder Erasmus?»

«Eigentlich beide …»

«Hat John Bruder Erasmus erpreßt?»

«Bruder Erasmus ist nicht erpreßbar.»

«Hatten Sie den Eindruck, daß John es versucht hat?»

«Mein Gott, was sind Sie zudringlich, Inspector!»

«Das ist mein Job, Beatrice.»

«Sie sind auf Ihre Art genauso schlimm wie John. Nur netter. Nicht so schmierig.»

«Hatten Sie den Eindruck –»

«Ich weiß es nicht», brach es aus ihr heraus. «Ja, es war eine merkwürdige Art von Freundschaft … Partnerschaft … Beziehung … nennen Sie es, wie Sie wollen. Aber Bruder Erasmus ist nicht der Typ, der sich offen erpressen läßt.»

«Aber versteckt vielleicht?» stieß Hawkin nach.

«Na ja, ich hab mir natürlich so meine Gedanken gemacht. Die Art, wie John mit Erasmus umging, hatte etwas … wie soll ich sagen … etwas von machtbewußter Zudringlichkeit, und Bruder Erasmus seinerseits schien … ich weiß nicht … ja, er schien ihn zu beobachten. Wenn John sich an Erasmus heranmachte, als wenn sie ein großes Geheimnis teilten – und das tat er ständig –, richtete sich Erasmus kerzengerade auf, und man merkte richtig, daß er sich zwingen mußte, an Ort und Stelle stehenzubleiben.»

Zog man die Quelle und die Kompliziertheit der geschilderten Beziehung in Betracht, so war dies eine erstaunlich anschauliche Beschreibung, und Kate hatte das Gefühl, nun schon einiges über die beiden Männer zu wissen. Sie beschäftigte sich angelegentlich mit ihren Notizen, bis Hawkin das Schweigen brach.

«Was hat es eigentlich mit diesem Erasmus auf sich?»

«Haben Sie ihn denn noch nie gesehen?»

«Nicht daß ich wüßte.»

«Oh, das wüßten Sie bestimmt. Er ist nämlich ein Narr», sagte Beatrice stolz.

«Er ist so eine Art informeller Anführer der Obdachlosen in Golden Gate Park?»

«Nur für Sachen wie die Trauerfeier.»

«Die Trauerfeier für John?»

«Ich habe Ihnen doch gesagt, daß er nicht dabei war. Er

hat uns zusammengerufen, ein Gebet für Theophilus gesprochen und den Scheiterhaufen angezündet. Der Unfug von heute wäre an einem Sonntag oder Montag nie passiert, aber diese Schwachköpfe Harry und Salvatore und Doc – und Wilhelmina, die ist die schlimmste – haben sich ja eingebildet, sie könnten genausogut beten wie er. Ich hätte energischer sein sollen», sagte sie bedrückt. «Die sind nämlich alle nicht ganz dicht.»

«Und Bruder Erasmus ist so schlimm wie die anderen, sagten Sie das nicht?»

«Das hab ich nie behauptet!» widersprach sie empört.

«Aber Sie haben gesagt, er sei ein Narr.»

«Allerdings.»

«Und die anderen sind auch Narren?» tastete Hawkin sich behutsam vor, aber das war wohl die falsche Frage gewesen, denn Beatrice erstarrte und hatte offenbar mit einem Schlag ihre gute Meinung über Inspector Hawkin verloren.

«Aber nein! Die sind alle total daneben.»

Kate gab auf. Die paar vernünftigen Äußerungen der Frau machten sie noch nicht zu einem vernünftigen Menschen. Selbst Hawkin wußte offenbar nicht mehr weiter.

«Ich denke, wir sollten mit Ihrem Bruder Erasmus mal reden», sagte er schließlich.

«Ja, der bringt das bestimmt für Sie auf die Reihe», meinte Beatrice zustimmend. «Wenn Sie sich mit ihm verständigen können. Das ist nämlich nicht so einfach.»

«Und warum nicht?»

«Hab ich doch schon gesagt: Weil er ein Narr ist.»

«Aber nach dem, was Sie erzählt haben, scheint er doch ein ganz vernünftiger Mann zu sein.»

«Natürlich. Manche sind das auch.»

«Manche was?»

«Narren.»

Mit gewisser Schadenfreude registrierte Kate, daß auch Al endlich die Geduld verlor. Sie war drauf und dran gewesen, die eigene Unruhe mit ihrer mangelnden Verhörpraxis zu erklären.

«Und wo steckt dieser närrische Bruder?» knurrte er.

«Heute ist Mittwoch, da ist er auf dem Heiligen Hügel.»

«Meinen Sie etwa Mount Davidson?» Auf dieser Anhöhe stand ein Kreuz, um das sich zum Ostergottesdienst Pilger versammelten.

«Ich glaube nicht», sagte Beatrice etwas unsicher. «Der ist doch in San Francisco, nicht? Ich meine den auf der anderen Seite der Bucht.»

«Den ‹Holy Hill› in Berkeley, Ms. Jankowski?» fragte Kate unvermittelt.

«Hört sich richtig an. In Berkeley ist doch auch irgendeine Schule, nicht?» Der Hauptsitz der glorreichen University of California zu einer ganz gewöhnlichen Schule degradiert, dachte Kate lächelnd.

«Ja, in Berkeley gibt es eine Schule.»

«Bruder Erasmus ist also jeden Mittwoch in Berkeley, Ms. ... ich meine Beatrice?» vergewisserte sich Hawkin. «Nur mittwochs?»

«Nein, er geht am Dienstag hin, und am Samstag ist er wieder da, kommt allerdings erst am Sonntag morgen wieder in den Park, um einen Gottesdienst zu halten. Das haben diese Idioten als Vorwand genommen, um John sofort zu verbrennen. Weil er sonst gestunken hätte, haben sie behauptet, aber ich denke, dazu ist es zu kalt.»

«Vielen Dank für Ihre Hilfe, Ms. Jankowski. In ein, zwei Tagen würden wir gern noch einmal mit Ihnen reden. Wo können wir Sie erreichen?»

«Am Freitagabend bin ich meist in einem Lokal in der Haight Street, *Sentient Beans* heißt es und gehört zwei netten jungen Leuten, deren Waschmaschine ich benutzen darf. Dafür revanchiere ich mich dann mit Zeichnungen.»

«Mit Zeichnungen?»

«Ich bin – oder war – Künstlerin. Meine Nerven sind dahin, aber meine Hand ist noch einigermaßen ruhig. Während meine Sachen in der Waschmaschine sind, zeichne ich die Gäste. Saubere Sachen sind ein Luxus, auf den ich ungern verzichte. Wie das Baden. Am Freitag bade ich oben im Lokal, und Anfang der Woche darf ich, wenn gerade keine Kundschaft da ist, bei dem Mann duschen, der das Schmuckgeschäft eine Straße weiter hat. Irgendwo dort in der Gegend bin ich immer, das ist mein Zuhause, da bin ich bekannt. Es ist sicherer so.»

«Ja», sagte Hawkin nachdenklich. «Im Gegensatz zu einigen anderen aus dieser Gesellschaft sind Sie entschieden keine Närrin.»

«Von den anderen ist keiner ein Narr, das hab ich doch schon gesagt», erklärte sie ein wenig ungeduldig. «Aber ich bin's leider auch nicht. Dazu hab ich nicht genug Charakterstärke.»

4 Und als er das in leuchtenden Buchstaben geschriebene Wort «Narr» vor sich sah, begann das Wort selbst zu schillern und sich zu wandeln.

Als Beatrice Jankowski fort war, sahen sich Kate und Al längere Zeit schweigend an.

«Hat die Frau ein Rad ab, Al», fragte Kate schließlich, «oder spricht sie in einer Sprache, die wir nur nicht verstehen?»

«Ich bin schon ganz duselig», sagte Al entgeistert. Dann fuhr er sich energisch über das stoppelbärtige Gesicht: «Jetzt brauche ich erst mal frische Luft. Gehen wir.»

Kate steckte ihre Notizen in die Umhängetasche, griff sich ihren Mantel und holte Al am Aufzug ein, wo dieser zum Ärger der anderen Fahrgäste, drei hochdotierten Anwälten und einem stellvertretenden Bezirksstaatsanwalt, einen Fuß in die Tür hielt. Die Türen schlossen sich hinter Kate, und die Fahrt ging weiter. Die vier förmlich gekleideten Herren nahmen ihre Debatte wieder auf. Sie schienen um das Strafmaß eines geständigen Angeklagten zu feilschen. Urplötzlich hob Hawkin die Hand: «Narr!» rief er aus.

Der vor ihm stehende Anwalt, der in einem schlechten Jahr fünfmal soviel verdiente wie Hawkin, stellte prompt die Stacheln auf. Al aber nahm davon keine Notiz, sondern drehte sich zu Kate: «So wie sie das Wort gebraucht hat, war es nicht als Schimpfwort gemeint», stellte er fest.

Kate überlegte. «Du hast recht. Es schien geradezu, als setze sie es ehrfurchtsvoll in Großbuchstaben.»

«Sonderbar ... Na gut, wir wissen ja, wo wir sie finden können. Die Aufzugstüren öffneten sich, und sie traten auf die Straße hinaus. Al sog in tiefen Zügen die von den Abgasen der Schnellstraße gesättigte Luft ein, während Kate versuchte, ganz flach zu atmen. Mit einem Male merkte sie, daß es ein langer, schwerer Tag gewesen war.

«Du fährst also morgen früh nach Berkeley», sagte Al. «Ich habe den Kollegen dort Bescheid gesagt. Sollte es zu einer Verhaftung kommen, kannst du dir bei ihnen Unterstützung holen. Allerdings glaube ich nicht, daß das nötig ist. Erasmus scheint ein friedlicher Typ zu sein. Nimm aber einen Dienstwagen. Und du weißt, wo dieser Holy Hill ist?»

«Wahrscheinlich meinte sie die Anhöhe, auf der die theologischen Institute stehen.»

«Das scheint Sinn zu machen. Ich gehe inzwischen zu der Obduktion, und wenn du zurück bist, setzen wir uns zusammen und reden.»

Alles Notwendige war gesagt, und es war Zeit zu gehen, aber sie zögerte noch einen Augenblick und genoß das Gefühl, wieder in ihrer eigenen Welt zu sein. Nach nunmehr zwei Wochen Alltagswirklichkeit war der Alptraum des letzten Jahres zwar noch nicht vergessen, aber eine gewisse Distanz hatte sich doch eingestellt. «Komm noch auf einen Drink mit, Al», sagte sie spontan. «Oder auf einen Kaffee. Oder bleib zum Essen. Oder komm einfach nur auf ein paar Züge wirklicher Frischluft mit.»

«Du hast Lee nicht vorgewarnt.»

«Eine kleine Überraschung wird ihr guttun. Oder hast du heute abend schon was vor?»

«Heute abend nicht.»

«Bist du noch mit Jani zusammen?»

«Ja. Sie ist sehr froh, daß du wieder an Bord bist, und läßt dich grüßen. Sobald Lee sich die Fahrt zutraut, sollt ihr mal zum Essen kommen.»

«Das wird sie freuen. Du kannst sie heute abend gleich fragen.»

«Okay. Auf einen Drink also und ein paar Worte mit Lee. Und wenn euer verdammter Boy mir was Gegrilltes vorsetzt, dreh ich ihm den Hals um.»

Hawkin blieb nicht zum Essen, und da Jon mit Linsen experimentiert hatte, brauchte er um seinen Hals nicht zu fürchten. Kate setzte Lee an den Tisch, der für zwei gedeckt war, und ging in die Küche. Sie guckte über Jons Schulter in den Topf, holte ein Stück Wurst heraus, bezog einen Klaps mit dem Kochlöffel und steckte es sich in den Mund.

«Wer geht heute abend leer aus, du oder ich?» fragte sie Jon.

«Ich wollte mal weggehen. Du bist ja da ...»

«Hinterläßt du mir die Telefonnummern, unter denen du zu erreichen bist?»

Er drehte sich um. «Wozu in aller Welt brauchst du die Nummern? Du bist doch kein babysittender Teenager.»

«Ich bin wieder im aktiven Dienst, Jon», sagte sie mit übertriebener Geduld, «und habe dir schon letzten Monat erklärt, was das bedeutet. Ich sitze nicht mehr von acht bis fünf an einem Schreibtisch, sondern kann jederzeit zu einem Einsatz gerufen werden. Dann möchte ich nicht, daß Lee stundenlang allein bleibt.»

«Aber ich kenn die Leute doch gar nicht richtig», protestierte er. «Und vielleicht gehe ich ja noch woanders hin.»

«Dann melde dich gefälligst zwischendurch. Du weißt ganz genau, daß sie nicht allein bleiben darf.»

«Also schön, du kriegst deine Telefonnummern. Aber findest du nicht, daß in unserem technischen Zeitalter ein Piepser angebrachter wäre?»

«Gute Idee. Am besten kaufst du gleich morgen einen.»

«Find ich schick! Dann denken die Leute bestimmt, ich bin Arzt. Am besten gebe ich mich als Geburtshelfer aus, dann brauche ich mir nicht von Wildfremden ihre Geschwüre und Wehwehchen schildern zu lassen. Furchtbar exotisch! So, und jetzt hör auf, mich vollzuschwallen, und bring lieber die Teller rein, ich muß mir noch die Haare machen.»

Kate stürzte sich ausgehungert auf den Linseneintopf. Bei allen Vorbehalten gegen Jon (und die hatte sie schon gehabt, ehe er auf der Diele im Vorbeigehen zu ihr sagte: «Nicht jeder hat die Chance, seiner Therapeutin die Windeln zu wechseln. Was würde wohl Papa Sigmund dazu sagen?») – kochen konnte der Mann!

Sie tat sich eine zweite Portion auf und löffelte jetzt langsamer.

«Hast du heute überhaupt schon was gegessen?» wollte Lee wissen.

«Irgendwann belegte Brote, aber das ist schon eine Weile her. Große Klasse», sagte sie zu Jon, der gerade aus der vor kurzem umgebauten Souterrainwohnung kam. «Willst du mich heiraten?»

«Euch Machotypen kenne ich! Dir geht's doch nur um eine billige Arbeitskraft!» piepste er und drückte ihr einen Zettel in die Hand. «Hier sind alle denkbaren und ein paar undenkbare Telefonnummern, unter denen du versuchen kannst, mich zu erreichen. Ich hab dir auch die von Karin und Wade aufgeschrieben für den Fall, daß du sie verlegt hast. Karin kann jederzeit kommen, Wade bis sechs Uhr früh.»

«Was ist mit Phyllis?»

«Ist diese Woche in New Orleans», näselte er in lupenreinem Südstaatenakzent, «und labt sich an Soulfood.»

«Viel Spaß, Jon», sagte Lee.

«Danke, gleichfalls, Schätzchen.»

Das Haus schien größer zu werden, als er fort war, und Kate merkte überrascht, daß sie ein bißchen befangen war. Ob es Lee auch so ging? Wohl nicht, sonst hätte sie schon was gesagt ...

«Ich komme mir vor, als wäre meine Mutter weggegangen und hätte mich mit einer Freundin im Haus allein gelassen», sagte Lee.

«Ich hab gerade gedacht, wie still es ist.»

Ohne den Blick von Kate zu lassen, löste Lee die Bremsen des Rollstuhls, fuhr zu Kate hinüber, legte ihr die Hand in den Nacken, küßte sie lange und zärtlich und kehrte an ihren Platz zurück. Kate lachte, aber sie war rot geworden, und ihr Atem ging schneller.

«Ohne Mom im Haus ist gut knutschen ...»

«Bedeutend besser, als wenn sie im Nebenzimmer sitzt.»

«Du kannst ja in Zukunft Mom zu Jon sagen. Würde ihm vielleicht sogar gefallen ...»

«Du magst ihn immer noch nicht so recht, was?»

«So würde ich das nicht sagen.» Egal, wie umgänglich ein Mitbewohner auch sein mochte, Kate ging es einfach gegen den Strich, noch eine dritte Person im Haus zu haben. Diese Reaktion war unvermeidlich, und am besten verlor man darüber auch keine weiteren Worte.

«Du traust ihm nicht.»

«Was dich und das Haus betrifft, halte ich ihn für absolut zuverlässig. Als Pfleger ist er ideal, und wir können sehr froh sein, daß wir ihn haben. Nur seine Motive sind mir ein bißchen suspekt. Er ist ein Geschenk des Himmels, er verlangt nicht viel Gehalt, er weiß sogar, wann er überflüssig ist, aber ich habe so das dumpfe Gefühl, daß wir irgendwann dafür werden zahlen müssen.»

«Typischer Fall von Übertragung mit Rachebedürfnis», meinte Lee zustimmend. «Für Therapeuten ist die Vorstellung, ein Patient könnte sich in ihr Privatleben drängen, ein Alptraum. Allerdings habe ich den Eindruck, daß Jon Sampson sehr viel ausgeglichener ist, als man denkt, und die Rolle des Patienten, der unversehens mit dem Arzt den Platz getauscht hat, nur so hochspielt, um die Situation zu entschärfen. Er weiß wohl, daß er den Job unter anderem auch deshalb angenommen hat, weil er nach wie vor ein schlechtes Gewissen hat, daß er – wenn auch nur minimal – an dem Geschehen beteiligt war, das mich in den Rollstuhl gebracht hat. Die Verantwortung dafür macht ihm ebenso zu schaffen wie das Bewußtsein, daß seine Schuldgefühle eigentlich grundlos sind, aber er versucht, sich damit auseinanderzusetzen. Es ist eine komplizierte Beziehung, aber ich glaube nach wie vor, daß es richtig war, sich darauf einzulassen.»

«Wahrscheinlich hast du recht. Ich werde eben automatisch mißtrauisch, wenn jemand sich einschmeicheln will.» Kate mußte plötzlich an das denken, was Beatrice über den toten John gesagt hatte. Eigenartig, diese Übereinstimmung der Namen. Allerdings hatte sich Jon den seinen selbst ausgesucht, weil ihm Marvin, der Name, mit dem seine Eltern ihn beglückt hatten, verhaßt war. Womöglich war aber auch John nur ein Pseudonym gewesen. Zumindest Beatrice schien dieser Meinung zu sein. Auch danach würde sie Bruder Erasmus morgen fragen müssen. Sie führte die Gabel zum Mund, sah auf und stellte fest, daß Lee sie mit einem etwas gequälten Lächeln ansah.

«Was ist?»

«Du bist schon wieder voll drin, nicht?»

«Was soll das heißen?»

«Du weißt schon, was ich meine. Du hast an deinen Fall gedacht und warst plötzlich ganz weit weg.»

«Entschuldige. Du magst schon recht haben. Al hat heute so was Ähnliches gesagt. Aber dieser neue Fall hat es auch in sich. Irgendwie läßt er einen nicht los. Schiebst du mir mal den Salat rüber?»

Eine Weile hörte man in der Stille nur das Klirren von Besteck. Dann sagte Lee vorsichtig:

«Ich hatte eigentlich damit gerechnet, daß du Schluß machen würdest.»

«Mit der Arbeit bei der Polizei?»

«Monatelang schienst du drauf und dran zu sein. Deine Rückkehr in den Dienst habe ich als einen endgültigen Versuch verstanden, dir deiner Abneigung und deines Hasses klarzuwerden.»

«Ich hasse den Job nicht.»

«Du warst völlig im Eimer, Kate. Einen Job, in dem einem so was zustößt, muß man einfach hassen.»

«Jetzt übertreib nicht.»

«Du bist das klassische Beispiel für ein posttraumatisches Streß-Syndrom. Schon gut, wir wissen alle, daß du dich für Superwoman hältst, aber selbst bei Nerven, die dick wie Drahtseile sind, kann es zu Materialermüdung kommen.»

«Ich bin nur ein bißchen abgearbeitet ...»

«Red kein Blech. Monatelang hast du nichts anderes getan, als Berichte zu tippen und dich um mich zu sorgen. Du bist durch die Hölle gegangen, Kate. Erst dieser Lewis, und dann, als du gerade wieder festen Boden unter den Füßen hattest, hat dich der Fall Morningstar voll erwischt ...»

«Was willst du hören? Daß ich den Dienst nicht quittiere? Okay, ich will nicht weg. Schon deshalb, weil wir es uns nicht leisten können. Würde ich mich selbständig machen, würden wir glatt verhungern.» Erst im Satz merkte Kate, daß sie damit zugab, diese Möglichkeit wenigstens in Betracht gezogen zu haben. Lee hakte sofort nach.

«Du weißt ganz genau, daß du bei deinem Ruf hier in San Francisco nach einem Jahr als Privatdetektivin das Doppelte von deinem jetzigen Gehalt verdienen würdest.»

«Schwerlich das Doppelte ...» widersprach Kate schwach.

«Fast das Doppelte. Jetzt rede dich nicht auf das Finanzielle heraus.»

Einem so von Leid gezeichneten Gesicht wie dem von Lee stand Ärger nicht gut, und Kate packte bei diesem Anblick Jammer und Verzweiflung. «Wenn du willst, höre ich auf, das haben wir schon mal besprochen. Aber du mußt es sagen. Schön, ich geb's ja zu: Ich habe mir gedacht, wenn mir der Job verhaßt genug ist, kündige ich schon von selbst und mache dir damit eine Freude. Aber so ist es nicht gelaufen. Die Arbeit hat mir furchtbar gefehlt. Wenn du darauf bestehst, höre ich auf. Sonst nicht. Ich bin nun mal Polizistin.»

Lees Züge glätteten sich, und sie lächelte.

«Mit deiner Kündigung würdest du mir überhaupt keine Freude machen, mein Schatz. Ich hatte noch nie viel für deinen Job übrig, und im Augenblick macht er mir angst, aber ich will nicht, daß du aufhörst. Du bist Polizistin, Kate, und ich liebe dich.»

5 Le Jongleur de Dieu

Als Kate am nächsten Morgen über die Bay Bridge fuhr, kam die Sonne heraus, und die Hänge hinter Berkeley und Oakland waren grün vom Winterregen. Der Dienstwagen hatte vorn eine kleine Macke, deshalb blieb Kate, statt sich durch schmale Nebenstraßen zu quälen, lieber auf der belebten Schnellstraße. An der University Avenue bog sie ab und fuhr direkt auf den ältesten Campus der University of California zu, der auf einer Anhöhe am Ende der breiten, schnurgeraden Straße hockte wie eine mißgelaunte Kröte aus Beton. Im letzten Augenblick schwenkte Kate nach links und wich so ihrer alten Alma mater aus, dann bog sie nach rechts, um am Nordrand des Universitätsgeländes entlangzufahren. Sie fuhr zwischen Fakultätsgebäuden und umgebauten viktorianischen Villen und Apartmenthäusern hindurch, bis sie ein kleines Ladenzentrum sowie einen der wichtigsten Fußgängerzugänge zum Campus erreichte, eine Fortsetzung von Telegraph Avenue auf der gegenüberliegenden Seite. Vorsichtig rollte sie durch die Menge der lässig dahinschlendernden Studenten und selbstmörderisch rasenden Radfahrer. Zweihundert Meter weiter aber fand sie sich in einer anderen Welt wieder, die noch ganz so war, wie ihre Erinnerung sie bewahrt hatte: statt der Studentenmassen gab es hier nur ernsthafte Doktoranden, theologische Institute und ewige Wahrheiten.

Auch das Parken war hier leichter. Mit einiger Mühe brachte sie den Wagen in einer Parklücke unter, fütterte die Parkuhr und ging den Hang hinunter, um sich ein paar Minuten Nostalgie zu gönnen. Das Chinarestaurant war noch an Ort und Stelle, ebenso wie die Bier- und Pizzakneipe, auf deren Hof die Doktorandin Lee flüchtig Kates Arm gestreift hatte. Die Berührung hatte bei Kate, die im ersten Semester kreuzunglücklich und nach eigenem Verständnis zweifelsfrei hetero war, eine quälende, nur halb bewußte Frage geweckt, die dann zwei Jahre später ihre Antwort gefunden hatte.

Espressobars und der Doughnut-Laden, eine schmuddelige Buchhandlung und das Filmkunsttheater, Läden, in denen man Klamotten und Kugelschreiber und Rucksäcke kaufen konnte – alles in einer einzigen kurzen Ladenzeile. In einem Schaufenster war ungewöhnlicher Schmuck aus reizvoll changierendem Plastikmaterial ausgestellt. Kate kaufte zwei geschwungene Kämme in verschiedenen Blautönen, die zu Lees Augenfarbe paßten, und steckte das Kästchen, das die Verkäuferin in glänzendes mitternachtsblaues Papier gewickelt hatte, in die Manteltasche.

Dann ging sie mit raschen Schritten wieder hügelan. Wo die Läden aufhörten, überquerte sie die Straße und lief einen Block weiter bis zu einem Haus, das sie bei der Parkplatzsuche entdeckt hatte und das dem Schild über dem Eingang nach ein katholisches Institut beherbergte. Katholiken waren erfahrungsgemäß immer bestens informiert.

Sie streckte schon die Hand nach dem Türknauf aus, da wurde die Tür von innen geöffnet, und ein Mönch in brauner Kutte erschien.

Kate trat einen Schritt zurück. «Entschuldigen Sie, können Sie mir wohl sagen, wo ich die Graduate Theological Union finde?» Diesen Namen hatte sie bei ersten flüchtigen Recherchen am Vorabend immerhin schon herausgefunden. Der Mönch nickte freundlich lächelnd und deutete auf einen Backsteinbau ein paar Häuser weiter. Sie bedankte sich, er nickte und ging, unentwegt lächelnd, davon. Vielleicht hatte er ein Schweigegelübde abgelegt ...

Im Erdgeschoß des Hauses, das er ihr gezeigt hatte, befand sich eine große Buchhandlung mit schönem Parkettboden. An der Kasse stand eine Kundin, die für drei dicke schwarze Bände mit verschnörkelter Schrift auf den Buchrücken zahlte. Als sie sich mit ihrer Tüte zum Gehen wandte, sah Kate, daß sie einen Priesterkragen auf der blauen Bluse trug – ein seltsamer Anblick für jemanden, der katholisch erzogen worden war.

Kate zückte ihren Dienstausweis.

«Ich bin im Zuge einer Ermittlung auf der Suche nach einem Obdachlosen aus San Francisco, der regelmäßig nach Berkeley kommt. Wenn ich mit dem Leiter Ihres Sicherheitsdienstes sprechen könnte ...»

Der Mann und die Frau an der Kasse wechselten einen ratlosen Blick.

«Studiert er hier?» fragte die Frau.

«Das glaube ich eigentlich nicht ...»

«Oder ist er Professor? Nein, das dann wohl auch nicht ... Tja, da kann ich Ihnen auch nicht weiterhelfen ...»

«Haben Sie keine Campuspolizei?»

«Wir haben strenggenommen gar keinen richtigen Campus», sagte der junge Mann. «Die GTU ist eigentlich mehr eine Verwaltungseinheit, die Institute sind selbständig. Wir betreiben hier nur die Buchhandlung. Die Verwaltung ist einen Stock höher.»

«Und wie viele Institute gibt es hier?»

«Neun. Und dann natürlich noch die angegliederten

Institute wie die Buddhisten oder die Orthodoxen. Fast alle haben ihre eigenen Häuser.»

«Gibt es kein zentrales Studentenhaus?»

«Jedes Institut hat sein eigenes.»

Kate überlegte einen Augenblick. «Wohin würde sich jemand wenden, der regelmäßig herkommt?»

Die Antwort des jungen Mannes war wenig hilfreich: «Das hängt davon ab, was er hier will.» Eine neue Kundin trat jetzt mit einem Stoß von Taschenbüchern an die Kasse. Die englischen Titel wirkten fast so rätselhaft wie das vergoldete Geschnörkel. Was – oder wer – war Hermeneutik? Oder Semiologie?

«Das weiß ich eben nicht. Ich weiß nur, daß er am Dienstag kommt und am Sonntag wieder in San Francisco ist. Als Obdachloser müßte er hier eigentlich auffallen.»

«Wie sieht er denn aus?»

«Eins neunzig, um die siebzig, kurzes graumeliertes Haar, gepflegter Bart, gebräunte Haut, tiefe Stimme.»

«Bruder Erasmus», sagte jemand von hinten. Kate drehte sich um. Schon wieder eine Frau mit Priesterkragen, allerdings mit griesfarbener Bluse.

«Sie kennen ihn?»

«Den kennt jeder.»

«Ich nicht», widersprach der junge Mann.

«Doch, bestimmt. Sie meint den Mönch, der auf dem Hof drüben beim CDSP singt und predigt, ich hab dich dort auch schon gesehen.»

«Ach *den* …» Aber das ist kein Obdachloser.»

«Wo wohnt er denn?» fragte Kate.

«Das weiß ich natürlich nicht, aber er ist sauber und gepflegt, er schleppt nichts mit sich rum und hat keinen Einkaufswagen oder so Sachen.»

«Und wo ist dieses CDSP?» fragte Kate.

«Gleich hier gegenüber.»

«Ich bringe Sie hin, wenn Sie noch einen Augenblick Zeit haben», sagte die Kundin (Pfarrerin? Hochwürdige Mutter? Wie nannte man so eine Frau?). Kate warf einen erst flüchtigen, dann sehr interessierten Blick auf die Titel ihrer Bücher: *Im Schoße der Göttin. Texte des Terrors. Unruhestifter Jesus: Ein schwul-lesbisches Manifest.*

«Danke, Tina», sagte die Frau mit dem Priesterkragen zu dem Kassierer.

«Schönen Tag noch, Rosalyn.»

Auf der Straße blieb Rosalyn stehen und musterte Kate.

«Ich kenne Sie doch?» sagte sie ein wenig unsicher.

«Aber ich wohne nicht hier.» Kate war sofort wieder auf der Hut.

«Das weiß ich. Wie heißen Sie?»

Es half nichts, jetzt mußte sie Farbe bekennen. «Kate Martinelli.»

«Dann sind Sie es tatsächlich. Lee Coopers Lebensgefährtin Casey, nicht? Wir haben uns vor ein paar Jahren auf einem Forum in Glide Memorial getroffen. Rosalyn Hall.» Sie streckte Kate die Hand hin. «Sie werden sich nicht mehr an mich erinnern, besonders nicht in diesem Aufzug.» Sie deutete auf den Kragen. «Und damals hatte ich streichholzkurzes Haar.»

Kate erinnerte sich dunkel an das Forum über Gewalt in der Gemeinde und auch an eine Pfarrerin, das machte sie ein wenig entspannter. «Die meisten Leute sagen jetzt Kate zu mir. Aus Casey bin ich rausgewachsen.»

«Komisch, wie einen solche Spitznamen verfolgen, nicht? Meine Mutter nennt mich immer noch Rosie. Und wie geht es Lee? Ja, natürlich habe ich davon gehört. Man hat in solchen Fällen immer das Gefühl, daß man sich mal melden müßte, möchte aber nicht aufdringlich sein.»

«Sie macht große Fortschritte, und ich glaube nicht, daß sie es für aufdringlich halten würde. In den letzten Monaten hat sie viele Freunde verloren. Manch einer hält eben den Anblick von Rollstühlen, Kathetern und anhaltender Lähmung nicht aus.»

«Das hatte ich mir gar nicht überlegt. Also: irgendeinen Aufhänger für einen Besuch finde ich schon. Vielleicht etwas Berufliches. Arbeitet sie wieder?»

«Sie hat gerade angefangen. Solch einen Vorwand zu benutzen wäre natürlich ideal ...»

«Ich freue mich wirklich, daß wir uns über den Weg gelaufen sind, Kate. Jetzt muß ich gleich zu einer Vorlesung, aber wir sehen uns noch. Ach, richtig – Bruder Erasmus... Ich zeige Ihnen, wo er seine Reden hält.»

Sie überquerten die baumbestandene Straße, die mit nassem, welkem Laub bedeckt war und über die sich winterkahle Äste reckten, um durch eine Öffnung in der Backsteinmauer einen großen Hof zu betreten. Gegenüber führten Türen in zwei Häuser, über eine Treppe zwischen ihnen konnte man weitere Gebäudeteile erreichen. Kate folgte Rosalyn zu dem rechten Eingang. Sie betraten einen trüb beleuchteten Raum, in dem Männer und Frauen an Tischen saßen und Kaffee aus Pappbechern tranken.

«Das ist das Refektorium», sagte Rosalyn. «Der Kaffee ist nicht schlecht. Und dort hält sich meist Bruder Erasmus auf.» Sie deutete auf die Fenster, die auf einen kleineren, grasbewachsenen und mit kahlen Bäumen bestandenen Hof hinausgingen. In einem rechteckigen Teichbecken plätscherte ein kleiner Springbrunnen vor sich hin. Rosalyn sah auf die Uhr. «Vielleicht ist er in der Kirche. Da bringe ich Sie noch hin, und dann muß ich wirklich los.» Sie führte Kate quer durchs Refektorium, aus einer Tür ins Freie und Stufen hoch zu weiteren Backstein- und Glasgebilden. Das reinste Labyrinth, dachte Kate. Nach noch mehr Stufen und noch mehr Häusern standen sie plötzlich vor einem Bauwerk, das nur eine Kirche sein konnte. Rosalyn machte leise die Tür auf, und sie traten ein.

«Da ist Erasmus», sagte sie halblaut und deutete mit einer raschen Kopfbewegung nach vorn. «In der zweiten Bank rechts. Neben Dekan Gardner.» Sie lächelte Kate noch einmal zu, dann ging sie schnell davon.

Der schlichte Kirchenraum war für einen Wochentag gut besucht. Am Altar standen zwei Priester, am Pult las eine Frau feierlich etwas aus der Bibel vor. Kate setzte sich auf eine der hinteren Bänke und versuchte dem Gottesdienst zu folgen.

Sie war gar nicht auf den Gedanken gekommen, danach zu fragen, was für eine Kirche dies war. Die Institute wurden von den verschiedenen Kirchen und Orden betrieben. Das Haus mit dem freundlich-schweigsamen Mönch zum Beispiel war das Institut der Franziskaner gewesen. Die Church Divine School of the Pacific – denn dafür stand CDSP – konnte alles mögliche repräsentieren. Die Liturgie erinnerte Kate ein bißchen an die ihr vertraute katholische Messe, aber darin waren sich wohl alle christlichen Kirchen zumindest ähnlich. Sie erinnerte sich jetzt, daß Rosalyn einer kleinen, hauptsächlich schwul und lesbisch orientierten Gruppierung angehörte, aber die konnte sich vermutlich einen so vornehmen Kirchenraum nicht leisten.

Kate besah sich die unterschiedlich großen, verschiedenfarbig eingebundenen Bücher, die vor ihr im Ständer steckten. Das erste war eine Bibel, die wenig aufschlußreich war. Danach griff sie zu einem schlappen Bändchen, dessen pergamentdünne Seiten mit griechischem Text bedeckt waren, in dem sie nur hier und da eine englische Überschrift entdeckte, wie «Das geistliche Amt von Johannes dem Täufer» und «Speisung der Fünftausend». Auch dieses Buch wanderte gleich wieder zurück in den Ständer. Daraufhin reichte Kates Banknachbar, dem die arme Heidin wohl leid tat, ihr einen anderen Band und deutete mit aufmunterndem Lächeln auf eine Seitenzahl.

Sie überflog die Seite, auf der Gebete standen, und sah dann auf den Buchdeckel. *The Book of Common Prayer* – auch das sagte ihr nichts, aber weiter unten auf der Titelseite fand sich der Hinweis *Episkopalkirche*. Demnach fuhr Bruder Erasmus, Fürsprecher und Berater der Obdachlosen, jede Woche auf die andere Seite der Bucht, um in jener Kirche zu beten, die, wenn Kate den saloppen Spruch richtig im Kopf hatte, Jahrgangsport als Abendmahlswein ausschenkte. Erasmus schien sich hier ganz zu Hause zu fühlen. Sie sah zur zweiten Bankreihe hin. Richtig freundschaftlich saß er mit seinem Zottelhaar und dem abgewetzten Tweedsakko neben dem Dekan, dessen Haar ordentlich geschnitten war und der ein würdiges, kirchlich anmutendes Kleidungsstück trug. Beide –

Kate fuhr zusammen, als die Gemeinde unvermutet aufstand, und hätte fast das Gebetbuch fallen lassen. Der Lesung folgte ein kurzer Choral, für den sie dreißig Seiten zurückblättern mußte, und vierzig Seiten vor dem Choral fand sich dann der vertraute Text des Apostolischen Glaubensbekenntnisses. Danach knieten alle nieder und sprachen eine ihr unbekannte Fassung des Vaterunsers.

Nach dem «Amen» setzten sich einige Leute hin, andere knieten weiter. Kate versuchte, einen Kompromiß zu finden, indem sie sich auf den äußersten Rand der Kirchenbank setzte. Von Erasmus sah sie jetzt nur noch den Scheitel, aber das genügte, denn wichtig war nur, daß er ihr nicht davonlief. Sie blätterte, immer wieder hochblikkend, um den struppigen Kopf in der zweiten Reihe im Auge zu behalten, in ihrem Gebetbuch und erfuhr dabei allerlei Neues. Daß das *Book of Common Prayer* am 16. Oktober 1789 endgültig verabschiedet worden war. Daß der 22. Juli der heiligen Maria Magdalena und der 2. September den Märtyrern Neuguineas von 1942 gewidmet war.

Ein allgemeines Füßescharren setzte ein: Die Kirchenbesucher hatten sich wieder erhoben, ein Buch in der Hand, das zum Glück deutlich als Gesangbuch ausgewiesen war. Kate fand die Seite, indem sie einen raschen Blick in das Buch ihres Nachbarn warf, und konnte noch den letzten Vers mitsingen. Als dann wieder das *Book of Common Prayer* an die Reihe kam, gab Kate ihre Bemühungen auf, der Liturgie zu folgen, und begnügte sich damit, fromme Andacht zu mimen.

Am Altar wurde ein weiteres Gebet gesprochen, die Gemeinde antwortete, es gab noch einen letzten Choral und den Segen, dann standen alle auf, und ein erleichtertes Stimmengewirr setzte ein. Kate wartete, bis ein Teil der Gemeinde die Kirche verlassen hatte. Sie konnte jetzt die beiden Grauköpfe in der zweiten Reihe genauer erkennen und begriff, daß sie ziemlich danebengelegen hatte. Der struppige Kopf über dem abgetragenen Tweedsakko gehörte zu einem jüngeren, kleineren und glattrasierten Mann. Bruder Erasmus dagegen war der Träger des eleganten bodenlangen schwarzen Talars mit Priesterkragen. Hier in Berkeley spielte er demnach den Pfarrer.

Sie sah zum Altar, während er mit gesenktem Kopf an ihr vorbeiging und etwas zum Dekan sagte, und folgte dann den beiden. Eine stark geschminkte, ältere Dame blieb zögernd stehen. Es schien, als wollte sie Bruder

Erasmus ansprechen. Er streckte, ohne stehenzubleiben, die linke Hand aus und legte sie ihr liebevoll tröstend auf die Wange. Die ältere Dame ging strahlend davon, während der Dekan weiterredete, als sei nichts geschehen. Am vierten Finger von Bruder Erasmus' Hand hatte Kate einen goldenen Ring aufblitzen sehen. An der Tür trat er einen Schritt zur Seite und griff nach einem langen Stock, der an der Wand lehnte. Draußen in der Sonne sah Kate, daß der Abschluß des blanken Holzstabes aus einem geschnitzten Männerkopf bestand, um dessen Hals ein verschossenes und ausgefranstes Band geschlungen war. Der Stab war fast so hoch wie der Mann, der sich seiner zärtlich annahm, als sei er ein Teil seines Körpers, von dem er sich vorübergehend hatte trennen müssen.

Kate besah sich das faustgroße, geschnitzte Ende des Stabes und ertappte sich bei der Frage, ob die gerade stattfindende Obduktion wohl den Schluß nahelegen würde, daß John durch einen Schlag auf den Kopf ums Leben gekommen war.

Ein Teil der Kirchenbesucher zerstreute sich. Die meisten verabschiedeten sich von Erasmus mit einer Berührung. Sie schüttelten ihm die Hand, klopften ihm auf den Rücken, drückten kurz seinen Arm. Der Dekan winkte ihm im Weggehen kurz zu.

In Begleitung von fünfzehn bis zwanzig Kirchenbesuchern ging Erasmus jetzt die Stufen hinunter, die zu dem grasbewachsenen Hof und dem angrenzenden Refektorium führten. Kate folgte ihnen. Sie wollte mit dem Dekan sprechen, der hier vermutlich das Hausrecht hatte, mußte aber zunächst sicher sein, daß Erasmus nicht plötzlich verschwand.

Der aber hatte sich offenbar auf einen längeren Aufenthalt eingerichtet. Er steckte seinen Stab in den feuchten

Rasen und blieb dort stehen, die Hände tief in die Taschen seines Talars vergraben. Den Blick hielt er zu Boden gerichtet, während die anderen erwartungsvoll herumstanden oder an der Backsteinmauer lehnten. Noch schwieg er, aber diese Leute warteten offenbar auf ein Wort von ihm. Sie lächelten leise, und ihre Augen funkelten erwartungsvoll.

Es wurde ganz still. Bruder Erasmus hob den Kopf, nahm die Hände aus den Taschen, streckte sie mit den Handflächen nach oben aus, schloß die Augen und begann mit klangvoller Baritonstimme zu singen. Die Worte des Psalms, den die Gemeinde im Gottesdienst gesungen hatte, hallten von den Backstein- und Glaswänden wider: «Lobet den Herren! Denn gut ist es, unserem Herrn Lob zu singen. Der Herr bauet auf Jerusalem», sang er freudig. «Der Herr erhebet die Erniedrigten, er tritt die Bösen in den Staub.» Und dann verstummte er jäh, als hätte ihm eine Hand die Kehle zugedrückt.

Lange blieb es still. Das Lächeln der Zuhörer erlosch, sie sahen sich an und wurden unruhig. Dann fiel der Mann im Talar plötzlich auf die Knie, und als er den Kopf hob, sah man, daß Tränen aus seinen geschlossenen Augen über die wettergegerbten Wangen rannen und aus seinem Bart tropften. Eine Welle der Erschütterung durchlief die kleine Versammlung. Zwei, drei Leute taten ein paar Schritte auf Erasmus zu, andere wichen einen Schritt zurück. Und dann begann Erasmus zu sprechen, sehr bewegt und mit tiefer, wohlklingender Stimme, in der etwas von einer englischen Sprachmelodie mitschwang:

«O Herr, strafe mich nicht in deinem Zorn, und züchtige mich nicht in deinem Grimm. Denn deine Pfeile stekken in mir, und deine Hand drückt mich. Es ist nichts Gesundes an meinem Leib vor deinem Dräuen, und ist kein

Friede in meinem Gebein vor meiner Sünde.» Die schöne Stimme verstummte, um stöhnend Luft zu holen, und es war, als erzeugte das gebannte Publikum ein Echo dieses gequälten Lautes. So etwas hatten die Zuhörer offenbar nicht erwartet.

«Meine Wunde stinkt und eitert vor meiner Torheit. Ich gehe krumm und sehr gebücket; den ganzen Tag gehe ich traurig.»

Daß es etwas aus der Bibel sein mußte, war Kate klar, aber das hier klang völlig anders als die gemessene Lesung, die sie vorhin in der Kirche gehört hatte.

«Meine Lenden verdorren ganz, und ist nichts Gesundes an meinem Leib. Es ist mit mir gar anders denn zuvor, und bin sehr zerstoßen. Ich heule vor Unruhe meines Herzens.»

Der junge Mann neben Kate stieß tatsächlich ein tiefes Stöhnen aus. Eine hagere Frau fing ungeniert an zu weinen. «Ich muß sein wie ein Tauber und nicht hören, und wie ein Stummer, der seinen Mund nicht auftut. Ja, ich bin wie einer, der nicht höret und der keine Widerrede in seinem Munde hat.» Wieder hielt er inne, schluckte und schloß sehr leise: «Verlaß mich nicht, Herr! Mein Gott, sei nicht ferne von mir!»

Er beugte sich vor, bis seine Stirn das Gras berührte, und verharrte so einen Augenblick. Dann richtete er sich wieder auf und öffnete die Augen mit einem so milden, sanftmütigen Lächeln, daß Kate begriff: Der Mann ist nicht ganz normal. Sie war enttäuscht und erleichtert zugleich, und diese Empfindung nahm der Szene, die sie eben erlebt hatte, das Gespenstische. Schätzungsweise ein Drittel der Obdachlosen von San Francisco war geistig irgendwie gestört. Offenbar gehörte auch Erasmus zu dieser Gruppe und hatte John eins über den Kopf gegeben, weil eine Stimme es ihm befohlen hatte oder weil der Mann ihn geärgert hatte oder weil er rein zufällig in der Nähe gewesen war.

So einfach ist das, dachte Kate jäh ernüchtert. Den anderen Zuhörern aber, die noch immer wie gebannt um ihn herumstanden, lagen solche Überlegungen offenbar fern. Kate wandte sich um, als sie Schritte auf den Stufen hörte. Der Dekan näherte sich der Gruppe und nickte ihr höflich zu. Dann sah er die seltsame Szene auf dem Rasen.

«Was ist passiert?» fragte er. Ehe Kate zu einer Erklärung ansetzen konnte, drehte sich einer der Zuhörer um und sagte leise: «Er hat den 38. Psalm rezitiert. Es klang wie ... wie ein persönliches Bekenntnis. Ich habe ihn noch nie so erlebt, Philip, es ist –»

Der Dekan hob die Hand, denn Erasmus hatte wieder angefangen zu sprechen.

«Ich bin ein Narr», verkündete er, rappelte sich auf und klopfte seinen Talar ab. Merkwürdigerweise löste dieser rätselhafte Ausdruck, den auch Beatrice Jankowski benutzt hatte, die Spannung bei seinen Zuhörern. Die weinende junge Frau holte ein Papiertaschentuch heraus, putzte sich die Nase und hob erwartungsvoll den Kopf. Zwei Zuhörer hielten Notizbuch und Kugelschreiber bereit. Sollte das eine Vorlesung unter freiem Himmel werden? Erasmus' Hände fuhren erneut in die Taschen seines Gewandes und kamen mit einigen Gegenständen darin wieder zum Vorschein. Seine linke Hand warf diese Gegenstände – ein kleines Buch, eine silbrig blitzende Scheibe – nach und nach in die Höhe. Wenig später waren es fünf Gegenstände, mit denen er gleichzeitig jonglierte, und dabei begann er zu sprechen.

«Man sagt, daß Unzucht unter euch ist», verkündete er zornig und starrte dabei eine kleine, faltige Frau in neumodisch brauner Ordenstracht und modernem Schleier an, die Kate schon vorhin aufgefallen war. Diese errötete und kicherte nervös, als sein Blick zu dem Mann hinter ihr wanderte. «Ich schrieb euch, daß ihr nicht solltet Gemeinschaft halten mit einem Götzendiener, mit einem Lästerer, Säufer oder Räuber. Daß ihr nicht einmal essen solltet mit einem solchen. Treibt die Sünder fort aus eurer Mitte. Lasset euch nicht verführen. Weder die Hurer noch die Abgöttischen, noch die Ehebrecher, noch die Knabenschänder, noch die Diebe, noch die Geizigen, noch die Trunkenbolde, noch die Lästerer, noch die Räuber werden das Reich Gottes ererben.»

Mein Gott, dachte Kate angewidert, einer von diesen Weltuntergangsidioten und Erlösungsschwätzern. Warum zum Teufel hören sich die Leute diesen Scheiß an?

Erasmus besah sich jetzt mit kindlichem Erstaunen die Gegenstände, die unter seinen Händen gleichsam lebendig geworden waren. Er ließ sie nacheinander in seine rechte Hand fallen, hielt einen Augenblick inne und warf sie, die Richtung umkehrend, mit der rechten Hand wieder in die Luft. Als er weitersprach, klang seine Stimme weder schmerzlich rauh noch strafend streng, sondern sanft und nachdenklich.

«Und darnach ging er aus und sah einen Zöllner mit Namen Levi am Zoll sitzen und sprach zu ihm: Folge mir nach! Und er verließ alles, stund auf und folgte ihm nach. Und der Levi richtete ihm ein großes Mahl zu in seinem Hause, und viele Zöllner und andere saßen mit ihm zu Tisch. Und da die Pharisäer das sahen, sagten sie zu seinen Jüngern: ‹Warum isset euer Herr mit den Zöllnern und Sündern?› Und Jesus antwortete und sprach zu ihnen: ‹Die Gesunden bedürfen des Arztes nicht, sondern die Kranken.›»

Sieben unterschiedlich große Gegenstände wirbelten jetzt wie schwerelos durch die Luft. Wieder bestaunte Erasmus seine eigene Kunstfertigkeit mit Kinderaugen, und dann kehrten die Gegenstände plötzlich nicht in seine linke Hand zurück, sondern flogen in die Zuschauer hinein. Das kleine rote Buch mit dem grünen Gummiband fing die junge Frau auf, die vorhin geweint hatte, die silberne Scheibe landete bei dem älteren Mann, der mit dem Dekan gesprochen hatte, ein handflächengroßes Plastiktäschchen mit Reißverschluß kam in die Hände eines schmuddeligen jungen Menschen mit strähnigem blondem Haar. Eine Filmdose aus grauem Plastik traf eine große farbige Frau an der Schulter, und dann kam etwas Blankes auf Kate zugeflogen, wonach sie automatisch die Hand ausstreckte. Es war eine zerschrammte Polizeidienstmarke aus dem Spielzeugladen. Sie sah rasch auf und begegnete Erasmus' Blick, in dem ein Lächeln stand.

«Denn mich dünkt, Gott habe uns Apostel für die Allergeringsten dargestellet, als dem Tode übergeben. Denn wir sind ein Schauspiel worden der Welt und den Engeln und den Menschen. Wir sind Narren um Christi willen, ihr aber seid klug in Christo», sagte er mit durchtriebenem Blick. «Wir sind schwach, ihr aber stark; ihr herrlich, wir aber verachtet. Bis auf diese Stunde leiden wir Hunger und Durst und sind nacket und werden geschlagen und haben keine gewisse Stätte. Und arbeiten und wirken mit unseren eigenen Händen.»

Er ließ den Stab im Gras stecken, streckte die rauhen Hände aus und ging langsam auf den Dekan und auf Kate zu.

«Man schilt uns, so segnen wir; man verfolgt uns, so dulden wir's. Wir sind stets als ein Fluch der Welt und ein Fegopfer aller Leute. Darum ermahne ich euch, seid meine

Nachfolger. Das Reich Gottes stehet nicht in Worten, sondern in Kraft.»

Er war jetzt ganz nah herangekommen und sah nicht den Dekan, sondern Kate an. «Was wünschen Sie?» fragte er und streckte die Hände aus wie jemand, der bereit ist, sich Handschellen anlegen zu lassen.

6 Das Entscheidende an Franz von Assisi ist, daß er freilich ein Asket, aber mit Sicherheit kein Kostverächter war.

Kate sah kurz auf die blassen, mageren Handgelenke, auf denen sich schwarzgraues Haar kräuselte, dann gehorchte sie fast automatisch dem obersten Gebot für Cops: *Keine Reaktion zeigen!* Gelassen steckte sie den Spielzeugstern an den schwarzen Talar. In dem bärtigen Gesicht blitzten weiße Zähne auf.

«Wenn den Schutzmann ruft die Pflicht, ist das kein Vergnügen nicht!» bemerkte Bruder Erasmus, dann wandte er sich an den Dekan. «Selig seid ihr Armen, denn das Reich Gottes ist euer», sagte er, seinen Kopf erwartungsvoll reckend. Der Dekan stutzte kurz, dann lachte er. «Ganz meine Meinung. Omelette oder chinesisch?»

«Jerusalem, Jerusalem, die du tötest die Propheten und steinigest, die zu dir gesandt sind», lautete die rätselhafte Antwort. Der Dekan hatte Kate die Hand hingestreckt.

«Philip Gardner. Ich bin der Dekan dieses Instituts. Sie kennen unseren Bruder?»

«Noch nicht», gab Kate ziemlich bissig zurück. «Ich würde gern mit Ihnen beiden sprechen. Ohne Zeugen», setzte sie vorsichtshalber hinzu, obgleich die Zuschauer offenbar inzwischen gemerkt hatten, daß die Vorlesung (oder Vorführung?) vorbei war.

«Ja, gern. Wir wollten gerade eine Kleinigkeit essen gehen. Kommen Sie mit?»

«Ich habe spät gefrühstückt», schwindelte sie.

«Dann trinken Sie eine Tasse Kaffee mit uns. Es stört Sie hoffentlich nicht, wenn wir dabei essen, Sie haben ja gehört, daß der Bruder Hunger hat.»

Kate hatte das keineswegs gehört, aber sie mochte nicht streiten. Der Hof hatte sich geleert, kahl und kalt lag der nasse, vermooste Rasen da. Kate zückte ihren Ausweis und hielt ihn Bruder Erasmus hin.

«Inspector Kate Martinelli, Kriminalpolizei San Francisco. Es geht um einen Toten, der am Dienstag im Golden Gate Park ermordet aufgefunden wurde, offenbar ein Obdachloser. Man hat uns gesagt, daß Sie möglicherweise Genaueres über ihn wissen. Sie sind doch der Mann, der Bruder Erasmus genannt wird, nicht?»

Der Mann drehte Kate den Rücken zu und zog seinen Stab aus dem Rasen. Dann wandte er sich, auf den Stab gestützt, wieder um zu Kate, was sie als Zustimmung deutete.

«Wußten Sie von dem Todesfall im Park?» fragte sie weiter. Schweigend nahm er den Stab in die linke Hand und holte mit der Rechten ein vielfach gefaltetes Zeitungsblatt aus der Tasche seines Talars. Es war die Titelseite des *Chronicle*, auf der rechts unten («Fortsetzung auf der Rückseite») ausführlich und mit Namensnennung über den Vorfall im Golden Gate Park und auch über die Verbrennung von Theophilus im vergangenen Monat berichtet wurde.

«Kannten Sie den Mann?»

«Er war nicht das Licht, sondern er sollte zeugen von dem Licht.»

«Ich wäre Ihnen dankbar, wenn Sie meine Frage beantworten würden …»

Der Dekan räusperte sich höflich und zog sie beiseite. Während sie unter einem der kahlen Bäume stehenblieben, behielt Kate Bruder Erasmus im Auge. Der aber holte ein Büchlein mit dünnem grünen Einband aus der Tasche, stützte sich auf seinen Stab und fing an zu lesen.

«Ich wollte Ihnen nur sagen, daß Bruder Erasmus keine normalen Gespräche führt», sagte der Dekan. «Sie müssen sich darauf einstellen, daß er unter Umständen Ihre Fragen nicht beantworten kann.»

«Wenn er vor all diesen Leuten fließend sprechen konnte, wird er das bei mir doch wohl auch fertigbringen.»

«Aber er redet nicht wie normale Menschen. Er spricht in Zitaten.»

«Dann soll er mir eben in Zitaten das sagen, was ich wissen will.»

«So einfach ist das nicht. Wenn das, was Sie wissen wollen, in der Bibel, bei den Kirchenvätern, bei Shakespeare oder in einer anderen literarischen Quelle vorkommt – er hat ein paar Dutzend solcher Bezugsquellen parat –, kann er Ihnen eine Antwort geben. Schwierig wird es bei direkten Fragen. Sie haben ja gehört, daß ich ihn gefragt habe, ob er ein Omelette oder was Chinesisches essen will –»

«Aber geantwortet hat er Ihnen nicht darauf.»

«O doch. Seine Antwort war der erste Teil eines Bibelspruchs aus Matthäus, dessen Schluß lautet: ‹… wie eine Henne versammelt ihre Kücklein unter ihrem Flügel.› Henne gleich Ei: Er will ein Omelette.»

«Und was war mit seiner langen Rede vorhin?»

«Auch die bestand nur aus Zitaten. Erster Korintherbrief, Lukas, Matthäus … Er hat sie außerdem noch mit einem Vers aus den *Piraten* von Gilbert & Sullivan bedacht. Das war noch nie da.»

«Warum redet er so?»

«Das weiß ich nicht. Er spricht nie frei, das ist alles, was ich dazu sagen kann. Ich denke mir, daß er einen schweren Kummer mit sich herumträgt. Vielleicht ist das seine Art, damit fertig zu werden.»

«Würden Sie sagen, daß er geistesgestört ist?»

«Nicht mehr als ich, wahrscheinlich sogar weniger, weil er sich nicht mit Verwaltungskram herumzuschlagen braucht. Nein, mal im Ernst: Er hält sich nicht für Jesus, hat auch sonst keine Wahnvorstellungen oder führt Gespräche mit Unsichtbaren. Er ist immer hilfsbereit und entgegenkommend, reagiert auf alles und begreift, was man sagt, auch wenn seine Antworten nicht immer verständlich formuliert sind. Wir haben seinen Fall im Präsidium besprochen, weil ja das Institut nicht für jedermann zugänglich ist, aber er ist bei uns willkommen. Er regt Nachdenken und Diskussionen an, die Studenten hören seine Betrachtungen gern, und ich habe immer meinen Spaß mit ihm. Oft stelle ich ihm eine direkte Frage, nur um zu hören, wie er sich aus der Affäre zieht. Es ist für uns beide wie ein Spiel.»

Sehr spaßhaft, in den mysteriösen Äußerungen eines religiösen Spinners nach verborgenen Wahrheiten zu graben, dachte Kate. «Dürfte ich Sie dann wohl bitten, bei mir zu bleiben, wenn ich mein Gespräch mit ihm führe, und bei Bedarf zu dolmetschen?»

«Herzlich gern, nur habe ich in einer Stunde ein Seminar. Könnten wir es beim Essen erledigen?»

«Kein Problem.»

In dem kleinen Lokal an der Ecke, einer typischen Studentenpinte, roch es nach Kaffee, Schinken und Käse, in das Stimmengewirr mischte sich das Klappern von Besteck und Geschirr. Erasmus stellte seinen Stab in die Ecke hinter der Tür und folgte dem Dekan zu einem Tisch am Fenster. Die beiden waren hier offenbar Stammgäste und wurden von allen Seiten herzlich begrüßt.

Auch die Kellnerin kannte sie offenbar und brachte zusammen mit den Speisekarten unaufgefordert zwei Becher Kaffee. Erasmus, der sich gerade hatte hinsetzen wollen, richtete sich wieder auf, nahm die Hand der jungen Frau, an der zahlreiche Ringe blitzten, und sah ihr tief in die stark geschminkten Augen. «April … mit tapsig-leichten Füßchen kommst du über die dürren Weiden meiner Seele gegangen …»

Die Bedienung wurde rot bis an die grasgrün gefärbten Haare und prustete los.

Der Dekan sah Kate von der Seite an. «Sie heißt April», sagte er leicht entschuldigend.

Kate ließ ihre Begleiter in Ruhe die Speisekarte lesen. Der Dekan war schnell damit fertig, während Bruder Erasmus den Text so ausgiebig studierte, als wollte er ihn sich zum Zweck späteren Zitierens einprägen. Als April auch Kate einen Kaffee gebracht und der Dekan bestellt hatte, tippte Erasmus stumm auf die Speisekarte. April schaute ihm über die Schulter, notierte die Bestellung und sah darauf Kate fragend an, die dankend den Kopf schüttelte. Mit ein wenig gutem Willen konnte sich der Mann also durchaus verständlich machen. Mal sehen, wie weit sein guter Wille bei mir reicht, dachte sie.

«Man nennt Sie Erasmus», fing sie an. Er sah sie aus seinen sanften dunklen Augen an, sagte aber nichts. «Ist das Ihr richtiger Name?»

«Denn wie der Mensch allerlei lebendige Tiere nennen würde, so sollten sie heißen», sagte er nach einer kurzen Pause.

«Ein Zitat?»

«Aus der Bibel», erläuterte der Dekan. «Schöpfungsgeschichte.»

«Zunächst können wir es von mir aus bei Erasmus belassen, aber auf die Dauer kommen wir ohne Ihren richtigen Namen nicht aus.»

«Was ist ein Name? Was uns Rose heißt, wie es auch hieße, würde lieblich duften.»

«Shakespeare», ergänzte der Dekan halblaut.

«Na gut, wir kommen darauf noch mal zurück. Sie haben in der Zeitung gelesen, daß einer der Obdachlosen im Golden Gate Park ums Leben gekommen ist und einige seiner Freunde versucht haben, ihn zu verbrennen. Ich glaube, in dem Artikel war auch sein Name genannt ...»

«Er war nicht das Licht», bestätigte Erasmus nickend.

«Das haben Sie schon mal gesagt.»

«Im Neuen Testament bezieht sich der Ausspruch auf Johannes den Täufer», sagte der Dekan. «Hieß der Mann John?»

«Ja. Kannten Sie diesen John?» wandte sich Kate an Erasmus. Der legte wieder eine kurze Pause ein, als müsse er ein inneres Orakel befragen.

«Ein Bursch von unendlichem Humor», sagte er dann trocken.

«Heißt das ja?» wollte Kate von dem Dekan wissen.

«Vermutlich.»

«Das kann ja heiter werden, wenn ich später meinen Bericht schreiben muß», stöhnte Kate, goß Sahne in ihren Kaffee und nahm einen Schluck. Dann wandte sie sich wieder an Erasmus. «Können Sie mir sagen, wo Sie am Dienstagvormittag waren?»

Erasmus lächelte nachsichtig, riß ein Zuckertütchen auf, schüttete den Inhalt in seine Tasse und rührte gründlich um.

«Wissen Sie es nicht mehr, oder wollen Sie es mir nicht sagen?»

Er setzte den Becher an die Lippen.

«Vielleicht fällt ihm nur kein passendes Zitat ein», meinte der Dekan. Erasmus lächelte bestätigend.

«Kannten Sie diesen John?» hakte sie nach.

«Ich kannte ihn, Horatio», sagte er mit Nachdruck.

Der erste Erfolg! Kate atmete auf. «Kennen Sie seinen Nachnamen?»

Erasmus überlegte einen Augenblick, dann widmete er sich wieder seinem Kaffee, und Kate hatte den Eindruck, daß ein Ausdruck des Bedauerns über sein Gesicht ging.

«Wissen Sie, woher er kam?»

Erasmus summte eine Melodie, die ihr vage bekannt vorkam.

«Wissen Sie, wo er wohnte?» Keine Antwort. «Was er machte? Wer seine Freunde waren?»

Erasmus sah in seinen Kaffeebecher.

«Warum benehmen Sie sich so?» fuhr Kate gereizt auf. «Sie sind durchaus in der Lage, meine Fragen zu beantworten.»

Erasmus hob den Blick und sah sie an. Es war unverkennbar ein Blick des Mitgefühls, aber mit so einer Antwort konnte Kate nichts anfangen. Unvermittelt beugte er sich vor und streckte, wie um Verständnis bittend, die Hand aus.

«Ich bin ein Narr, und so bekleide ich meine nackte Bosheit mit alten Fetzen, aus der Schrift gestohlen, und schien ein Heiliger, wo ich ein Teufel bin. Es ist alles ganz eitel, sprach der Prediger, es ist alles ganz eitel. Die stolze Männer sind, werden sich beugen müssen», sprach er eindringlich und sah Kate forschend an. Was erwartete er von ihr? Einsicht? Widerspruch? Offenbar hatte sie seine Erwartungen nicht erfüllt, denn jetzt wandte er sich an den Dekan und wiederholte flehend: «Die stolze Männer sind, werden sich beugen müssen.»

Doch auch der Dekan reagierte offenbar nicht so, wie er gehofft hatte. Jetzt sah er wieder Kate an. Seine Gesichtsmuskeln hatten sich unter dem Ansturm einer starken Gemütsregung gestrafft. Er schluckte, dann sagte er mit belegter Stimme: «Und David machte einen Bund mit Jonathan, denn er hatte ihn lieb wie sein eigen Herz. Wollte Gott, ich sei für dich gestorben, o Absalom, mein Sohn, mein Sohn. Siehe, ich bin voller Schande. Was soll ich dir antworten? Der Mund des Narren ist sein Untergang.»

Als er die ratlosen Blicke seiner Zuhörer sah, ließ er sich auf seinen Stuhl zurückfallen und zwang sich zu einem entschuldigenden Lächeln. «Ich bin ein schwacher, kind'scher alter Mann, achtzig und drüber, keine Stunde mehr noch weniger, und grad heraus: Ich fürchte fast, ich bin nicht recht bei Sinnen.»

Als die Bedienung zwei Teller brachte, tat es Kate schon leid, daß sie sich nicht auch etwas bestellt hatte. Sie hatte eigentlich erwartet, daß Erasmus ein Tischgebet sprechen oder zumindest andächtig den Kopf senken würde, aber er legte sich nur die Serviette auf die Knie und machte sich ohne Umstände über sein Essen her.

«Sie können mir also nichts Näheres über diesen John erzählen?» fragte sie ohne große Hoffnung, aber zu ihrer Überraschung antwortete er:

«Ein falscher Freund, ein Schulterklopfer.» Sein Gesicht hatte sich verhärtet. «Sein Mund ist glätter denn Butter und hat doch Krieg im Sinn; seine Worte sind gelinder denn Öl, und gleichen doch gezogenen Schwertern.» Er nahm einen Bissen, kaute nachdenklich und fuhr fort:

«Ein Ehrgeiz, der beim Pferdesprung Kobolz schießt, ein Herz so hart wie Stein, ja, wie die untere Hälfte eines Mühlsteins.» Dann beugte er sich wieder über sein Omelette.

«Was Sie da sagen, ist bestimmt ganz im Sinne Ihrer Freundin Beatrice.»

Die Züge des Bruders wurden weicher. «Ihre Stimme war sanft und leise – ein vortrefflich Ding bei den Frauen.»

«Wissen Sie, wie John starb?»

Er legte eine kleine Pause ein. «Kann auch jemand ein Feuer im Busen behalten, daß seine Kleider nicht brennen?» Bedächtig strich er Butter auf seinen Toast. *«Mors ultima ratio.»*

«Der Tod ist der Tag der Rechenschaft», übersetzte der Dekan mit vollem Mund.

«Und hatte John über vieles Rechenschaft abzulegen?» Bedeutete der erste Teil des Zitats, daß John unmittelbar durch Feuer gestorben war? Das mußte sie unbedingt später nachprüfen.

«O richtet nicht, denn wir sind alle Sünder. Drückt ihm die Augen zu, zieht vor den Vorhang, und laßt uns alle zur Einkehr kommen.»

«Das klingt sehr gut und edel, aber meine Aufgabe ist es festzustellen, wie er gestorben ist und ob jemand dabei nachgeholfen hat. Selbst der schlimmste Sünder hat das Recht, erst dann zu sterben, wenn seine Stunde gekommen ist.»

Erasmus überraschte sie erneut, indem er breit lächelte und dann mit lauter, weit vernehmbarer Stimme verkündete: «O Tigerherz, in Weiberhaut gesteckt!» Bestürzte Blicke der Gäste trafen ihn, während sich der Dekan ein Lachen verbeißen mußte, aber Kate ließ sich nicht ablenken. Sie sah Erasmus an.

«Wissen Sie etwas über Johns Tod?» fragte sie scharf.

Erst jetzt schien der Mann im Talar den Ernst ihrer Fragen so richtig zu begreifen. Er betrachtete sein Omelette, als hoffte er, dort eine Antwort zu finden, und als das nicht gelang, legte er die linke Hand flach auf den Tisch und starrte auf den abgetragenen goldenen Ring am vierten Finger. Sein wandlungsfähiges Gesicht sah jetzt wieder so aus wie vorhin, als er sich kniend zu seiner Unzulänglichkeit bekannt hatte. Er war den Tränen nah. «Die Stimme deines Bruders Bluts schreiet zu mir von der Erde», flüsterte er. Der Dekan verschluckte sich, warf Kate einen raschen Blick zu, dann sah er auf die Uhr und winkte April herbei, obgleich er kaum die Hälfte seines Omelettes gegessen hatte. Kate ließ Erasmus, der noch immer wie gebannt das Gold an seiner Hand betrachtete, nicht aus den Augen.

«Wissen Sie, wie er starb, Erasmus?» fragte sie leise.

Er atmete einmal tief durch und sah sie an. «Bin ich meines Bruders Hüter?»

Der Dekan erhob sich so schnell, daß er fast seinen Stuhl umgerissen hätte, sah hilflos von Kate zu Erasmus und ging zur Kasse, um die Rechnung zu bezahlen, die April ihm im Vorbeigehen in die Hand drückte.

Jetzt hatte auch Kate Gelegenheit, ein Zitat anzubringen. «Erasmus», begann sie. «Sie haben das Recht, zu schweigen …»

7 Unter anderem war er ganz entschieden das, was man ein Original nennt.

Kate schlug die hintere Tür des Streifenwagens zu und wandte sich an den Mann, der mit unglücklichem Gesicht neben ihr auf dem Gehsteig stand.

«Ist das wirklich nötig?» fragte er, und das klang weniger empört als bittend.

«Sie haben gehört, was er gesagt hat. Sogar ich weiß, daß Kain mit der Frage ‹Bin ich meines Bruders Hüter?› auf die Anschuldigung reagiert, er habe Abel umgebracht, und wenn ich mich recht erinnere, hat er das ja auch getan. So wie Bruder Erasmus redet, kommt das einem Geständnis sehr nah.»

«Der Mann ist vielleicht verwirrt, aber nicht gewalttätig, nicht zerstörerisch. Sie können ihn doch nicht aufgrund eines Bibelzitats verhaften.»

Kate mochte jetzt nicht über die Formalitäten einer Verhaftung diskutieren, erst recht nicht in so einem heiklen Fall, aber eine Antwort war sie ihrem Gegenüber schuldig. «Ich habe ihn nicht verhaftet, sondern ihn auf seine Rechte hingewiesen, weil er jetzt kein Zeuge mehr, sondern ein potentieller Verdächtiger ist. Ich habe ihm keine Handschellen angelegt, er kommt freiwillig mit.»

«Was werden Sie mit ihm machen?»

«Genau das, was ich ihm gesagt habe. Sie waren ja dabei. Ich nehme ihn mit in die Stadt zur Vernehmung, und je nach dem Ausgang unseres Gesprächs lassen wir ihn entweder frei oder nehmen ihn in Haft, womit ich allerdings nicht rechne. Nicht heute jedenfalls.»

«Bitte halten Sie mich auf dem Laufenden», verlangte der Dekan.

«Selbstverständlich.» Kate holte eine Karte aus ihrer Umhängetasche und drückte sie ihm in die Hand. «Ihnen würde ich auch gern noch ein paar Fragen stellen.»

«Ich muß aber dieses Seminar –»

«Nur zehn Minuten.» So viel Zeit hätte er sich auch für ein ungestörtes Frühstück genommen. «Wie lange kennen Sie Bruder Erasmus?»

«Er kommt seit etwas über einem Jahr hierher.»

«Vorher sind Sie ihm nie begegnet?»

«Nein.»

«Und seinen richtigen Namen kennen Sie nicht?»

«Nein. Daß er wirklich Erasmus heißen könnte, halten Sie wohl für völlig abwegig?»

Kate tat, als hätte sie den sarkastischen Unterton nicht gehört. Solche Reaktionen begegneten einem Polizisten häufig. «Und woher er kommt, wissen Sie auch nicht?»

«Nein, tut mir leid.»

«Können Sie mir etwas genauer sagen, wann er zum ersten Mal hier aufgetaucht ist?»

«Da muß ich überlegen», sagte der Dekan, ohne sich von den neugierigen Blicken der mit Rucksäcken und Büchertaschen beladenen jungen Leute stören zu lassen, die an ihnen vorbeikamen. «Im August vorigen Jahres, also vor eineinhalb Jahren, bin ich von einem Forschungssemester zurückgekommen. So im Oktober erschien dann eines Tages Bruder Erasmus, und seither kommt er während des Semesters ganz regelmäßig. In den Semesterferien läßt er sich nur hin und wieder bei uns sehen.»

«Wie kommt er her?»

«In den letzten Monaten hat ihn einer unserer Studenten mitgenommen, der in San Francisco wohnt.»

«Ich brauche seinen Namen, Anschrift und Telefonnummer.»

«Ich werde mich erkundigen, ob ich befugt bin, die Daten herauszugeben.»

«Es geht um eine Mordermittlung», sagte Kate streng und konnte nur hoffen, daß sich als Todesursache inzwischen nicht ein Herzinfarkt oder Leberversagen herausgestellt hatte.

«Ja, ich weiß. Ich rufe Sie an.»

«Danke. Was können Sie mir sonst noch über ihn sagen? Wann kommt er, wann geht er, wo schläft er? Was für Freunde hat er hier?»

«Er schläft in einem der Gästezimmer.»

«Wie großzügig!» Was mochten wohl die anderen Gäste dazu sagen?

«Allerdings erst seit einigen Wochen.» Dem Dekan schien erst jetzt bewußt zu werden, daß der Mann, um den es ging, nur durch eine Glasscheibe von ihm getrennt war und praktisch zu seinen Füßen saß. Er trat ein, zwei Schritte zurück und senkte die Stimme. «Anfang November war er, als er wie üblich am Dienstag herkam, schlimm zugerichtet. Ich hatte den Eindruck, daß man ihn zusammengeschlagen hatte. Geschwollene, blutende Lippe, blaues Auge, verbundenes Ohr, eine böse Geschichte, zumal er ja nicht mehr der Jüngste ist. Die Wunden mochten drei, vier Tage alt sein, er hatte offensichtlich Schmerzen, hielt sich aber tapfer. Natürlich konnten wir ihn in diesem Zustand nicht im Freien kampieren lassen. Wir haben zusammengelegt und ihn für drei Nächte in einem Hotel untergebracht.»

«Wir?»

«Ein paar Kollegen und ich. In der nächsten Woche ging es ihm besser, aber weil es regnete, haben wir ihn wieder ins Hotel geschickt. In der Woche darauf winkte er ab, er habe etwas anderes gefunden. Erst in der vierten Woche kamen wir dahinter, daß die Studenten ihn heimlich im Wohnheim hatten schlafen lassen.»

«An welchen Tagen war das denn der Fall?»

«Gewöhnlich ist er am Dienstag, Mittwoch und Donnerstag hier.»

«Und danach haben Sie ihm dann ein Gästezimmer gegeben?»

«Ja, aber erst nach zahllosen Sitzungen, Debatten und Bittschriften der Studentenschaft. Unsere Studenten haben sanft, aber nachdrücklich darauf hingewiesen, daß es wohl nicht übermäßig christlich ist, Geld für Thanksgiving-Essen zu sammeln und Weihnachtspredigten unter dem Motto ‹Denn sie hatten keinen Raum in der Herberge› abzuhalten, dabei aber einem Mann, der inzwischen praktisch zu uns gehörte, die Tür zu weisen. Sie haben sehr geschickt argumentiert und nicht ein einziges Mal das Wort *Heuchelei* gebraucht. Sehr reif, fand ich. Ist Ihnen nicht auch aufgefallen, wie beliebt dieser Begriff ansonsten bei unserer studierenden Jugend ist? Kurzum, wir legten den Fall dem Präsidium vor, und dort einigte man sich zunächst auf eine zweimonatige Probezeit. Die ist inzwischen fast vorbei, und ich denke, wir werden die Regelung verlängern.»

Als er Kates höflich-skeptische Miene sah, setzte er hinzu: «Gewiß, ganz so einfach, wie es sich jetzt anhört, war es nicht, wir mußten auch Fragen der Sicherheit, des

Versicherungsschutzes und dergleichen klären. Aber den Ausschlag gab schließlich Erasmus selbst. Er hat … ich kann es schwer erklären, aber von dem Mann geht so viel Liebenswertes aus, daß wohl selbst die verstaubtesten Bürokraten etwas davon gespürt haben.»

Kate ließ das Thema zunächst auf sich beruhen. «Er kommt immer am Dienstag, sagen Sie.»

«Ja. Der junge Mann, der ihn mitnimmt, hat um drei oder halb vier ein Seminar über Gemeindetheologie, aber manchmal kommt er auch früher und setzt sich zum Arbeiten in die Bibliothek. Er hat zwei Kinder und zu Hause wohl nicht genug Ruhe.»

«Haben Sie ihn oder Erasmus an diesem Dienstag gesehen?»

«Ich war fast den ganzen Tag in Sitzungen und praktisch nur mit unseren Verwaltungsleuten zusammen.»

«Und wann verläßt er Berkeley gewöhnlich wieder?»

«Am Freitagmittag, möchte ich annehmen, denn danach habe ich ihn hier noch nie gesehen.»

«Wie er von hier wegkommt, wissen Sie nicht?»

«Nein.»

«Hat er engere Beziehungen zu dem einen oder anderen der Studenten oder Hochschullehrer oder vielleicht zu Obdachlosen?»

«Von den Studierenden kennt ihn Joel am besten, der junge Mann, der ihn am Dienstag immer mitnimmt, und von den Lehrkräften stehe ich ihm wohl am nächsten. Von seinen Kontakten außerhalb des Instituts weiß ich nichts. Aber jetzt muß ich wirklich gehen …»

«Nur noch eins. Ich wäre Ihnen dankbar, wenn Sie mir aufschrieben, woher die heutigen Zitate stammen.»

«Alle?»

«Soweit Sie Ihnen im Gedächtnis geblieben sind.»

«Warum? Als Beweismaterial sind sie wertlos, das dürfen Sie mir glauben.»

«Ich kann jetzt noch nicht sagen, ob oder wozu ich sie brauche, aber wenn ich Sie in zwei oder drei Wochen danach frage, erinnern Sie sich bestimmt nur noch an fünf oder sechs.»

«Gut, ich will sehen, was sich tun läßt, und melde mich dann wieder. Äh – darf ich mich von ihm verabschieden?»

Kate öffnete die hintere Tür. Dekan Gardner bückte sich und streckte Erasmus die Hand hin.

«Alles Gute, alter Freund. Schade, daß Sie heute um Ihr Abendessen kommen. Hoffentlich sehen wir Sie nächste Woche wieder. Meine Telefonnummer haben Sie ja ...» Erasmus lächelte und schwieg, und der Dekan trat zurück. «Rufen Sie mich an, wenn Sie etwas brauchen.» Kate schlug die Tür wieder zu und versuchte erfolglos, sich Erasmus in einer Telefonzelle vorzustellen.

Sie verabschiedete sich von dem Dekan, setzte sich ans Steuer und ließ Berkeleys heiligen Hügel hinter sich.

Sie konzentrierte sich ganz auf den Verkehr, denn Berkeley war bekannt als Eldorado für wahnwitzige Radler und unbekümmerte Rollschuhfahrer. Diesmal war es allerdings ein aus einem BMW-Kabrio steigender Sikh mit Turban, den sie beinah überrollt hätte. Erst auf der Schnellstraße sah sie sich kurz nach ihrem Fahrgast um, doch der saß friedlich hinter dem Maschendrahtgitter und benahm sich ganz und gar nicht wie ein gefaßter Killer: Weder schlief er noch randalierte er oder brabbelte pausenlos vor sich hin. Gelassen begegnete er ihrem Blick.

«Und es ist ein Jagen wie das Jagen Jehus, des Sohnes Nimschis», stellte er fest. «Denn er jagt, wie wenn er unsinnig wäre.»

«Wenn man nicht ein bißchen wendig ist, wird man abgehängt.» Nach einem schnellen Blick über die linke Schulter schoß sie zwischen zwei Lastern hindurch über zwei Spuren weg und erwischte gerade noch die Ausfahrt zur Bay Bridge. Hinter der Mautstelle sah sie sich erneut nach Erasmus um. Sie hatte Angst vor der Fahrt mit einem nach Fusel stinkenden, wirre Worte stammelnden und ungewaschenen Individuum gehabt, aber der Mann auf der Rückbank roch nur nach warmer Erde, und sein Schweigen wirkte beruhigend. Er rückte sich ein wenig neben seinem langen Stab zurecht, den sie mit Mühe und Not ins Auto bekommen hatten, und das Licht fiel auf den Sheriffstern, den sie ihm an den Talar geheftet hatte.

«Woher wußten Sie, daß ich Polizistin bin?» fragte sie.

«Ich hatte von dir mit den Ohren gehört, aber nun haben meine Augen dich gesehen.»

«Wie haben Sie mich erkannt?»

Statt einer Antwort zuckte er nur leicht, fast entschuldigend die Schultern. Vielleicht war das eine der Fragen, auf die kein Zitat so recht passen wollte.

«Haben Sie irgendwo mein Foto gesehen?» fragte sie auf Verdacht.

«Die Morgensterne sangen zusammen», sagte er leise. Das also war des Rätsels Lösung: Der Fall Morningstar ... Na wunderbar, dachte sie bitter, sogar die Penner, die sich ihre Lektüre aus der Mülltonne holen, kennen mittlerweile dein Gesicht. Mit einem Ruck schlug sie das Steuer ein. Am Polizeipräsidium hielt sie am Eingang für Strafgefangene und ließ Erasmus mit seinem langen Stab und dem kleinen Sportbeutel, den der Dekan ihm aus seinem Zimmer geholt hatte, aussteigen. Nach ein paar Schritten blieb er stehen und betrachtete sie unruhig, aber nicht so, als ob er sich Sorgen um seine unmittelbare Zukunft machte, sondern als suche er in ihrem Gesicht nach einer Antwort.

«Den Abend lang währet das Weinen», sagte er schließlich, «aber am Morgen kommt Freude.»

«Besten Dank für die Mitteilung. Jetzt aber hinein mit Ihnen!» Er machte sich von Kate los und hob die Hand, als wollte er sie auf ihre Schulter legen. Sie trat rasch zurück, und er kam nicht näher, beugte aber seinen Oberkörper weit vor.

«Gut ist es, dem Tod zu entrinnen, aber es ist kein erfreulich Ding, einem Freund den Tod zu bringen.»

«Was –»

«Treu sind die Wunden eines Freundes. Was ist ein Freund? Eine Seele in zwei Leibern.» Man merkte, wie verzweifelt er sich mühte, seine Botschaft verständlich zu machen.

«Meinen Sie John?»

Zu ihrer Bestürzung richtete er sich auf und schlug sich vor lauter Ratlosigkeit zweimal die Fäuste an den Kopf. Zwei Streifenpolizisten blieben stehen.

«Brauchen Sie Hilfe, Inspector Martinelli?» fragte der Ältere und betrachtete einigermaßen verblüfft den hochgewachsenen, ergrauenden Priester in dem vornehmen schwarzen Talar mit dem Spielzeugstern an der Schulter. Erasmus streckte, ohne auf ihn zu achten, bittend eine Hand nach Kate aus.

«Treu sind die Wunden eines Freundes», wiederholte er mit erhobener Stimme und fuhr fort: «Diese verwünschten Waffen. Die Wunden eines Freundes.»

Kate erstarrte, als sie begriff, was er ihr auf seine verquere Art sagen wollte. Er meinte nicht John, sondern Lee. Als er merkte, daß sie ihn verstanden hatte, entspannte sich sein Gesicht, und er sah sie mit einem fast väterlich liebevollen Blick an, aber Kate wehrte sich gegen sein Mitgefühl. Leise fluchend griff sie wieder nach seinem Arm und zog ihn durch die Tür. Die Sache ließ sie einfach nicht in Ruhe. Nicht einmal in so einer ganz alltäglichen Situation, wie sie ihr Beruf mit sich brachte, durfte sie vergessen. Es wäre ihr fast lieber gewesen, statt ihrer ganzen Lebensgeschichte eine Nacktaufnahme von sich auf den Titelseiten zu finden – das hätte den Neugierigen wenigstens ein Mindestmaß an Erfindungsgabe abverlangt. So aber wußten selbst die abgedrehtesten Parkbank-Penner alles über sie, hatten ihre Heldentaten mitverfolgt wie eine verdammte Seifenoper.

Wütend drückte sie den Aufzugsknopf, ohne dem Mann an ihrer Seite einen Blick zu gönnen. Sein geduldiges Verständnis regte sie um so mehr auf. Im zweiten Stock stiegen die anderen Fahrgäste aus, und Erasmus sagte entschuldigend: «Der Mund eines Narren ist sein Untergang. Laß doch nicht Zank sein zwischen mir und dir.»

Kate versuchte, an ihrem Zorn festzuhalten, aber sie spürte, wie er unter der unerschütterlichen Ruhe des Alten in sich zusammenfiel. Sie seufzte.

«Ich bin Ihnen nicht böse, Erasmus. Als Staatsbeamtin habe ich ohnehin kein Recht auf Privatsphäre.» Der Aufzug hielt, die Tür ging auf, und Kate deutete mit dem geschnitzten Ende des Stabes auf einen Schreibtisch im Einsatzraum. «Ich schau mal nach, ob mein Partner da ist.»

In seinem Büro war Al Hawkin nicht, und seine Sekretärin sagte, er sei noch nicht wieder im Haus. Als Kate in der Leichenhalle anrief und nach Al fragte, bekam sie ihn sofort an den Apparat.

«Was gibt's?»

«Ich wollte dich nicht stören, sondern nur fragen, wie lange du dort noch zu tun hast.»

«Bin gerade fertig.»

«Und?»

«Schädelbruch. Schlag mit einem stumpfen Gegenstand. Eindeutig unser Fall.»

Also nicht nur illegal verbrannte Leiche, sondern Mord. Kate warf einen Blick auf den schweren Stab, den sie hinter Hawkins Schreibtisch an die Wand gelehnt hatte, und überlegte, ob sie ihn als Beweismittel würde einziehen müssen.

«Wir haben natürlich eine ganze Menge fürs Labor, aber zunächst noch keine eindeutigen Hinweise.»

«Fingerabdrücke?»

«An zwei Fingern war noch etwas Haut. Wenn wir Glück haben, finden sie was. Keine Zähne und auch keine Zahnprothese, allerdings sagt der Arzt, daß er bis vor kurzem eine getragen hat. Rufst du deswegen an?»

«Nein. Ich habe Bruder Erasmus mitgebracht. Du hast doch gesagt, daß du gern bei der Vernehmung dabei wärst.»

«Ja, danke. Hast du schon gegessen?»

Wie konnte der Mann, den Geruch der Obduktion noch in der Nase, nur an Essen denken …

«Nein. Bringst du mir ein Sandwich mit? Und eins für unseren guten Bruder. Von seinem Frühstück hat er nicht viel gehabt.»

«Ich ziehe mich nur rasch um.» In den Monaten am Schreibtisch hatte Kate schon fast vergessen, wie genau es Al nach einem Autopsiebesuch mit der Reinigung nahm. Der Geruch war durchdringend und haftete an Haar und Kleidung, und auch sie hatte in solchen Fällen immer Sachen zum Wechseln und duftendes Shampoo dabeigehabt.

Erasmus saß brav an dem Platz, den sie ihm zugewiesen hatte. In der Linken hielt er das kleine grüne Buch, die geballte Rechte hatte er auf die Brust gelegt. Es war eine wunderliche Stellung, und Kate sah ihn einen Augenblick nachdenklich an, bis ihr einfiel, daß sie ihn so schon einmal gesehen hatte: und zwar auf dem Rasen des Instituts, die rechte Körperseite an den hohen Stab geschmiegt. Nur daß jetzt die Faust keinen Stab umfaßte …

«Was lesen Sie da?» fragte sie. Er schlug das Buch zu und hielt es ihr hin.

APOSTOLISCHE VÄTER
Übersetzt von Kirsopp Lake

Neugierig schlug sie es auf. Es stammte aus der Bibliothek der Graduate Theological Union und war aufgeteilt in Kapitel mit Titeln wie «Clemens», «Ignatius bis Polycarp», «Die Didachen». Links stand der griechische Text, den Kate nicht lesen konnte, rechts eine englische Übersetzung. Erasmus hatte vermutlich die linke Seite gelesen. Sie überflog ein paar Zeilen, auf denen es um Reue, Erlösung, Gottsuche und die Flucht vor dem Bösen ging, dann schloß sie das Buch und ließ es an einer beliebigen Stelle wieder aufspringen, wie sie es einmal bei Hawkin gesehen hatte. Bei einem Leihbuch allerdings fehlte der persönliche Bezug. «‹Deshalb, liebe Brüder, laßt uns dieser Welt entsagen›», rezitierte sie, «‹und den Willen dessen tun, der uns rief.›» Sie wiederholte das Experiment und fand: «‹Laßt uns auch denen nacheifern, die in Ziegen- und Schaffellen herumgingen.› Ja, von denen hab ich in letzter Zeit ein paar in der Stadt gesehen», sagte sie, ließ das Buch zufallen und gab es Erasmus zurück. «Tut mir leid, aber es wird noch eine halbe Stunde dauern, bis wir anfangen können. Wollen Sie was trinken? Einen Kaffee? Oder möchten Sie auf die Toilette?» Er stand auf. Kate brachte ihn über den Gang und wieder zurück und ließ ihn mit seinen apostolischen Vätern allein, während sie ihn von Hawkins Büro aus im Auge behielt.

Es dauerte dann doch fast eine Dreiviertelstunde, bis Hawkin kam. Sein Haar war noch feucht und roch leicht nach Zitrone, den Tüten aber, die er auf dem Schreibtisch ablegte, entstieg kräftiger Zwiebelgeruch.

«Ich wußte nicht, ob dein heiliger Mann Vegetarier ist, zur Sicherheit habe ich für ihn ein Käsesandwich mitgebracht.» Kate wartete, bis er die Brote sortiert hatte, dann brachte sie Erasmus die ihm zugedachte Tüte.

«Noch zehn Minuten», sagte sie. «Käse und Avocado. Ist das recht?»

«Mein Mund wird dir Lob singen», erwiderte er ernsthaft.

«Äh ... gern geschehen.»

Als sie zu Hawkin zurückkam, hatte er seine Portion schon halb vertilgt.

«Was gibt's denn zu grinsen?» fragte er undeutlich.

«Ich hab zwar schon öfter mit Spinnern zu tun gehabt, aber einer wie Erasmus ist mir noch nicht untergekommen. Geflügelsalat mit Mandeln und Orange? Bestens.» Die Fritten waren dick und knusprig, und ein paar Minuten hörte man in Hawkins Büro nur zufriedenes Mampfen.

«So, und jetzt erzähl von deinem neuen Freund», verlangte Hawkin schließlich.

«Es dürfte eine spannende Vernehmung werden. Er spricht nur in Zitaten – aus der Bibel, Shakespeare und so –, deshalb kann er natürlich die meisten direkten Fragen nicht beantworten.»

«Kann er zusammenhängend reden?»

«Eigentlich schon, meist ist die Antwort in seinem Zitat verpackt, aber oft muß man erst danach suchen. Es dauert immer eine ganze Weile, ehe er was sagt, da überlegt er sich wohl das passende Zitat, manchmal sagt er überhaupt nichts, und manchmal antwortet er mit Körpersprache oder mit einem bestimmten Gesichtsausdruck. Aber wenn ihm das, was er zum Ausdruck bringen will, wirklich wichtig ist, macht er immer wieder einen neuen Anlauf, bis du es kapiert hast.»

«Eine Vernehmung als Quiz», sagte Hawkin unzufrieden. «Sollen wir etwa jede seiner Gesten ins Protokoll aufnehmen?»

«Vielleicht läuft es ja besser, als wir denken. Das Problem ist, seine Worte zu deuten. Zum Beispiel hatte ich den Eindruck, daß er den Mord an John gestanden hat, aber vielleicht hab ich das einfach in die falsche Kehle gekriegt.»

«Wovon sprichst du?»

Kate erzählte, was sich in dem Lokal abgespielt hatte. «Daß Erasmus die Worte des Brudermörders in der Bibel benutzt hat, könnte man durchaus als Schuldgeständnis werten, darüber bin ich mir mit dem Dekan einig. Und deshalb habe ich Erasmus auf seine Rechte hingewiesen und mitgebracht.» Von der kleinen Szene auf dem Parkplatz und im Aufzug erzählte sie wohlweislich nichts.

Hawkin schüttelte den Kopf, und dann mußte er lachen. «Bin völlig deiner Meinung – mal ein ganz anderer Typ von Spinner.» Er leerte seine Coladose und warf den Abfall in den Papierkorb. «Mal sehen, ob wir dem heiligen Mann nicht doch das eine oder andere aus der Nase ziehen können.»

8 ... eine auf Rücksichtnahme basierende Kameradschaft

«Was weißt du über Narren?» fragte Kate, als sie beim Abendessen saßen.

Lee schluckte ein Stück Lasagne herunter. «Nur soviel, daß eine harmlose Beschränktheit keine klinisch anerkannte Geisteskrankheit darstellt. Schon deshalb nicht, weil sie hierzulande so verbreitet ist.»

«Ich rede nicht von Alltagsidioten. Mein Narr hält sich für so was wie einen Propheten und redet in Bibelsprüchen.»

«Ein heiliger Narr?» staunte Lee. «Wie kommst du denn an den?»

«Er hat etwas mit der Verbrennung im Park zu tun, ist eine Art Freund oder geistiger Führer der Obdachlosen dort, wenn das nicht zu hochgegriffen ist.»

«Ja, das wäre typisch für solche Leute ...»

«Wieso typisch?»

Lee überlegte. «Allzuviel fällt mir spontan nicht dazu ein, aber daß Narren Archetypen im Sinne von Jung sind, scheint mir klar zu sein. Sie verkörpern eine Dynamik, die der gesellschaftlichen und religiösen Erstarrung entgegenwirkt. Im Hanswurst vereinen sich subtile Bosheit und enorme Dummheit, er ist gottnah und animalistisch zugleich.» Lee führte den nächsten Bissen zum Mund. «Viele umwälzende Reformen gehen auf Menschen zurück, die man in diesem Sinne als Narren bezeichnen könnte. Franz von Assisi war der klassische Narr: ein Sohn aus gutem Hause, der plötzlich begreift, daß Geld nicht alles ist, sein Vermögen verschenkt, auf der Straße lebt und das einfache Leben predigt. Im Mittelalter war der Hofnarr der einzige, der dem Herrscher die Wahrheit sagen konnte. Clowns sind eine Art degenerierte Narren. Charlie Chaplin hat häufig Gaukler- und Spaßmacherrollen gespielt. Ich müßte das recherchieren, Kate.» Sie kaute eine Weile an ihrer Lasagne und an der Idee herum. «Vor Jahren hat sich in Berkeley mal so ein Typ bei einer Tagung als Narr eingeführt. Eine ganz bewußte Darstellung der archetypischen Gestalt, ich glaube sogar, es war eine Tagung, die vom Jung-Institut gesponsert wurde.»

«Ist dir von ihm noch was in Erinnerung geblieben?»

«Nicht viel. Er war groß und hatte einen Bart. Weiß. Der Mann, nicht der Bart. Ziemlich jung, nicht älter als dreißig.»

«Täuschst du dich da auch nicht?»

«Es ist mindestens fünfzehn Jahre her, Kate, ich weiß nur, daß er größer war als ich, mit zotteligen Haaren, ansonsten aber sauber. Er trug zusammengewürfelte Klamotten, hatte immer ein dünnes Stöckchen mit einer häßlichen Schnitzerei bei sich und versuchte, Weisheit und Selbstsicherheit zu verbreiten. Mich hat er nicht sehr beeindruckt, ich fand ihn ziemlich linkisch und weiß nur noch, daß ich mich fragte, ob er sich nicht lächerlich vorkam. Mit dem Gedächtnis ist das so eine Sache, aber wäre er älter gewesen, hätte ich mich wohl noch mehr an seiner Unsicherheit gestört. Wie alt ist dein Narr?»

«Ich schätze ihn auf ziemlich rüstige siebzig bis fünfundsiebzig.»

«Der Mann, den ich meine, kann jetzt höchstens fünfzig sein. Habt ihr die wahre Identität eures Narren denn noch nicht herausgefunden?»

«Bisher sind wir mit unseren Nachforschungen immer nur ins Leere gelaufen. Keiner weiß, woher er kam, er hat keine Ausweispapiere bei sich, und aus ihm selbst ist nichts herauszubekommen.»

«Er schweigt?»

«Nein, aber das, was er sagt, ergibt nur selten einen Sinn. Er spricht in Zitaten. Bibelsprüche, Shakespeareverse und dergleichen.»

«Ausschließlich?»

«So hat man es mir gesagt. Als Katholikin bin ich nicht besonders bibelfest, da wir uns nicht so radikal auf die Schrift berufen. Dekan Gardner sagt, daß es Bibelzitate sind, und das muß ich ihm einfach so abnehmen.»

«Eigenartig ...»

«Würdest du sagen, daß das ein normales Verhalten für einen Narren ist?»

«Ich glaube, für Narren gibt es kein normales Verhalten, denn Verhaltensregeln sind für diese Leute fast ein Widerspruch in sich. Aber daß ein Narr sich nur in Zitaten artikuliert, wundert mich. Solche Leute schätzen keine Einschränkungen. Sie sind eher spontan, lieben Wortspiele und sind – wie soll ich sagen – geistig und körperlich sehr beweglich. Was mir zur Zeit abgeht. Ich müßte, wie gesagt, recherchieren, im Augenblick kratze ich nur an der Oberfläche.»

«Finde ich nicht. Es hilft mir schon zu wissen, daß vor zehn oder fünfzehn Jahren hier ein Narr herumlief, auch wenn es nicht derselbe ist wie jetzt. Wärst du bereit, dich näher mit der Sache zu befassen und herauszufinden, wer dieser Mann auf der Tagung war oder ob es vielleicht noch ähnliche Typen gab?»

«Für dich oder für deine Dienststelle?»

«Eher für mich. Ich glaube nicht, daß sie dir ein Beraterhonorar zahlen würden, wenn du das meinst.»

«Nein, darum geht es mir nicht. Ich überlege nur ...»

«Was denn, Schatz?» fragte Kate betroffen, denn sie spürte Lees innere Unruhe.

«Ach, nichts ...» Aber dann gewann die Therapeutin in ihr die Oberhand. «Oder doch: Ich weiß nicht, ob ich mich wieder auf einen deiner Fälle einlassen soll.»

«Dann tu's auf keinen Fall, Liebling.» Kate nahm Lees Hand, küßte sie und hielt sie fest. «Es ist völlig unwichtig, wer diese Narren sind oder waren, wahrscheinlich hat es mit dem Fall überhaupt nichts zu tun. Bruder Erasmus interessiert mich einfach, das ist alles. Ich weiß nicht, was ich von ihm halten soll, und wollte nur deine Meinung dazu hören.» Und ich meinte, es würde dich vielleicht freuen und dir zu einer nicht zu anstrengenden Aufgabe verhelfen, dachte sie, sagte es aber nicht laut. Gleich darauf rief sie sich zur Ordnung. Ihr letzter und einziger Fall, in den Lee verwickelt war, endete damit, daß eine Kugel ihr zwei Wirbel zerschmettert hatte und ein Serienmörder keine drei Meter vor dem Eßtisch lag, an dem sie gerade saßen. Daß sie so etwas nicht noch einmal erleben wollte, war nicht nur verständlich, sondern verdiente jede Unterstützung.

«Es war eine blödsinnige Idee. Schwamm drüber.» Sie drückte noch einmal Lees Hand und ließ sie dann los, aber Lee aß nicht gleich weiter, und Kate hätte sich im nachhinein am liebsten die Zunge abgebissen.

«Es ist keine blödsinnige Idee», widersprach Lee überraschend. «Als ich sagte, daß ich es nicht weiß, habe ich das auch so gemeint. Bei dem Gedanken sollte ich mich eigentlich fürchten oder eine andere Gefühlsregung zeigen, aber nichts dergleichen ist der Fall. Ich empfinde nur ein unbestimmtes intellektuelles Interesse. Vielleicht ist die Furcht so stark, daß ich sie gänzlich abblocke, es gibt da eine Stufe – Worüber lachst du?»

«Du redest wie eine Therapeutin, Lee!»

«Das bin ich ja auch ...»

«Eben», sagte Kate liebevoll und voller Erleichterung über diesen plötzlichen Anflug von Normalität. Jetzt mußte auch Lee lachen. Sie griff wieder nach ihrer Gabel, und nach dem nächsten Bissen sagte sie:

«Wenn es nur für dich persönlich ist, will ich gern sehen, was sich tun läßt. Jon hat das Modem installiert, es wäre eine gute Gelegenheit, mich im Recherchieren zu üben.»

«Wenn du Lust und Zeit dazu hast, würde ich mich freuen. Aber bitte nur auf Distanz. Ich möchte nicht, daß du irgendwelche Kontakte aufnimmst, auch nicht per Computer, durch die deine Identität draußen bekannt werden könnte. Sonst steht im Handumdrehen wieder die Presse in unseren Petunienbeeten und glotzt durchs Fenster, und der Fall ist schon ohne deine Mitwirkung farbig genug.»

«Ich glaube, Jon hat statt der Petunien Wicken gepflanzt, aber ich weiß schon, wie du es meinst. Die Zeitungsleute kennen sich im Internet besser aus als ich. Und jetzt erzähl weiter von deinem Narren.»

Das Abendessen wurde begleitet von dem schillernden Fall Erasmus, wobei Kate die Schattenseiten – die Verbrennung und das mögliche Geständnis – herunterspielte und das, was er auf dem Parkplatz hinter dem Polizeipräsidium und im Aufzug zu ihr gesagt hatte, ganz unterschlug.

Jon kam in die Küche, als Kate den Kaffee aufsetzte,

und betrachtete die Teller in der Spüle mit hochgezogenen Augenbrauen.

«Gratuliere», sagte er halblaut.

«Wozu?»

«So viel hat sie seit einem Monat nicht mehr gegessen. So, und jetzt muß ich los. Der Piepser ist angestellt, wenn was ist, könnt ihr mich jederzeit erreichen. *Arrivederci*, Leo», rief er ins Wohnzimmer hinüber.

«Viel Spaß, Jon», rief Lee zurück, und die Tür klappte hinter ihm zu.

Kate belud die Geschirrspülmaschine, stellte die Reste vom Abendessen in den Kühlschrank und brachte den Kaffee ins Wohnzimmer. Der Fernseher lief, und Lee saß, leicht gerötet von der Anstrengung, sich aus ihrem Rollstuhl zu kämpfen, auf dem Sofa.

«Du siehst blendend aus», stellte Kate fest.

«Tamara hat mir heute die Haare geschnitten. Du solltest sie dir auch mal kommen lassen, sie ist echt gut.»

«Es liegt nicht an der Frisur. Ich meine dich, im ganzen.»

«Arme Kate, über deinem Papierkram bist du offenbar blind geworden. Setz dich einen Augenblick her, auf Kanal Neun läuft ein alter Film mit Maggie Smith.»

«Wenn du Fernsehen gucken willst, sitzt du aber im Rollstuhl besser, hier kriegst du einen steifen Hals.»

«Ich dachte, wenn ich hier sitze, locke ich dich von deiner Arbeit weg, kann mich bei dir anlehnen und erspare mir den steifen Hals.»

Kate stellte die Tassen auf den Tisch und setzte sich hinter Lee, die sich an ihre linke Schulter schmiegte. Der Film hatte gerade angefangen. Sie tranken ihren Kaffee. Der warme Duft von Lees lockigem blonden Haar begann Kate zu irritieren.

«Schreibt man diese scheußlichen Blumen eigentlich mit oder ohne ‹y›?» fragte Lee unvermittelt und deutete mit der Kaffeetasse auf den Bildschirm.

«Die Chrysanthemen meinst du? Da müßte ich im Lexikon nachsehen.» Kate hatte das Gesicht an Lees Haar geschmiegt. «Soll ich es holen?»

Ihre linke Hand lag flach auf Lees Bauch, ein Zeigefinger kreiste sanft um ihre Brust.

«Jetzt nicht.» Lee trank langsam ihren Kaffee aus, während Kate ihren kalt werden ließ. «Toll, das rote Kleid zu diesem feurigen Haar. Das bringt nur Maggie Smith fertig.»

«Ich bin eifersüchtig auf Maggie Smith», sagte Kate glücklich.

Sie sahen den Film nicht zu Ende.

Mordfälle, die sich nicht in zwei, drei Tagen lösen lassen, schleppen sich meist über Wochen hin, und dieser war keine Ausnahme. Der vierte und fünfte Tag verging ohne besondere Vorkommnisse. Kate und Al Hawkin waren sich darüber einig, daß Bruder Erasmus ihnen nicht davonlaufen würde, und nach einer ergebnislosen Vernehmung am Freitag hatten sie ihm seinen Stab zurückgegeben und ihn wieder auf die Stadt des heiligen Franz losgelassen. Kate ertappte sich dabei, daß sie, als sie am Sonntag vom Einkaufen kam, langsam durch den Golden Gate Park fuhr, wo sie auf einem der Wege tatsächlich Erasmus entdeckte. Er war gekleidet wie ein Penner und von einer Gruppe Obdachloser umringt. Unwillkürlich mußte sie an seine Bewunderer in Berkeley denken. Dies war eine andere Welt. Nur die Blicke seiner Anhänger waren die gleichen – glücklich, ehrerbietig und voller Liebe.

Auch Hawkin sichtete ihn einmal, allerdings eher zufällig, als er abends nach Hause fuhr. Auch diesmal trug er nicht seinen Talar, sondern Jeans und eine bunte Wolljacke. Er saß in der Wintersonne auf einem niedrigen Mäuerchen, las in einem kleinen grünen Buch und lutschte an einer Eistüte.

Inzwischen mahlten die Mühlen der Justiz weiter. Laut Laborbericht hatte man in dem Körper des unbekannten Toten keinen Alkohol, keine Drogen, ja nicht einmal Nikotin gefunden. Als letzte Mahlzeit hatte er mindestens sechs Stunden vor seinem Tod ein großes Beefsteak, grüne Bohnen und Bratkartoffeln verzehrt. Todesursache war ein Schlag mit einem stumpfen Gegenstand an die rechte Schläfe, geführt von einem Rechtshänder – oder einer Rechtshänderin. Täter oder Täterin hatten hinter dem Opfer gestanden, das auf einem Baumstumpf ein paar Meter entfernt von der Stelle gesessen hatte, wo Harry und Luis die Leiche fanden. John war nicht sofort tot gewesen, hatte aber wohl gleich das Bewußtsein verloren. Noch eine Stunde lang hatte er innere und äußere Blutungen, ehe sein Herz aufhörte zu schlagen.

Es gab noch eine mögliche Spur, die nach Hawkins Meinung nichts Gutes verhieß, während Kate sich ein Urteil vorbehielt. Sechs Meter von der Leiche entfernt am Fuß eines Baums hatte man einen nicht ausgedrückten, sondern abgezwickten Zigarettenstummel gefunden. Seltsamerweise aber lag um den Baum herum sehr viel mehr Asche, als eine einzige Zigarette hätte liefern können. Die Leute von der Spurensicherung meinten, es müßte die Asche von fünf bis acht Zigaretten sein. An drei Stellen fanden sich die Abdrücke von Cowboystiefeln oder einer ähnlichen Fußbekleidung Größe Neun.

Als die Laborergebnisse vorlagen, ließ Al sich von Kate

zum Park fahren, blieb innerhalb der flatternden gelben Absperrbänder stehen und sah zu Boden.

«Ich denke mir das so: Ein Mann mit einem Paar dieser teuren Stiefel, die einen fünf Zentimeter größer machen, hat hier gestanden, geraucht und mit John geredet. Dann ist er ein paar Schritte zurückgegangen, hat sich einen Baseballschläger, einen Ast oder einen Schlagstock gegriffen und damit kräftig ausgeholt, woraufhin John zusammenbrach, aber nicht auf der Stelle tot war. Der Mann schleifte ihn von dem Baumstamm weg ins Gebüsch, so daß er außer Sicht war, stellte sich hinter den Baum dort drüben und rauchte Kette. Sobald er eine Zigarette zu Ende geraucht hat, zwickt er sie ab und steckt sie in die Tasche. Bis auf eine, die ihm heruntergefallen ist. Und die ganze Zeit sieht er John beim Sterben zu. Ganz schön kaltschnäuzig.»

«Nur glaube ich nicht, daß der Mörder aus Lusttrieb getötet hat», wandte Kate ein.

«Nein, dazu verlief der Mord zu beiläufig, ohne jedes Ritual. Und er ist nicht näher herangetreten, um ihn genau zu beobachten. Er hat nur gewartet. Ob John dabei Schmerzen hatte, kümmerte ihn wohl nicht weiter. Vielleicht aber war er auch nur vorsichtig. Wäre jemand auf der Straße vorbeigekommen, hätte er von da schneller abhauen können.»

«Glaubst du, daß er irgendwo am Park einen Wagen stehen hatte?»

«Wir werden ein paar Plakate kleben, vielleicht hat jemand was gesehen. Komische Geschichte, das mit den Zigaretten ...»

«Warum?»

«Wieso hat er sie alle abgezwickt und mitgenommen?»

«Um keine Spuren zu hinterlassen. Er hat zuviel ferngesehen und dachte, daß wir ihn aufgrund eines Fingerabdrucks auf dem Zigarettenpapier identifizieren können. Vielleicht sollten wir auch nicht merken, daß er hier war.»

«Warum hat er dann nicht in die Zellophanhülle geascht? Das hab ich oft gemacht, wenn ich auf einer sauberen Vortreppe geraucht habe. Und warum hat er ganz unbekümmert seine Fußspuren hinterlassen? Die sind mindestens ebenso charakteristisch wie das Rauchen.»

«Vielleicht kommen in den Krimis, die er guckt, nur Fingerabdrücke vor. Und vielleicht hat er deshalb gewartet, bis ein Opfer tot war, statt noch mal zuzuschlagen. Es war nicht unbedingt Kaltschnäuzigkeit, er wollte nur vermeiden, daß Blut auf seine Sachen kam. Bei einem einzigen Schlag ist die Gefahr nicht so groß, aber je öfter man zuschlägt, desto mehr Blut spritzt in der Gegend herum.»

«Inspector Martinelli hat eben auf alles eine Antwort. Aber jetzt will ich dich noch was fragen: Was sind das für Typen, die ihre Zigaretten nicht ausdrücken, sondern abzwicken?»

«Du warst der Raucher, Al. Ich habe keinen Schimmer. Eine Macho-Masche? So wie man ein Streichholz mit dem Daumennagel anreißt, um zu zeigen, was für ein tougher Typ man ist? Oder er wollte sichergehen, daß er sich mit der Kippe kein Loch in die Tasche brennt ...»

«Kann gut sein», sagte Hawkin zerstreut.

«Also komm schon, Al. Was mag das für ein Typ sein? Und warum glaubst du, daß er das gewohnheitsmäßig macht?»

«Weil er sechs bis acht Zigaretten geraucht hat, ohne auch nur eine einzige an dem Baum auszudrücken oder zu zertreten. Ganz schön berechnend, dazustehen, nervös zu rauchen und darauf zu warten, daß der Freund stirbt.»

«Freund?»

«Zumindest Bekannter. Vielleicht hatte er auch Hemmungen, glühende Zigarettenstummel auf die Erde zu werfen, weil er beruflich mit brennbaren Sachen zu tun hat oder sich einfach um die Umwelt sorgt. Parkwächter zum Beispiel werfen so gut wie nie Kippen weg, weil sie wissen, daß sie das Zeug später selber wieder aufsammeln müssen.»

«Somit hätten wir also einen Parkwächter, der aus Eitelkeit teure, hochhackige Stiefel trägt und mit einem Obdachlosen befreundet ist, der weder raucht noch trinkt oder Drogen nimmt. Der Parkwächter zieht ihm eins über den Schädel, steht ordnungsliebend herum, bis der Obdachlose gestorben ist.»

«Ja, so ungefähr», bestätigte Hawkin.

«Interessante Theorie.» Kate folgte Hawkin zum Wagen. «Und obendrein eine sehr brauchbare. Damit sollten wir uns vom Staatsanwalt die Erlaubnis einholen, sämtliche Gärtner und Parkwächter von San Francisco zu verhaften und in einem Bus zum Polizeipräsidium zu karren.»

«Darum kannst du dich ja dann kümmern», sagte Hawkin. «Ich bin heute abend mit Jani verabredet.»

«Kein Problem. Wir schnappen sie uns, prügeln ein Geständnis aus ihnen heraus und sind zum Abendessen wieder daheim.»

«Ich wußte ja, daß ich auf dich zählen kann, Martinelli.»

9 Eine Kirche baut man am besten, indem man sie baut.

Sechs Tage vergingen. Sieben. Lee fand einiges an Material und schickte Jon in diverse Bibliotheken, um es abzuholen und über die Fernleihe der Universitätsbibliothek weitere Bücher zu bestellen. Immer wenn ihr die Termine für die Physiotherapie und den Arzt, die langwierigen Vorbereitungen auf die Gespräche mit ihren eigenen Patienten und die im Anschluß notwendigen Erholungspausen Zeit dazu ließen, machte sie sich daran, das Material zu lesen und zusammenzustellen. Obwohl Erasmus längst wieder frei war, rief Dekan Gardner täglich bei Kate an, und um ihn zu beschäftigen, stellte Kate ihm die gleiche Aufgabe, die sie Lee gestellt hatte: Verschaffen Sie mir den Kontakt zu Leuten, die wissen, was ein Narr ist.

Sie hätte selbst nicht recht sagen können, warum diese Frage sie so interessierte. Sie wußte nur soviel, daß ihr Interesse mehr mit dem Rätsel Erasmus als mit der Mordermittlung zu tun hatte. Hawkin erzählte sie nur beiläufig von diesen Forschungsaufträgen. Er nickte und bat sie, ihn auf dem laufenden zu halten.

Neun Tage nach dem Mord, acht Tage nach der Verbrennung zeigte sich ein erster Hoffnungsschimmer am Horizont, obgleich Kate das zunächst nicht so sah, sondern sich wieder mal über Dekan Gardner ärgerte.

«Ich habe wirklich nichts Neues für Sie. Erasmus habe ich nicht mehr gesehen, seit – ach so, bei Ihnen? Ja, richtig, es ist ja Donnerstag.» Erasmus hatte die Auflage erhalten, das Stadtgebiet von San Francisco nicht zu verlassen, aber es wunderte sie eigentlich nicht, daß er sich in seinem gewohnten Wochenablauf nicht stören ließ. «Alles in Ordnung mit ihm?»

«Ja, er scheint bester Laune zu sein. Ich rufe an, weil ich mir wegen der Sache, in der Sie mich angesprochen hatten, das eine oder andere habe einfallen lassen. Haben Sie was zu schreiben da?»

«Schießen Sie los.»

«Da hätten wir zunächst Danny Yamaguchi, eine Theologieprofessorin in Stanford. Sie ist Expertin für Kulte, und wenn es tatsächlich so was wie eine Narrenbewegung gibt, müßte sie davon wissen. Dann Rabbi Shlomo Bauer, in diesem Semester einer unserer Gastprofessoren, sein Forschungsgebiet sind die jüdisch-christlichen Beziehungen in Rußland vom 17. Jahrhundert bis heute. Und als Nummer drei eine Frau Dr. Whitlaw, die an einer der weniger traditionsreichen englischen Universitäten lehrt und hier ein Forschungssemester verbringt. Ich kenne sie nicht persönlich, aber sie soll Expertin für zeitgenössische religiöse Bewegungen sein.» Er gab Kate die Telefonnummern von Professor Yamaguchi und Rabbi Bauer. «Frau Dr. Whitlaw wohnt bei Freunden in San Francisco, aber ich habe nur die Nummer einer Phonebox. Sie kommt jedoch Ende der Woche her, um einen Vortrag zu halten.»

Kate schrieb die Nummer auf, bedankte sich und wollte schon auflegen, als er hinzufügte:

«Ich habe auch die Liste der Zitate, die Erasmus benutzt hat. Soll ich sie Ihnen schicken?»

Erst jetzt fiel Kate wieder ein, daß sie ihn darum gebeten hatte. «Ja, das wäre nett.»

«Als ich mir dieses Gespräch in Erinnerung rief, ist mir etwas aufgefallen. Eins seiner Zitate war falsch. Das ist noch nie passiert, oder sagen wir so: Ich habe ihn noch nie dabei ertappt. Wissen Sie noch, wie er sich ereifert hat, als er Davids Klage über seinen Sohn Absalom zitierte? Vorher sagte er: ‹Und David machte einen Bund mit Jonathan ...› Ich bin sicher, daß er es so gesagt hat. Aber es ist Jonathan, der den Bund mit David macht.»

«Spielt das eine Rolle?»

«Im biblischen Kontext schon, vielleicht hat er sich auch nur versprochen, aber ich wollte es erwähnen, weil es so ungewöhnlich ist.»

Kate bedankte sich erneut, beteuerte zum hundertsten Mal, daß sie ihn anrufen würde, wenn es etwas Neues gab, und legte auf. Dann fuhr sie los, um Al Hawkin abzuholen. Sie wollten die Vernehmung der Anlieger des Golden Gate Park abschließen. Immerhin bestand ja doch noch eine schwache Hoffnung, daß jemand vor neun Tagen den Mann mit den Stiefeln beobachtet hatte. Es war eine unliebsame Aufgabe, um die sie nicht herumkamen, aber Kate war nicht sonderlich überrascht, als sie am Ende dieses Tages mit leeren Händen dastanden.

Sobald sie zu Hause war, versuchte sie die drei Experten anzurufen, die Dekan Gardner ihr genannt hatte. Unter der ersten Nummer meldete sich eine zittrige Stimme, die ihr in gebrochenem Englisch mitteilte, ihre Enkelin sei bis Dienstag verreist. Bei Rabbi Bauer meldete sich niemand, und der Anrufbeantworter, unter dem Dr. Whitlaw zu erreichen war, spulte eine weibliche Stimme ab: «Hier ist der Anrufbeantworter der Familie Franklin. Bitte hinterlassen Sie Ihren Namen und Ihre Nummer und nennen

Sie uns Ihr Anliegen, wir bemühen uns um schnellen Rückruf.« Obgleich das nicht sehr vielversprechend klang, hinterließ sie ihren Namen, ihre Privatnummer und die Nachricht, sie müsse dringend Dr. Whitlaw sprechen.

Als sie aufgelegt hatte, begegnete sie Lees nachdenklichem Blick. «Hatte es etwas mit deinem Narren zu tun?»

«Fachleute, die mir vielleicht weiterhelfen können. Aber offenbar sind sie allesamt nicht greifbar.»

«Ich frage nur, weil zwei der Namen, Yamaguchi und Whitlow, mir bekannt vorkommen.»

«Whitlaw.»

«Vielleicht ist es dann nicht die Frau, die ich meine. Jon hat ein Buch für mich bestellt, als dessen Herausgeber jemand namens Whitlow oder Whitlaw zeichnet. Eine Abhandlung über die Narrenbewegung im 20. Jahrhundert.»

«Aber du hast es noch nicht?»

«Wenn du mir die Unterlagen herunterholst, schau ich mal nach. Sie liegen auf dem Schreibtisch am Computer.»

Kate brachte sie nach unten, und Lee legte sie sich auf den Schoß und begann zu blättern.

«Übrigens», sagte sie, ohne aufzusehen, «wollte ich dir noch erzählen, daß Jon einen Freund hat, dessen Bruder Treppenlifte einbaut und der uns nur die Materialkosten und einen geringfügigen Zuschlag berechnen würde. Der Haken ist, daß das Ding beim Abbau Spuren in der Täfelung hinterläßt. Was meinst du?»

Was für ein Glück, daß Lee mit ihren Papieren beschäftigt war und nicht hochsah. Glück – oder Absicht? Kate spürte, daß sich ihr Gesicht verkrampfte. Vor Schreck? Vor Erleichterung? Vor Kummer? Zum erstenmal hatte Lee offen eingestanden, daß sie vielleicht nicht nur für kurze Zeit im Rollstuhl würde sitzen müssen. Zum erstenmal meint: zum erstenmal nach der monatelangen

Vollähmung, während der sie ernsthaft mit dem Gedanken an Selbstmord gespielt hatte. Kate ging rasch in die Küche und sah sich um. Die Kaffeemaschine lieferte ihr den Vorwand, den sie gesucht hatte. Sie schenkte sich eine zweite Tasse Kaffee ein, obgleich die erste noch nicht leer war, und ging damit zurück ins Wohnzimmer.

«Wieviel würde es denn ungefähr kosten?» fragte sie ruhig.

«Ein paar tausend Dollar, also immer noch eine ganze Menge, aber wir könnten es abstottern, und wenn wir das Ding nicht mehr brauchen, nehmen sie es zurück. Es stört mich nicht, den Höhenunterschied auf dem Hintern zu bewältigen. Im Gegenteil, es ist eine gute Übung, geht aber auch sehr langsam. Und dir und Jon bliebe das ewige Herumgerenne erspart.»

Jede Gelegenheit, die Lee zu größerer Selbständigkeit verhalf, sollte sofort beim Schopf gepackt werden, das war Kate durchaus klar. Als Lee das Blatt fand, nach dem sie gesucht hatte, verriet Kates Miene keine Erregung mehr.

«Wir brauchen es ja nicht gleich zu entscheiden», sagte Lee. «Hier ist der Ausdruck. D. Yamaguchi, Stanford, und E. Whitlaw, Nottingham, England. Und du sagst, sie ist zur Zeit hier?»

«Dekan Gardner meint, daß sie Freunde in der Stadt besucht.»

«Die Titel klingen so, als ob ihre Artikel und ihr Buch genau das sind, was du suchst. Ich erwarte das Material am Montag oder Dienstag, dann könntest du es dir noch ansehen, ehe du zu ihr gehst.»

«Gute Idee. Wenn sie in meiner Abwesenheit anruft, laß dir eine Telefonnummer oder eine Adresse geben. Noch Kaffee?»

«Nein, danke. Legst du mal die Kassette ein?»

Kate schob das Videoband in das Gerät, schaltete den Fernseher ein und warf einen Blick auf das Etikett. *Die Piraten* von Gilbert & Sullivan.

«Wie ich sehe, bist du heute auf anspruchsvolle Abendunterhaltung aus», spöttelte sie, als sie Lees leicht verlegene Miene sah, und ging in die Küche. Lee konnte von Gilbert und Sullivan nie genug bekommen. Kate stand mehr auf Zeichentrickfilme.

Nach einer Weile mischte sich Jons Stimme in das Lärmen der Matrosen. Gleich darauf kam er in einem Morgenmantel aus malvenfarbenem Samt in die Küche und holte zwei Gläser und eine bauchige Flasche aus dem Schrank.

«Wir brauchen dringend eine Kristallkaraffe», erklärte er, während er die dickflüssige rotbraune Flüssigkeit einschenkte. «Auch ein Glas?»

«Was ist das für ein Zeug?»

«Portwein. Ich will doch mal sehen, ob ich es nicht schaffe, Gicht als Modekrankheit wieder einzuführen.»

«Nein, danke. Lee hat mir gerade etwas von einem Treppenlift erzählt.»

«Wie findest du die Idee?»

«Hervorragend. Als ich ihr vor drei, vier Monaten den Vorschlag machte, hätte sie mir fast den Kopf abgerissen.»

«Tja, die Zeiten ändern sich. Gut, ich gebe ja zu, daß ich ganz leise und diskret über Kniebeschwerden beim Treppensteigen gejammert habe. Und außerdem habe ich mir den Hinweis erlaubt, daß sie jetzt, wo sie wieder arbeitet, den Einbau von der Steuer absetzen kann.» Jon betrachtete einen Augenblick gedankenvoll seine Fingernägel und sah dann unter gesenkten Wimpern seelenvoll zu Kate hoch, was gar nicht so einfach war, da er zehn Zentimeter größer war als sie. Kate mußte lachen und schüttelte den Kopf.

«Du bist wirklich ein raffinierter Typ. Und das hat sie geschluckt? Hätte ich nie für möglich gehalten.» Mit einem eleganten Schwung nahm er die Gläser von der Arbeitsfläche. «Jon?» Unter der Tür drehte er sich noch einmal um. «Danke.» Er nickte und ging ins Wohnzimmer, wo er sich neben Lee vor den Fernseher setzte.

Eine Stunde später – Linda Ronstadt hüpfte gerade im Nachthemd in einem mondbeglänzten Garten herum und flirtete mit ihrem Piraten – läutete das Telefon. Kate nahm den Anruf in der Küche entgegen, wo sie sich mit einem Stapel ungelesener Zeitungen häuslich niedergelassen hatte.

«Martinelli.»

«Hier Professor Eve Whitlaw. Sie haben angerufen.» Eine leise, selbstsichere englische Stimme.

«Ja, Dr. Whitlaw, schönen Dank für den Rückruf. Ich –»

«Sind das die *Piraten*?»

«Wie bitte?»

«Die Musik im Hintergrund. Ja, unverkennbar. Vielleicht nicht ihr bestes Werk, aber es hat ein paar großartige Stellen. Doch ich habe Sie unterbrochen ...»

«Ich bin Inspector Kate Martinelli, Kriminalpolizei San Francisco. Wir ermitteln in einem Mordfall im Golden Gate Park. Einer der Beteiligten bezeichnet sich selbst als Narren, und Dekan Philip Gardner aus Berkeley meinte, Sie könnten mir vielleicht erklären, was genau er damit meint.» Als Kate mit dieser verwickelten Darlegung fertig war, kam sie sich selbst etwas närrisch vor, und das lange, tiefe Schweigen auf der anderen Seite der Leitung verunsicherte sie noch mehr.

«Dr. Whit–»

«Sie haben einen Narren unter Mordverdacht verhaftet?» Das klang ganz fassungslos.

«Er ist nicht in Haft, und von einem konkreten Verdacht kann man eigentlich nicht sprechen. Aber der Mann ist ein Problem für uns, weil uns nicht ganz klar ist, was er hier treibt. Die bisherigen Vernehmungen waren ... unbefriedigend.»

Ein leises Lachen. «Kann ich mir vorstellen. Er beantwortet Ihre Fragen, aber seine Antworten sind – sagen wir zweideutig. Oder sogar rätselhaft.»

«Sie verstehen also, worum es geht. Da bin ich wirklich sehr froh ...»

«Soweit würde ich nicht gehen, aber ein bißchen weiterhelfen kann ich Ihnen vielleicht doch. Wann kann ich Ihren Narren kennenlernen?»

«Sie wollen mit ihm sprechen?»

«Verehrte junge Frau: Würden Sie einen Paläontologen fragen, ob er Lust hätte, einen Dinosaurier kennenzulernen? Natürlich will ich mit ihm sprechen. Sitzt er im Gefängnis?»

«Nein, zur Zeit ist er in Berkeley, aber am Samstag müßte er eigentlich wieder in San Francisco sein, und ab Sonntag könnte ich ihn erreichen. Vielleicht können wir für den Montag etwas ausmachen?»

«Erst für Montag? Ja, wenn es nicht anders geht ... Aber passen Sie auf, daß der Mann Ihnen inzwischen nicht abhanden kommt, das fände ich nämlich recht ärgerlich», sagte sie verbindlich, aber mit einem so strengen Unterton, daß sich Kate unversehens in ihre Schulzeit zurückversetzt fühlte. Da gab es eine Lehrerin, eine Ordensschwester, die vergessene Hausaufgaben und andere Saumseligkeiten mit einem Fingerklopfen auf den Kopf zu ahnden pflegte – allerdings war der Finger mit einem Fingerhut versehen, was erstaunlich schmerzhaft war.

«Ich werde tun, was ich kann», versprach sie. «Aber vielleicht könnten wir beide uns schon vorher zusammensetzen?»

«Eine Art Nachhilfestunde? Einverstanden. Morgen ist es schwierig, da bin ich den ganzen Tag verplant ... Moment, gegen Mittag ist noch was frei. Wie wär's mit eins, oder sagen wir lieber halb eins?»

Sie nannte Kate eine Adresse in Noe Valley und die Telefonnummer, wünschte ihr noch viel Spaß bei den *Piraten* und legte auf. Kate schenkte sich ein kleines Glas von dem süßlichen Port ein und setzte sich zwischen Lee und Jon auf die Couch, um sich den ebenso süßlichen Schluß der Operette anzutun.

10 Als Franz von Assisi nach seiner Vision die Höhle verließ, trug er das Wort «Narr» wie eine Feder am Hut, wie ein Wappen oder eine Krone gar.

Kate maß – und das mit Schuhen – noch nicht mal eins fünfundsechzig und hatte deshalb, wenn sie nicht gerade von einer Kinderschar umgeben war, nicht oft Gelegenheit, sich groß zu fühlen. Als die Tür aufging, dachte sie zuerst, ein Kind vor sich zu haben. Doch dieser Eindruck währte nur kurz, denn gleich darauf stieß die Tür heftig gegen die vorgelegte Kette und knallte wieder zu. Die Kette rasselte, die Tür öffnete sich weiter, und Kate sah sich einer grauhaarigen und fast zwergenhaft kleinen Dame um die Sechzig gegenüber.

«Dr. Whitlaw?» fragte Kate unsicher.

«Professor Whitlaw. Und Sie sind Inspector Martinelli. Kommen Sie herein.»

Während Kate eintrat, hängte Professor Whitlaw die Kette wieder ein. «Ich habe mir sagen lassen, daß man hier immer die Tür abschließen und die Kette vorlegen muß. In England wohne ich in einem Dorf, wo es schon einem kriminellen Exzeß gleichkommt, wenn der Nachbarssohn eine Handtasche von der Rückbank eines Autos stiehlt. Die Kette vergesse ich ständig, neulich hätte ich mir fast die Nase gebrochen. Darf ich Ihnen eine Tasse Tee anbieten?»

Sie hatte eine wunderschöne Stimme. Am Telefon hatte

sie fast rauh geklungen, im persönlichen Gespräch aber war sie angenehm tief, und der englische Akzent hörte sich – anders als bei den meisten Schauspielern oder Auslandskorrespondenten – nicht aalglatt und aufgesetzt an, sondern besaß Ironie und Tiefe. Kate konnte sich nicht erinnern, wann sie zum letztenmal Tee getrunken hatte, nahm aber das Angebot dankend an.

Sie setzten sich an einen auf Hochglanz polierten Eichentisch mit Klauenfüßen zwischen einer in freundlich-heller Kiefer gehaltenen Küche und einem Wohnzimmer voll von üppigen Grünpflanzen, Polstern, Vorhängen in tropischen Mustern und afrikanischen Skulpturen. Professor Whitlaw stieg auf einen Hocker, um eine zweite Tasse aus dem Schrank zu holen. Sie griff nach der dunkelbraunen Teekanne, die so neu war, daß am Griff noch das Preisschild klebte. Sie gab, ohne zu fragen, Milch in Kates Tee, schob ihr Zuckerdose, Löffel und einen Teller mit fade aussehenden Keksen hin, dann lehnte sie sich auf ihrem Stuhl zurück und ließ die Beine baumeln.

«Ein hübsches Haus», bemerkte Kate.

«Finden Sie? Es gehört Freunden meiner Nichte, einem Ehepaar. Sie sind beide Kinderärzte und auf einen Monat verreist, ich hüte so lange das Haus. Das lärmende Bunt dieser Umgebung stört mich ein bißchen, besonders früh am Tage. Wenn ich im Morgenrock ins Wohnzimmer komme, denke ich immer, in jeder Ecke müßten Papageien und Affen herumturnen. Zum Glück muß ich mich nicht um diesen Dschungel kümmern, zweimal in der Woche kommt so was wie ein Hausgärtner, der die Pflanzen gießt und den Wildwuchs beschneidet. Ohne den würden die Hausbesitzer bei ihrer Rückkehr wahrscheinlich eine Wüste vorfinden. Und Sie wollen also etwas über die Narrenbewegung wissen.»

«Ja. Oder eigentlich über einen bestimmten Narren.» Kate erzählte von Erasmus, seiner Beziehung zu den Obdachlosen und zum Institut und von seiner Weigerung – oder Unfähigkeit –, anders als in Zitaten zu sprechen. Sie umriß kurz den Mordfall und die bisherigen Ermittlungen und schloß: «Für uns gilt der Mann deshalb als verdächtig. Er hat kein Alibi, keine Ausweispapiere, keine Vergangenheit, nichts. Daß er sich als Narr bezeichnet, ist bisher das einzige, woran wir uns halten können. Natürlich kann er das auch in landläufigem Sinne gemeint haben. Vielleicht steht aber doch eine Organisation oder Bewegung dahinter, und deshalb hat Dekan Gardner mich an Sie verwiesen.»

«Sie sind demnach schon so weit, daß Sie nach jedem Strohhalm greifen ...»

«Mag sein.»

«Auch wenn er zu den letzten kläglichen Überresten der Narrenbewegung gehören sollte, muß er nichts mit dem Tod jenes Mannes zu tun haben.»

«Möglich.»

«Aber Sie wollen trotzdem wissen, worin der Unterschied zwischen dem gepflegten Irrsinn des Narrentums und dem ungezügelten Wahnwitz eines Mordes besteht.»

«Ja, so könnte man es wohl ausdrücken. Auch habe ich die Hoffnung, daß es, wenn er tatsächlich dieser Bewegung angehört, dort Unterlagen über ihn gibt oder sich jemand findet, der weiß, wer dieser Erasmus ist.»

«Die Narrenbewegung war kurzlebig und zersplittert. Eine organisierte Mitgliedschaft gab es nicht, das wäre eine Contradictio in adjecto gewesen, wenn Sie meine saloppe Ausdrucksweise entschuldigen wollen.» Sie gluckste leise auf, worauf Kate höflich, aber verständnislos lächelte. «Aber ich will gerne versuchen, Ihnen ein wenig

Hintergrundmaterial zu liefern. Freilich habe ich heute, wie gesagt, einen Termin nach dem anderen, und das von mir herausgegebene Buch zu dem Thema ist zur Zeit verliehen. Ich könnte Ihnen aber ein paar Unterlagen mitgeben, und wenn Sie sich damit auseinandergesetzt haben, könnten wir noch einmal darüber sprechen. Heute abend oder morgen. Wann es Ihnen paßt.»

Ohne Kates Antwort abzuwarten, rutschte sie von ihrem Stuhl und verschwand in einem Zimmer auf der anderen Seite der Diele, wo Kate, die ihr nachgegangen war, sie halb in einem Aktenschrank verschwinden sah. Sie kam mit drei Mappen wieder heraus, entnahm den ersten beiden ein paar zusammengeheftete Blätter und ging dann nachdenklich den Inhalt der dritten durch.

Es klingelte. Professor Whitlaw sah rasch auf ihre Uhr, entnahm der dritten Mappe ein paar lose Blätter und reichte Kate das für sie bestimmte Material.

«Ich habe keine Kopien von den Unterlagen», sagte sie, «und würde sie nur ungern verlieren. Aber es wäre schon recht betrüblich, wenn man nicht mal mehr einer Polizistin trauen könnte. Rufen Sie mich an, wenn Sie sich Ihrer Fragen sicher sind. Heute oder morgen abend paßt es mir gut.»

Diesmal hatte die kleine Dame an die Kette gedacht. Kate räumte das Feld für einen blutarmen jungen Mann mit *kipah* und zog mit ihren Papieren davon.

«Was machst du denn hier?» fragte Jon. «Haben sie dich gefeuert?»

«Ich habe Hausaufgaben bekommen. Oh, ich liebe dein Outfit, Jonnie!»

Er trug einen balinesischen Sari und darüber eine Spitzenschürze, während er, einen Mehlfleck auf der Wange, auf der Marmorplatte Teig ausrollte. Über seinem gezierten Gehabe übersah man leicht, wie kräftig und muskulös er war.

Sie winkte ihm kurz zu und ging zu Lee, die in ihrem gemeinsamen Arbeitszimmer im Rollstuhl vor dem Computer saß, und zwar saß sie da, wie sich an einem Berg von Notizzetteln und einem Becher mit angetrocknetem Kaffee unschwer erkennen ließ, schon längere Zeit.

«Hi», sagte sie. «Ich hab dich noch gar nicht erwartet.»

«Mit fortschreitendem Alter werde ich offenbar so berechenbar», klagte Kate, «daß du mit Jon hier unbekümmert Orgien feiern könntest, während ich weg bin. Ich habe mir Lektüre mitgebracht. Im Dienst habe ich ja keine Ruhe zum Lesen. Bei Dr. Whitlaw, ich meine bei Professor Whitlaw bin ich nämlich fündig geworden. Wenn dich also das Recherchieren ermüdet, kannst du es ruhig seinlassen.»

«Im Augenblick arbeite ich gar nicht an deinen Sachen.» Kate, die nicht recht wußte, ob sie sich darüber freuen oder ärgern sollte, besah sich das Diagramm auf dem Monitor.

«Was ist denn das?»

«Ich hatte heute vormittag interessanten Besuch von einer Frau, mit der ich vor zwei oder drei Jahren ein Projekt durchgezogen habe. Sie hat mir erzählt, daß ihr euch neulich zufällig in Berkeley getroffen habt.»

«Rosalyn Sowieso?» Kate setzte sich mit ihren Akten an einen Tisch.

«Hall. Sie ist dabei, ein Exposé für eine Stiftung auszuarbeiten, die sich um psychologische Betreuung obdachloser Frauen kümmert. Sie hat mich gefragt, ob ich Lust hätte, ihr dabei ein bißchen unter die Arme zu greifen. Erinnerst du dich noch an den Vortrag, den ich auf der Glide-Tagung gehalten habe? Wenn ich ihn auf den neuesten Stand bringe, könnte sie ihn als Anhang für ihre Ausarbeitung verwenden. Ich versuche gerade festzustellen, wieviel ich umschreiben müßte. Aber irgendwie scheint mein Gehirn das Denken verlernt zu haben.»

«Da geht's dir nicht anders als mir, Baby. Offenbar sitzt du schon 'ne ganze Weile an der Sache …» Die Feststellung hatte einen leisen fragenden Unterton, den Lee sogleich aufgriff.

«Zuvor hatte ich eine lange Sitzung mit Petra. Sie findet, daß sich die Reflexe im rechten Bein verbessert haben. Danach habe ich mich ausgeruht, und jetzt will ich noch ein bißchen weitermachen.»

Sie sprachen eine Weile über Gesäß-, Bauch- und Kappenmuskeln, über Spasmen, Regeneration und Reflexe. Das waren Themen, die gleichsam zu ihrem Lebensinhalt geworden waren, bis Lee vor einem Monat ganz bewußt die ausschließliche Sorge um ihre Gesundung ein Stück weit hintan gestellt hatte, um wenigstens ein bißchen Platz für das zu schaffen, was noch vor einem Jahr ihr Leben ausmachte. Kate respektierte Lees Entscheidung und bemühte sich, nicht alle Einzelheiten über einen wieder bewegungsfähigen Muskel oder eine erfolgreiche Gewichtszunahme zu erfragen, so wie sie auch Lees Entscheidung respektiert hatte, sich vom Krankenhaus nicht in eine Reha-Klinik, sondern gleich nach Hause schicken zu lassen, einen Helfer ins Haus zu nehmen und sie nicht mit allen Einzelheiten ihrer Pflege zu behelligen. Auch für gesunde Menschen stellt ein Stück Privatsphäre ein hohes Gut dar – und für eine Frau, die sich ganz allmählich von einer doppelseitigen Lähmung erholt, ist so etwas überlebensnotwendig.

Und deshalb sagte Kate jetzt nur sachlich: «Hauptsache, du übertreibst es nicht.»

«Keine Sorge. Was hast du denn da?»

«Unterlagen von der Expertin für Narren. Einen Artikel habe ich vorhin schon überflogen und nur Bahnhof verstanden. Absolutes Fach-Chinesisch.»

«Wollen wir tauschen? Wenn du an meiner Stelle den Anhang für den Stiftungsantrag überarbeiten willst ...»

«Ein verlockendes Angebot, aber ich habe das Gefühl, die Frau Professor wird mich später abfragen wollen.»

Kate griff nach ihren Unterlagen, Lee wandte sich wieder dem Bildschirm zu, und in der nächsten Stunde bemühten sich zwei Köpfe unabhängig voneinander, ihre eingerosteten Gehirnwindungen wieder in Gang zu bringen. Den Artikel, dessen erster Satz schon von exegetisch und Synthesis sprach, legte Kate zunächst beiseite. Bei dem zweiten handelte es sich um einen Vortrag, der für eine religiöse Organisation mit einem eindrucksvollen Namen bestimmt war, den aber offenbar auch ein Laienpublikum verstehen sollte.

WIEDERGEBURT DER HEILIGEN NARRHEIT

Die neuzeitliche Narrenbewegung nahm, soweit sich das jetzt noch feststellen läßt, 1969 in Südengland ihren Anfang. Zum erstenmal trat sie an einem klaren, warmen Junivormittag in Erscheinung, und zwar in Gestalt von drei Narren, die (mit jener besonderen Neigung zum Paradoxen ausgestattet, die von Anbeginn an kennzeichnend für die Bewegung war) am Eingang des Londoner Towers auftauchten, jener mächtigen, anachronistischen Festung, die das symbolische Herz des britischen Empire darstellt. Die drei kamen – eine zusätzliche Pointe – geradewegs vom Frühgottesdienst in der Kirche St. Bartholomew-the-Great, die Rahere, der Hofnarr von Heinrich dem Ersten, gestiftet hatte.

Schon die einigermaßen fassungslose Reaktion des Taxifahrers – Londoner Taxifahrer sind bekanntlich nicht so leicht zu erschüttern – ließ erkennen, daß sich hier etwas Ungewöhnliches anbahnte. Die Befragung des Mannes und einer amerikanischen Reisegruppe, die die Ankunft der Narren mit angesehen hatte, ergab, daß der größte der drei Fahrgäste das Taxi bezahlt und als Trinkgeld eine Fünf-Pfund-Note sowie eine rote, scheinbar aus dem Nichts aufgetauchte Rosenknospe gegeben hatte. Die drei Fahrgäste gingen ein paar Schritte, legten ihre kleinen Leinentaschen ab und reichten sich die Hand wie zum Gebet. Der Taxifahrer schüttelte sich wie ein nasser Hund, legte den Gang ein und fuhr davon. Die Rosenknospe steckte er an seinen Taxameter. Sie blühte nicht auf, duftete aber, bis sie vertrocknet war und er sie drei Wochen später aus dem Fenster über das Geländer der Westminster Bridge warf. Seine drei Fahrgäste sah er nie wieder, wohl aber im Verlauf des Sommers andere Gestalten, die ihnen ähnlich waren.

Die drei vor dem Tower senkten den Kopf, murmelten eine Litanei, die so leise war, daß nicht einmal die aus der drei Meter entfernten Damentoilette kommenden Frauen sie verstanden, und wandten sich dann den Touristen zu, bei denen sie sofort Aufsehen erregten. Die Gesichter der drei waren halb schwarz, halb weiß geschminkt, das Haar glatt zurückgekämmt, im linken Ohr baumelte eine Reihe von Ohrringen. Sie trugen schwarze Hosen und Schuhe, weiße Hemden und Handschuhe sowie Westen mit schwarzweißen Harlekinrhomben. Nur der Größte zeigte ein wenig Farbe. Einer der Rhomben an seiner Weste war lila.

Und dann erlebte London Straßenkunst vom Feinsten – eine Mischung aus Zauberschau, politischem Kabarett und Predigt. Sie schienen mehr zu ihrem eigenen Vergnügen als für ein Publikum zu spielen, trotzdem hatte sich rasch eine große Zuschauermenge um sie versammelt. Die Vorstellung der drei Narren war seltsam fesselnd, ja beklemmend, abwechselnd melancholisch und ausgelassen, fromm und obszön, humorvoll und anarchisch, das Spiel dreier seltsamer Heiliger, deren Schlichtheit etwas erstaunlich Professionelles hatte. Der Streifenpolizist, der sie schließlich von ihrem Standplatz vertrieb, hatte so etwas noch nie gesehen. Er hatte auch noch nie Straßenkünstler erlebt, die nicht zwischendurch den Hut herumgehen ließen.

Als der Sommer zu Ende ging, gab es mindestens ein Dutzend dieser Harlekine auf den Londoner Straßen, und auch in Bath und Edinburgh waren sie schon aufgetaucht. In New York wurden die ersten beiden um Weihnachten herum gesichtet, im Sommer darauf fanden sie sich in Venedig, Tokio und Sydney.

Ein Jahr später zur Weihnachtszeit tauchten die ersten tätowierten Harlekine auf. Die eine Gesichtshälfte und die entsprechende Körperhälfte bis hinunter zur Brust waren nicht durch Schminke, sondern durch eine schmerzhafte Tätowierung geschwärzt. Diese geteilten Narren waren die Extremisten der Bewegung, die Radikalsten der Radikalen.

Es waren nie mehr als zehn oder zwölf, aber weil sie so auffällig waren, wirkten sie aufreizend, beunruhigend, ja erschreckend. Die anderen Mitglieder dieser modernen Narrenzunft begnügten sich mit einer kleinen rhomben- oder tränenförmigen Tätowierung unter dem linken Auge, doch die wenigen extrem tätowierten Harlekine zogen unvermeidlich die Aufmerksamkeit der Presse und der Polizei auf sich. Wegen unerlaubter Zusammenrottung oder anstößigen Verhaltens in der Öffentlichkeit hatte es bereits Verhaftungen gegeben, jetzt aber kam es unter den Narren (eine Bezeichnung, die – durch die Presse eingeführt – von der Öffentlichkeit übernommen worden war) zu ernsthafteren Vergehen und auch zu Verbrechen. Einer der Radikalen war von seiner eigenen Aufführung derart mitgerissen, daß er ein kleines Mädchen packte und mit ihm davonlief. Die Kleine fand das sehr lustig, die Mutter hingegen weniger. Der Mann wurde wegen versuchter Entführung angeklagt (das Verfahren wurde später eingestellt). Ein anderer griff einen Polizisten tätlich an, der versuchte, ihn von einer belebten Kreuzung in der Innenstadt von Dallas zu entfernen. Vier Monate später trieb dieser Mann – auf Kaution hatte man ihn aus der Haft entlassen – in Los Angeles sein Unwesen, wo er auf dem Höhepunkt seiner Vorstellung einen Revolver zog und eine junge Frau erschoß.

Damit hatte er auch der Narrenbewegung den Todesstoß versetzt. Schon vorher war dieser junge Mann gewalttätig und geistig gestört gewesen und hatte in der Narrenbewegung nur ein willkommenes Ventil für seine Neigungen gefunden, aber jetzt kam die ganze Bewegung in Verruf, und nach wenigen Monaten hatten sich ihre Mitglieder verlaufen. Die Narren kehrten ins Alltagsleben zurück, über das sie sich so oft lustig gemacht hatten. Narren kauften sich Kleidung, zeugten Kinder, wählten Schulvorstände: Sechs Lehrer, zwei Anwälte, ein Richter, zwei Schauspieler, vier Geistliche unterschiedlicher Konfession trugen auf dem linken Wangenknochen die kaum noch erkennbare Narbe einer früheren Tätowierung.

Die Narrenströmung der frühen siebziger Jahre unseres Jahrhunderts gedieh auf einem ähnlichen Nährboden wie die Bewegungen vergangener Zeiten. Die russischen Jurodivi, die klassischen Narren des Mittelalters, die possenreißenden Zen-Meister – sie alle waren personifizierte Warnungen, waren ein konkreter Hinweis darauf, daß der gesellschaftliche Stillstand dem Individuum und der Gemeinschaft die Luft abzuschnüren drohte. Wir haben eine Kirche, die für die Stimmen ihrer Mitglieder taub geworden ist, eine Regierung, die keine Bodenhaftung mehr hat, ein Volk, das zu weit von seinen Wurzeln entfernt ist, und das Gelächter der Narren zeigt uns, wie brüchig diese Fundamente geworden sind. Der Narr versucht, seine Gemeinschaft zu retten, indem er sie scheinbar bedroht. Seine wesentliche Aufgabe besteht darin, Überzeugungen zu unterhöhlen, Zweifel zu säen, die Menschen durch einen heilsamen Schock zur Wahrheit zu führen.

Ich möchte aber nicht meinen Kollegen vorgreifen, die in ihren Ausführungen die Narrenbewegung in einem umfassenderen Kontext behandeln werden, außerdem drängt die Zeit. Zwei oder drei

Fragen aus dem Publikum können wir aber wohl noch zulassen …

Die anschließende Diskussion war nicht protokolliert, und Kate nahm sich seufzend den Artikel mit den vielen Fremdwörtern vor. Es handelte sich um den Nachdruck aus einer vierteljährlich erscheinenden Fachzeitschrift, der mit so zahlreichen Fußnoten versehen war, daß sie auf manchen Seiten mehr Platz einnahmen als der Text. Liebend gerne hätte sich Kate die Hinweise auf «Fedotows Analyse der russischen Erscheinung des Kenotismus», «Vias Untersuchung des kerygmatischen Kerns der Evangelien und die generativ-linguistische Matrix der griechischen Komödie» oder auch «Harvey Cox' altmodisches, aber durchaus wertvolles *Narrenfest*» erspart. Der Artikel wimmelte von Namen – Willeford und Wesford, Hyers und Eliade und Brown – und strotzte von Akademikerschwulst.

Sie überflog den Inhalt und pickte sich hier und da – vor allem aus den Fußnoten – die eine oder andere nützliche Bemerkung heraus. Die «Heiligen Narren» Rußlands waren hoch angesehene Asketen gewesen, von denen die Kirche sechsunddreißig heiliggesprochen hatte. In der Zen-Bewegung wies äußerste Narrheit den Weg zur Erleuchtung. Die römisch-katholischen Orden der Zisterzienser, der Ignatier und der Franziskaner waren fest im Narrentum verwurzelt (für den heiligen Ignatius von Loyola war die Heilige Narrheit der sicherste Weg zur Demut, und Franz von Assisi verkörperte, wie schon Lee gesagt hatte, das Idealbild eines Narren). Im Irland des 19. Jahrhunderts führte ein einfacher Arbeiter, der nicht lesen und schreiben konnte, das Leben eines Narren, und im gleichen Land entstand zu ebenjener Zeit, da der tätowierte Harlekin in Los Angeles der internationalen Narrenbewegung den Garaus machte, ein kleiner Narrenorden. Als harmlose Irre angesehen, streiften die Nonnen und Mönche dieses Ordens über Land, um mit den Tieren auf der Weide zu reden und sich dann in ihrem Kloster ins Gebet zu versenken.

Warum dann nicht auch ein Erasmus im San Francisco unserer Tage, dachte Kate und griff nach den losen Blättern, die ihr Professor Whitlaw eilig überlassen hatte. Dabei handelte es sich um eine bunte Mischung von zumeist handschriftlichen Notizen, die hin und wieder auf kleinen Zetteln, meist aber auf ganzen Bögen in ungewohntem Format festgehalten waren. Die Notizen stammten von unterschiedlichen Personen, wie den fremdartigen, aber durchaus lesbaren Handschriften zu entnehmen war. Einige Blätter enthielten nur ein paar Hinweise, oft in zwei oder drei verschiedenen Tinten- oder Kugelschreiberfarben: Titel und Verfasser von Büchern oder Artikeln. Nach kurzer Durchsicht legte Kate sie beiseite. Daneben gab es andere Zettel mit Zitaten, Auszügen und Querverweisen, und schließlich schien es sich bei einem Gutteil des Materials um Professor Whitlaws eigene Aufzeichnungen zu handeln. Diese vielfach verbesserten Notizen waren möglicherweise für das Buch gedacht, dessen Umriß sich auf einer der Seiten fand.

Einige dieser Aufzeichnungen waren in einem Fachjargon abgefaßt, der ebenso unverständlich war wie das Kauderwelsch des zweiten Artikels, andere entsprachen dem Vortrag, den sie vorhin gelesen hatte, und waren offenbar für ein breiteres Publikum bestimmt. Von diesen Notizen las Kate ein paar:

> «In der heutigen Welt der Wissenschaft und Industrie», hatte Professor Whitlaw notiert, «gibt es kei-

nen Platz für den Narren. Er artikuliert sich in einer Symbol- und Rätselsprache. Wir, die wir nur noch von Computern und windigen Politikern umgeben sind, von Naturwissenschaftlern, die auf unsichtbare Sterne starren oder sich an Genmanipulationen versuchen, wir vergessen leicht, daß es da noch die große Masse einfacher Menschen gibt, Menschen in Grenzsituationen, Menschen, die hilflos wie Kinder nach jeder Möglichkeit einer alternativen Lebensweise greifen. Diese glauben an Zauberkunst und an Heilige und wären nicht überrascht, mit eigenen Augen ein Wunder zu sehen. Der Narr ist ihr Interessenvertreter, ihr Vermittler, ihr Freund.

Das Judentum kennt keine Narren, wohl aber Propheten. Verrückte Propheten wie Hesekiel, mittellose und ungebildete wie Jeremia, allesamt Zielscheibe des Spottes. Der arme alte Hosea konnte nicht einmal seine eigene Frau davon abhalten, ihn und sich lächerlich zu machen. Jesus, der Sohn des Joseph, paßte ideal in diese Gesellschaft. Er predigte den Armen, den Huren, dem Abschaum, kratzte sich den verlausten Kopf und nannte sich Sohn Gottes, was ihm überhaupt nichts half, denn er wurde – Höhepunkt der Posse – zwischen zwei Verbrechern aufgeknüpft; geschmückt mit einer Dornenkrone als königliches Signum und einem Mantel, um den die Soldaten später würfelten, betrauert nur von ein paar ausgestoßenen Weibern, die nichts zu verlieren hatten. Doch damit ist die Geschichte noch nicht zu Ende. Christus, der seinen Weg als Narr begann, wird in Purpur gehüllt, man setzt ihm eine goldene

Krone aufs Haupt und gibt ihn seiner Kirche zurück. Die Verwandlung ist gelungen.

Wie aber geht es weiter, wenn man den Hanswurst auf den Thron setzt? Unten im Saal muß jemand an seine Stelle treten, damit die Menschen nicht vergessen, daß das eigentliche Wesen des Christentums nicht die Pracht und die Herrlichkeit ist, sondern die Demut, und daß in der Schwäche unsere Stärke liegt.»

Auf dem nächsten Blatt stand der Vermerk: Aus persönlichem Gespräch stammend, 12. Oktober 1983, David Sawyer:

«Die drei großen Denker Thomas à Kempis, Nicolaus von Cusa und Desederius Erasmus gründeten in ihrer Gedankenwelt fest auf dem Fundament des Narrentums.

Der Mensch unserer Zeit macht sich in seinem Sicherheitsbedürfnis ein Bild von Gott, das mächtig, anspruchsvoll und vor allem seriös ist. Der unbedenkliche Glaube an einen lebendigen, geistigen Gott, der es uns ermöglichte, religiöse Ideen freimütig und frohgelaunt zu verbreiten, ist uns abhanden gekommen. Der Gott des 20. Jahrhunderts lacht nicht.

Narrheit kann gefährlich sein – und zwar nicht nur für den Geist und die Seele. Hauptaufgabe des Narren ist es ja, andere zum Narren zu halten, liebgewordene Wahrheiten und tradierte Verhaltensweisen in Zweifel zu ziehen, mit einem Wort: zu schockieren. Geschieht das jedoch zu aggressiv und ohne die gebotene Umsicht, dann ist Wut statt Erleuchtung die Konsequenz. Selbst die weniger radikalen Narren forderten diese Gefahr heraus, der sich die Extremisten geradezu feierlich hingaben. Mir sind zweiundzwanzig Fälle von Gewalt gegen Narren bekannt, von denen alle bis auf einen durch ein aufreizendes Wort, eine aufreizende Handlung des Narren ausgelöst wurden. Ein Narr ist von einem Mitglied einer Motorradbande zusammengeschlagen worden und lag drei Tage bewußtlos im Krankenhaus, weil er sich über das Motorrad als Projektivfläche männlicher Sexualität lustig gemacht hatte. Einem anderen Narren mußte nach einer Konfrontation mit einem jungen Burschen, der, aus einem Pub in Liverpool kommend, seine Begleiterin angepöbelt und geschlagen hatte, ein Fuß abgenommen werden. Der Narr überschüttete den Jungen mit Hohn und Spott, und bald umringte ihn eine Zuschauermenge, die in die gleiche Kerbe hieb. Ein erfahrener Narr hätte die Kritik an dieser Stelle wohl besonnener formuliert, hätte zum Beispiel dem Jungen gesagt, daß ein richtiger Mann keine Frau prügelt, dieser aber war noch nicht lange auf der Straße und bekam daher die Menge nicht mehr in den Griff. Der junge Mann sprang also wutentbrannt in seinen Wagen und fuhr den Narren über den Haufen.

Franz von Assisi wollte aus seinen Jüngern *joculatores* machen, Possenreißer Gottes. Schnell wurde aus seiner Schar von Narren und Bettlern ein Orden, der viele große Geister hervorgebracht hat.

Wie soll sich eine Bewegung, die das Gegenstück jeglicher Organisation verkörpert, mit der modernen Welt auseinandersetzen? Als ich mit einem gewissen Bruder Stultus über die frühen Tage der Bewegung in England sprechen wollte, war er nicht aufzufinden. Einer seiner Mitbrüder sagte, er sei vor etlichen Wochen nach Mexiko gefahren (wir waren damals in San Diego). Stultus war nicht mehr jung, und ich machte mir Sorgen um ihn, konnte aber nichts tun. Wieder vergingen einige Wochen, dann hörte ich, ein ‹verrückter Engländer› kampiere in der Nähe der Grenzstation in Tijuana. Ich fuhr sofort hin und fand Stultus hinter einer Garage, wo er sich von mitleidigen Mexikanerinnen durchfüttern ließ, gelegentlich von den frustrierten Polizisten wegen Herumtreiberei in den Knast geschickt wurde und ansonsten geduldig seiner Rettung harrte. Natürlich hatte Stultus keinerlei Ausweispapiere bei sich, und ohne Ausweis ließen ihn die amerikanischen Einwanderungsbehörden nicht wieder ins Land.»

11 Er hört selbst denen zu, die vor Gott kein Gehör mehr finden.

Kate klappte die Mappe zu. Sie kam sich vor wie nach einem großen Thanksgiving-Festessen – vollgestopft bis zum Überdruß und mit ersten Anzeichen geistiger Verdauungsbeschwerden. Diese Abhandlungen hatten nichts, aber auch gar nichts mit ihrem polizeilichen Alltag zu tun. Sie beschworen Erinnerungen an Teenachmittage und Sherrypartys mit dem Tutor herauf, an griechische Verben und mühselige Textanalysen. Diese Abhandlungen strapazierten ihre Nerven weit mehr als das Auswendiglernen der neuesten Vorschriften zur Beweissicherung und Behandlung von Verdächtigen. Da wußte sie wenigstens, woran sie war, aber einen Zusammenhang zwischen den Unterlagen von Eve Whitlaw und einer verkohlten Leiche im Golden Gate Park konnte sie beim besten Willen nicht erkennen. Am liebsten hätte sie, um mal wieder ein Stück handfeste Wirklichkeit zu spüren, ihren Schlagstock umgeschnallt und damit eine Rotte von Betrunkenen zur Räson gebracht. Sie fuhr sich mit beiden Händen durchs Haar. Heute würde sie sich bestimmt nicht dazu aufraffen können, das Gespräch mit Professor Whitlaw fortzusetzen. Und morgen vielleicht auch nicht.

Sie griff zum Telefon.

«Al? Hier Kate.» Sie berichtete über ihr Gespräch mit der englischen Hochschullehrerin und gab ihm eine kurze

Zusammenfassung der Unterlagen, durch die sie sich gekämpft hatte. «Ich wollte eigentlich nur fragen, ob du nach wie vor der Meinung bist, daß wir noch einmal mit Beatrice Jankowski sprechen müßten. Ich könnte es heute abend einrichten.»

«Ja, auf jeden Fall. Sie weiß mehr über das Opfer, als sie uns letzte Woche hat sagen wollen. Aber wenn es heute abend sein soll, mußt du einen anderen Partner mitnehmen. Tom hat sich krank gemeldet, ich muß für ihn bei einer Überwachung einspringen.»

«Wenn das mit der Grippewelle so weitergeht, können wir bald die weiße Fahne raushängen und die Gangster um einen Waffenstillstand bitten.»

«Ich kann ja mal bei den Kollegen rumfragen. Wer käme denn in Frage?»

Kate überlegte. «Hättest du was dagegen, wenn ich allein hingehe?»

«Ich höre wohl nicht richtig! Hast du mich eben um Erlaubnis gefragt?»

«Nein. Ich wollte nur wissen, ob du Einwände hast. Vielleicht ist es sogar besser, wenn ich allein gehe, dann hat sie unter Umständen weniger Hemmungen.»

«Einverstanden.»

«Wo steigt deine Überwachung?»

«Ganz hinten am China Basin.»

«Landschaftlich reizvolle Gegend. Zieh dich warm an, sonst liegst du auch flach.»

«Ja, Mama. Bis morgen.»

Kate starrte eine Weile mit leerem Blick auf Lees Bücher, dann ging ihr auf, daß die Stimmen, die sie seit einiger Zeit hörte, nicht aus irgendwelchen elektronischen Geräten kamen, sondern lebendigen Menschen gehörten. Froh um jede Ablenkung, ging sie nach unten. Rosalyn

Hall, diesmal nicht mit Priesterkragen, sondern in T-Shirt und Jeans, stand in der Diele und zog sich gerade die Jacke an.

«Hallo, Kate!» sagte sie. «Wie du siehst, mußte ich sofort herausfinden, ob sich Lee tatsächlich für dieses Projekt interessiert.»

«Ich mache es wirklich gern, Rosalyn», bestätigte Lee.

«Da fällt mir wirklich ein Stein vom Herzen. Allein wäre ich völlig verloren gewesen. Ich bin sehr froh, daß mir neulich Kate über den Weg gelaufen ist, sonst hätte ich mich nämlich nie getraut, dich anzusprechen. Und was hältst du nun von Bruder Erasmus, Kate?» Um Rosalyns Augen sprangen Lachfältchen auf.

«Eine – äh – eindrucksvolle Erscheinung», sagte Kate.

«Ich selbst habe noch kein persönliches Wort mit ihm gewechselt, habe aber ein- oder zweimal miterlebt, wie er sich mit anderen unterhalten hat – wenn man das so nennen kann. Es ist wie bei einer Fremdsprache: Man ahnt, was er meint, aber von den Einzelheiten kriegt man nichts mit.»

«Eine echte Herausforderung für den vernehmenden Beamten.»

«Kann ich mir vorstellen. Ich habe ihn erst neulich wieder gesehen. Er kommt offenbar viel herum.»

«In Berkeley? Ja, ich weiß, daß er wieder dort war.»

«Nein, letztes Wochenende am Fisherman's Wharf. Ich hätte ihn kaum erkannt, weil er so anders aussah.»

«Anders? Wie denn? Was hat er da gemacht?»

«Er hat jongliert wie in Berkeley, aber viel länger, und eine Art Clowns- und Pantomimennummer abgezogen, aber sie war nicht sehr lustig, sondern fast ein bißchen gespenstisch. Und er war geschminkt. Nicht bunt wie ein Clown, sondern mit weißer Farbe auf der einen und dunkler Farbe auf der anderen Gesichtshälfte. Außerdem trug er nicht seinen Talar, sondern ganz merkwürdige Sachen. Viel zu kurze khakifarbene Jeans, ein gestreiftes T-Shirt, das eingelaufen war, so daß man ein Stück nackten Bauch sah, und weiße Turnschuhe, über die er beim Gehen stolperte, weil sie so groß waren. Und eine Uhr. Ich hatte ihn noch nie mit Uhr gesehen.»

«An welchem Tag war das?»

«Am Samstag. Ich hatte Besuch von einer Freundin, der ich den Ghirardelli Square zeigen wollte. Die Touristentour macht man ja nur, wenn man Besuch von Freunden und Verwandten hat.»

«Und dort hast du ihn gesehen?»

«In dem Park, wo die Verkaufsbuden mit Ketten, Sweatshirts und so Sachen sind. Dort gibt es auch jede Menge Straßenkünstler. Haben nicht Shields und Yarnell auch mal so angefangen?»

Kate, die noch nie von Shields oder Yarnell gehört hatte, nickte und wartete auf die Fortsetzung. Aber damit war der Bericht offenbar zu Ende. Rosalyn besprach mit Lee noch weitere Einzelheiten der gemeinsamen Arbeit, nahm sie kurz in die Arme und ging.

«Nette Frau», sagte Lee, während die Räder ihres Rollstuhls hinter Kate her durch die Diele schnurrten. Kate ging in die Küche und blieb vor dem Kühlschrank stehen.

«Hab ich mittags was gegessen?» rief sie Lee zu. Nichts in den wohlgeordneten Fächern kam ihr bekannt vor.

«Ja, aber tu dir keinen Zwang an», rief Lee zurück. Kate hakte den Finger in den zunehmend enger werdenden Bund ihrer Hose und beschloß, sich mit einem Apfel zu begnügen. Jons Kochkünste hatten auch ihre Schattenseiten.

«Ich muß heute abend weg», sagte sie zu Lee.

«Ein Wunder, daß das noch nicht öfter passiert ist», sagte Lee ergeben. «Seit du wieder im Dienst bist, rechne ich ständig damit.»

«Ja, bisher hatte ich Glück. Wenn es regnet, ballern unsere Kunden offenbar nicht so gern in der Gegend herum. Trotzdem muß ich heute mit einer Frau sprechen, die zu Bruder Erasmus' Herde gehört, denn am Freitag weiß ich ausnahmsweise, wo sie ohne große Fahndung zu finden ist.»

Das *Sentient Beans* war ein Café, das sich einiges auf seine Lage in dem für die Beatbewegung und den Summer of Love so bedeutsamen Haight-Bezirk zugute hielt. Seine frische Farbe und heitere Inneneinrichtung jedoch entlarvten es als Imitation. Betrieben wurde es von Leuten, die 1967 eine Eistüte für eine bewußtseinsverändernde Substanz gehalten hätten.

Es war ein friedliches Lokal, das seinem Besucher diskret anzeigte, daß sich niemand Geringeres als die ehrwürdige Graffeo Company dazu herabgelassen hatte, seine Versorgung mit französischem Röstkaffee sicherzustellen. Und genau dieser berauschende Kaffeegeruch, schwer und dunkel wie Rotwein, befiel Kate, als sie die Tür öffnete. Sie bestellte einen *latte* und vermerkte zufrieden, daß der Mann an der Espressomaschine den Kaffee mit einer kurzen Drehung des Handgelenks über die aufgeschäumte Milch kippte, statt ihn – eine ebenso beliebte wie affektierte Masche – über die Rundung eines Löffels ins Glas tröpfeln zu lassen und damit ein Zweischichtenkunstwerk zu schaffen. Dies Verfahren hatte zweifellos seine ästhetischen Reize, Kate aber war die unmittelbare Konfrontation von Milch und Kaffee lieber. Plebejischen

Snobismus hatte Lee das irgendwann einmal genannt, während sie gedankenvoll die neun Lagen in ihrem Glas betrachtete.

«Ist Beatrice heute abend schon aufgetaucht?» fragte Kate beim Zahlen.

«Sie ist oben. Muß gleich kommen.»

Er legte Kates Wechselgeld auf den hölzernen Tresen. Sie steckte die Dollars ein, warf das Kleingeld in den Trinkgeldbecher und setzte sich an ein Tischchen, dessen Oberfläche wie ein Eßteller gestaltet war. Ganz hinten in dem L-förmigen Raum saß eine schwarzgekleidete Gitarristin mit Ohr- und Nasenringen, deren Versuche, klassische Stücke zu spielen, nur in Maßen erfolgreich waren. Die Töne schrammten und quietschten, aber als Hintergrundmusik war es auszuhalten.

Zwanzig Minuten später machte die Gitarristin eine Pause, und kurz darauf erschien Beatrice. In einer Hand hielt sie einen Skizzenblock, in der anderen eine kleine Blechbüchse. Sie setzte sich in eine Ecke, machte die Büchse auf, holte einen schwarzen Filzschreiber heraus und skizzierte mit raschen, sicheren Strichen einen Gast. Wenige Minuten später steckte sie die Kappe auf ihren Stift, riß das Blatt vom Block, legte es auf den Tisch und zog weiter, zum nächsten freien Stuhl, zum nächsten Gesicht. Auf dem Tresen stand jetzt neben dem Trinkgeldbecher und einer Büchse «für die Musik» auch ein Becher «für die Künstlerin», in den die meisten Gäste – auch jene, die Beatrice nicht auf ihren Block gebannt hatte – beim Gehen ein paar Münzen und manchmal auch einen kleinen Schein steckten.

Als Kate ihren zweiten, diesmal koffeinfreien *latte* getrunken hatte und sich gerade überlegte, ob sie Beatrice ansprechen sollte, beendete diese die Zeichnung, auf der ein igelhaariges Punkerpärchen in Nieten und Leder zu sehen war, strich dem Punkermädchen herzlich über den schwarzledernen Ärmel und kam mit Block und Büchse an Kates Tisch.

«Hallo, Schätzchen. Hab mir schon gedacht, daß Sie irgendwann hier aufkreuzen würden.»

«Hallo, Ms. Jankowski.»

«Sagen Sie doch Beatrice zu mir. Wenn die Leute mich beim Nachnamen nennen, hab ich immer das Gefühl, daß sie was von mir wollen. Oder sie möchten mir zeigen, daß sie mir überlegen sind. Klingt manchmal ganz respektvoll, ist aber in Wirklichkeit ein Powertrip. Sagt man das noch so? Mein Wortschatz ist so veraltet, daß er schon wieder modern wird. Sie sollten sich mal die Haare schneiden lassen. Wie heißen Sie übrigens?»

«Martinelli. Kate», setzte sie lächelnd hinzu.

«Schlicht und einfach Kate? Nicht Katherine?»

«Katarina», räumte sie ein. Beatrice sah auf.

«Katarina ... Wie hübsch! Hört sich an wie eine dieser zauberhaften kleinen Inseln im Süden, bei Santa Barbara. Oder San Diego. Kate klingt zu hart. Haben Sie noch einen zweiten Vornamen?»

«Cecilia.»

«Katarina Cecilia Martinelli. Ihre Mutter war eine Dichterin. In Namen liegt nämlich Macht», erklärte sie und fing an zu zeichnen. «Bei den Nachnamen kann nichts passieren, aber wenn man einem anderen Menschen seinen Vornamen nennt, gibt man immer auch ein Stück von sich selbst preis. Und Ihr Partner?»

«Al ist eine Abkürzung für Alonzo. Ob er einen zweiten Vornamen hat, weiß ich nicht.»

Beatrice hielt inne und sah verträumt zu den Regalen über der Theke hoch. «Alonzo», wiederholte sie nachdenklich. «Ich fahre auf schöne Namen ab. Andere Frauen stehen auf Augen oder eine Haarlocke, aber ich bin hin und weg, wenn ich einen wohlklingenden Namen höre. Dreimal habe ich geheiratet – einen Manuel, einen Oberon und einen Lucius. Alles natürlich Arschlöcher, ich hab ja nichts dazugelernt. Aber Alonzo ist kein Arschloch, oder?»

«Nein, aber er ist schon versprochen.» Diese unwesentliche Übertreibung war zu Als eigenem Nutzen.

«Hab ich mir gedacht.» Beatrice schlug eine Seite in ihrem Skizzenblock um. «Aber Sie sind bestimmt nicht hier, um mit mir über Namen zu plaudern.»

«Nein.»

«Geht es immer noch um diesen ekelhaften Menschen?»

«Wenn Sie John meinen – leider ja ...»

«Tot ist tot. Was wühlen Sie in der Sache eigentlich noch rum?»

«Wo kämen wir hin, wenn wir tatenlos zusähen, wie alle ekelhaften Menschen mir nichts, dir nichts umgebracht werden?»

«Da haben Sie natürlich auch wieder recht. Also meinetwegen: Fragen Sie!»

«Wissen Sie etwas über Johns Vorgeschichte? Woher er kam, was er früher gemacht hat?»

«Gesprochen hat er mit mir nie darüber. Er hielt wohl nicht viel von Frauen, jedenfalls nicht als Gesprächspartnerinnen. Damit will ich nicht sagen, daß er schwul war, aber es gibt viele Männer, die mit Frauen zwar schlafen, sonst aber nicht viel mit ihnen anfangen können.»

«Hat er denn mit vielen Frauen geschlafen?»

«Wenn einer kein Bett hat, braucht er noch lange nicht auf Sex zu verzichten», sagte Beatrice mit einem gouvernantenhaften Lächeln.

«Ich bin Polizistin und keine Ordensschwester», konterte Kate. «Ich habe mich nur gewundert, weil ich ihn mir nach Ihrer Beschreibung eher abstoßend vorgestellt hatte.»

«Er war ganz ansehnlich und hielt sich leidlich sauber. Mich widerte er an, aber er konnte, wenn er wollte, sehr schlagfertig sein, und viele Frauen fahren auf flotte Sprüche noch mehr ab als auf breite Schultern oder ein hübsches Gesicht. Mit Sicherheit gab es genug Frauen, die ihm gern Gesellschaft geleistet haben.»

«Welche denn?» Beatrice machte schmale Lippen und beugte sich über ihren Block.

«Die obdachlosen Frauen aus dem Park? Wilhelmina?» Beatrice schnaubte.

«Adelaide? Sue Ann?» Kate versuchte es noch mit verschiedenen anderen Namen, die ihr in Erinnerung geblieben waren, aber Beatrice schüttelte beharrlich den Kopf. «Dann hatte er wohl eine Freundin hier in der Gegend?» Beatrice zeichnete jetzt merklich langsamer, und Kate hakte rasch nach: «Eine der Frauen, die hier am Park wohnen? Oder hier arbeiten?»

«Wenn eine 'n Geschäft hatte, dann stand sie bei ihm hoch im Kurs», räumte Beatrice ein.

«Was für ein Geschäft? Buchhandlung, Lebensmittelladen, Restaurant, Café? Bitte sagen Sie es mir, Beatrice, ich muß es wissen.»

Beatrice fuhr sich mit dem Daumennagel über die zusammengepreßten Lippen. Als Angehörige einer Randgruppe konnte sie es sich nicht leisten, die glücklicheren Mitmenschen, die ein Dach über dem Kopf hatten und ihr ab und zu ein Stück Bequemlichkeit verschafften, zu verprellen. Das verstand Kate sehr gut und wartete ab.

«Antiquitäten», sagte Beatrice schließlich halblaut.

«Oder eigentlich Trödel. Aufgemotzter Trödel. Einmal hab ich ihn morgens in dem Antiquitätengeschäft an der Ecke Masonic stehen sehen. Er hat der Besitzerin einen Kuß gegeben, und sie hat ihn rausgelassen. Mich hat er nicht bemerkt.»

«War das die einzige?»

Beatrice warf Kate einen ärgerlichen Blick zu und schloß ihren Block.

«Schon gut», sagte Kate. «Schönen Dank für den Hinweis. Ich werde mit der Frau sprechen, natürlich ohne zu verraten, woher ich den Tip habe. Wissen Sie sonst noch was über ihn?»

Beatrice schlug den Block nicht wieder auf, blieb aber sitzen.

«Pferde», sagte sie unvermittelt. «Einmal hat er was von Reitpferden gesagt, da war gerade eine berittene Polizeistreife vorbeigekommen. Nach dem, was er über die Pferde gesagt hat, und so schleppend, wie er gesprochen hat, denke ich mir, daß er aus einer ländlichen Gegend, vielleicht von einem Bauernhof kam.»

«Er hat schleppend gesprochen?»

«Ja. Wußten Sie das nicht?»

«Mir gegenüber hat das niemand erwähnt.»

«Nicht sehr ausgeprägt, nicht tiefer Süden oder so, aber doch merklich. Texas vielleicht oder Arizona. Wohnte aber wahrscheinlich schon eine Weile in der Stadt.»

Kate überlegte. «Sie haben gesagt, daß Sie ihn mal mit jemandem in einem Wagen gesehen haben.» Beatrice klappte nun doch noch einmal ihren Block auf und zog die Kappe vom Filzstift. «Bei Ihrer Aussage im Revier», ergänzte Kate. Beatrice begann wortlos auf einer freien Seite herumzukritzeln, und Kate beobachtete sie gespannt. Bis jetzt hatte Beatrice ihr die entnervende Sprunghaftigkeit erspart, die das erste Verhör zur Tortur werden ließ. Sollte sie sich nun wieder einstellen, und wenn dem so war, was war der Auslöser dafür? «Erinnern Sie sich an diese Bemerkung?»

«Ein auffallend häßlicher Schlitten. Dabei war er bestimmt sündhaft teuer.»

Ein Luxusauto also. Ein ausländisches? Ein Sportwagen? Ein großer Wagen? Cadillac? Rolls-Royce?

«Genauso unpraktisch und angeberisch wie ein Cowboyhut.»

«Allein die Parkprobleme», sagte Kate unschuldig – und hatte damit einen Treffer gelandet.

«Genau!»

«Immerhin hat er sich für einen amerikanischen Wagen entschieden», fuhr Kate fort und hielt den Atem an. Diese Art der Vernehmung war eigentlich völlig unzulässig, vor Gericht waren die Antworten auf solche Suggestivfragen auch gar nicht verwertbar, aber manchmal ging es eben nicht anders.

«Dieses Argument hat mir noch nie eingeleuchtet. Mein letzter Wagen war ein Simca.»

«War der Mann, der den Wagen fuhr, Ihrer Meinung nach ein Typ, der solche Argumente gebrauchte?»

«Kann schon sein. Auf den Preis fürs Benzin brauchte er jedenfalls nicht zu achten.»

«Als Sie ihn sahen, hatte er da seinen Cowboyhut auf?»

«Nein.» Na gut, es war einen Versuch wert, dachte Kate. «Dieses Riesending saß nicht auf seinem Kopf, sondern lag auf der Rückbank.»

Bingo! Kate lehnte sich auf dem zierlichen Stühlchen zurück.

«Können Sie sich noch erinnern, welche Farbe das

Nummernschild hatte?» So eine Glückssträhne mußte man ausnutzen.

«Nein. Ein schwarzgoldenes war es jedenfalls nicht.» Die alten kalifornischen Nummernschilder wurden bereits zu einer Zeit abgeschafft, als Kate sich ihre ersten Nylonstrümpfe zulegte. Viel taugte der Hinweis also nicht.

«Wann Sie die beiden zusammen gesehen haben, wissen Sie wohl nicht mehr?»

«Wer auf der Straße lebt, liebe Katarina, muß deswegen noch lange nicht hirntot sein.»

«Ich habe nicht –»

«Natürlich weiß ich das noch. Es war am Wahltag. Die Kirche gab das Essen draußen aus, weil der Gemeindesaal als Wahllokal gebraucht wurde und sie offenbar vergessen hatten, daß sie mit der Suppenküche dran waren. Da haben sie einfach das, was sie im Haus gekocht hatten, ins Freie gebracht und sich noch tausendmal dafür entschuldigt. Aber eigentlich war es ganz festlich, man hatte fast das Gefühl, in den demokratischen Prozeß eingebunden zu sein. Der letzte Präsidentschaftskandidat, dem ich meine Stimme gegeben habe, war George McGovern. Er hat's trotzdem nicht geschafft.»

«Nun ja …»

«Der Mann muß ein paar Tage in der Stadt gewesen sein, denn am Freitag hab ich die beiden noch mal zusammen gesehen. Sie tauchten hier auf, bestellten irgendwas, einen Kaffee vielleicht, redeten kurz miteinander und sahen sich um, dann gingen sie wieder. Ich war beschäftigt und habe nicht mit ihnen gesprochen, aber ich glaube, John hat mich gesehen. Zum Glück ist er nicht näher an meinen Tisch gekommen, und seither war er auch nicht wieder hier. Ich hätte mir von ihm nicht gern meine Freitagabende vermiesen lassen.»

Beatrice sah einen Augenblick nachdenklich vor sich hin, dann stieß sie plötzlich hervor: «Texas! Es muß Texas gewesen sein, wegen des Sterns.»

«Wegen des Sterns?»

«Auf dem Nummernschild. Der Lone Star State ... das ist doch Texas, nicht? Oder ist das der Staat mit der gelben Rose? Nein, ich bin sicher, daß ein Stern drauf war.»

«Die gelbe –» Kate unterbrach sich und schüttelte einigermaßen fassungslos den Kopf. Der alte Fuchs!

«Sie sehen aus, als ob Sie sich über irgendwas amüsieren», stellte Beatrice fest.

«Ja. Über etwas, das Erasmus gesagt hat – oder vielmehr etwas, das er mir zu verstehen geben wollte.» In Berkeley hatte er beim Essen ein Lied gesummt, das ihr nur vage bekannt vorgekommen war und das sie gleich wieder vergessen hatte. Jetzt fiel ihr ein, was es gewesen war: «The Yellow Rose of Texas.»

Erasmus und Beatrice waren sich also darüber einig, daß der mysteriöse Frauenheld John vermutlich aus Texas stammte, und laut Beatrice hatte er sich noch in der ersten Novemberwoche mit einem anscheinend wohlhabenden, wahrscheinlich in Texas ansässigen Bekannten getroffen.

«Hat John geraucht?»

«Nein.»

«Hatte er eine Zahnprothese?»

«In den Mund hab ich ihm nie gesehen. Aber wenn ich es mir recht überlege, hat er manchmal so komisch gezischt, wenn er ein ‹s› aussprach, und wenn er eine Banane aß, hat es geknirscht, als ob er auf Sand beißen würde. Aber da fragen Sie am besten Salvatore.» Sie machte Anstalten, einen Tisch weiterzuziehen.

«Kann ich Sie zu einem Kaffee einladen? Möchten Sie was essen?»

Beatrice blieb stehen, zierte sich noch ein bißchen und gab dann nach. «Meinetwegen. Krish weiß, was ich nehme.»

Kate ließ sich einen koffeinfreien Cappuccino geben. «Für Beatrice das Übliche», setzte sie hinzu. Der Mann hinter dem Tresen händigte ihr einen Becher heißen Apfelmost sowie einen Teller mit einem getoasteten Teebrötchen nebst einem großen Klecks Frischkäse und Pflaumenmus aus. Kate stellte den Teller, den Becher und das Besteck auf den winzigen Tisch und behielt die eigene Tasse in der Hand, weil sie ihr sonst womöglich in den Schoß gefallen wäre. Sie schaute zu, wie Beatrice ihr Brötchen aufschnitt, mit geübtem Griff Frischkäse und Marmelade darauf strich und genüßlich hineinbiß.

«Ich würde Ihnen gern noch ein paar Fragen zu Bruder Erasmus stellen. Inzwischen kenne ich ihn ja persönlich.» Doch diese verharmlosende Formulierung kam bei Beatrice nicht gut an.

«Sie haben ihn letzte Woche verhaftet, hab ich gehört, aber mußten ihn wieder laufenlassen.»

«Wir haben ihn weder verhaftet noch längere Zeit festgehalten», protestierte Kate. «Er ist freiwillig mitgekommen, um seine Aussage aufnehmen zu lassen, danach konnte er wieder gehen. Ich will gern zugeben, daß die Vernehmung ziemlich lange gedauert hat, aber das war nicht unsere Schuld.»

Beatrice lachte. «Kann ich mir vorstellen.»

«Redet er mit allen so? Nur in Zitaten und Bibelsprüchen?»

«Tut er das? Gütiger Gott! Daß er oft die Bibel benutzte, war mir natürlich klar, aber daß *alles*, was er sagt, von anderen schon mal gesagt und geschrieben wurde – das glaube ich nicht!»

«So hat man es mir jedenfalls erklärt.»

«Wie ungewöhnlich. Aber das würde auch erklären, warum seine Antworten oft einfach nicht ... einfach nicht passen. Aber traurig ist es trotzdem.»

«Traurig? Warum?»

«Weil Namen Macht haben und Worte auch, wir haben ja vorhin darüber gesprochen. Er muß sich sehr vor seinen eigenen Worten fürchten, wenn er nie selbst welche formuliert. Und vor seinen Gedanken, wenn er sie verdrängt, um statt dessen die Gedanken anderer Leute zu äußern.»

Kate sah Beatrice, die bekümmert an ihrem Teebrötchen kaute, verblüfft an. «Sie sind eine erstaunliche Frau», platzte es aus ihr heraus.

«Ach was! Ich halte nur die Augen offen und mache mir so meine Gedanken. Zum Denken hat man nämlich viel Zeit, wenn man auf der Straße lebt.»

«Warum machen Sie das überhaupt? Ich will ja nicht taktlos sein, aber Sie sind eine gebildete Frau, die sich ausdrücken kann – anders als die meisten Obdachlosen, die ja wirklich hoffnungslose Fälle sind. Sie könnten einen Job haben.»

«Ich habe mal an der Hochschule Kunstgeschichte unterrichtet», sagte Beatrice, und als sie Kates überraschtes Gesicht sah, fügte sie hinzu: «Es gibt eine interessante Gruppe von Intellektuellen unter den Obdachlosen. Ich habe auf der Straße einen Astrophysiker kennengelernt, mehrere Universitätsdozenten und Collegelehrer, drei Programmierer und etliche Dichter, die schon ganze Bücher veröffentlicht haben. Ganz zu schweigen von den jungen Männern – und auch einigen Frauen –, die sich bewußt aus der Tretmühle der Mittelstandsgesellschaft ausklinken und diese, zugegebenermaßen extreme Variante der Freiheit als bewußte Lebensform gewählt haben. Hat nicht Solschenizyn mal gesagt, daß ein Mensch nur dann frei ist, wenn man ihm nichts mehr wegnehmen kann? Ein schrecklicher Langweiler, aber leider hat er häufig recht.»

«Und Sie?»

«Reden wir nicht drüber, es ist keine schöne Geschichte», sagte sie fast beiläufig, blickte sich aber dabei nervös und sichtlich fluchtbereit um.

Kate wechselte rasch das Thema. «Gut, dann reden wir jetzt mal über Erasmus. Er will – oder kann – uns nur soviel sagen, daß er ein Narr ist.»

«Ich habe Ihnen alles erzählt, was ich über ihn weiß. Er kommt am Sonntagvormittag in den Park, am Dienstag geht er wieder. Er erzählt uns Geschichten aus der Bibel, singt und betet mit uns. Er hört still zu und richtet nicht. Die Verwirrten werden ruhig, die Betrunkenen friedlich, die Zornigen begreifen, daß es vielleicht für sie Möglichkeiten gibt, sich selbst zu helfen. Wen er anschaut, den sieht er, wem er sein Ohr leiht, den hört er. Allein das ist für Menschen ohne Wohnung etwas Besonderes. Normalerweise sind wir entweder unsichtbar oder ein Ärgernis. Er schenkt denen, die ihre Würde verloren haben, ein Stück davon zurück. Er ist wie ... wie ein kleines Feuer, an dem wir uns die Hände wärmen können.»

«Aber Sie haben keine Ahnung, wer er ist oder woher er kommt?»

«Im Sommer vor zwei Jahren war er plötzlich da. Wie die Zeit vergeht ... Den Sonntag und Montag schenkte er uns, den Mittwoch und Donnerstag den Menschen auf dem Heiligen Hügel.»

«Und die anderen Tage?»

«An denen reist er wohl», tat Beatrice die Frage ab, aber in ihrem Blick stand wieder Unruhe, und ihre Finger zuckten.

«Braucht man zwei Tage, um von Berkeley nach San Francisco zu kommen?» fragte Kate unschuldig.

«Ich hab keine Erfahrung mit Fußmärschen.» Beatrice versuchte, sich in ihr Schneckenhaus zurückzuziehen, aber diesmal ließ Kate nicht locker.

«Was macht Erasmus am Samstag?»

«Ich muß zurück an meine Arbeit.»

«Wollen Sie es mir nicht sagen?»

«Die Welt ist groß –»

«Wohin geht er am Samstag?»

«– und hat viele Nöte», sagte Beatrice verstört. «Auch die Welt braucht Trost.»

«Am Samstag tröstet er die Welt?»

«Die verdienen ihn nicht. Sie verstehen ihn nicht. Sie sehen nur die Oberfläche, das Seichte, Alberne, Gewalttätige – nein, so habe ich das nicht gemeint ...» Sie unterbrach sich erschrocken. «Sie sehen nur die Aufführung.»

«Ich weiß, daß Erasmus sich vor den Touristen am Fisherman's Wharf produziert, Beatrice», sagte Kate ruhig. «Sie haben mir nichts Neues erzählt. Tut mir leid, wenn ich Ihnen einen Schrecken eingejagt habe, aber ich habe gemerkt, daß Sie mir etwas verbergen wollten, was Erasmus betrifft, und mußte herausbekommen, was es ist.» Kate entschuldigte sich normalerweise nicht bei Zeugen, die sie in die Enge getrieben hatte, aber sie spürte, daß diese Frau, die sich so stark gab, in Wirklichkeit sehr verletzlich war und behutsam angefaßt werden mußte. Außerdem wollte sie sich ihre Freundschaft und Hilfe für die Zukunft erhalten. «Sie dürfen mir glauben, daß ich mich durch seine Touristenschau nicht irreführen lasse. Beruhigt? Gut, dann will ich nur noch eine Frage stellen. Haben Sie jemals offene Feindseligkeit zwischen Erasmus und John bemerkt?»

Nach dieser Frage aber hatte Kate es sich endgültig mit Beatrice verdorben. Sie griff sich ihre Blechschachtel und ihren Block und stand auf.

«Und was ist mit meiner Zeichnung?» fragte Kate sanft. Beatrice klemmte sich die Blechbüchse unter den Arm, riß das Blatt ab und warf es zu dem schmutzigen Geschirr auf den Tisch. Es war eine Karikatur, die sehr geschickt den zynischen Blick wiedergab, den Kate zu oft schon bei sich selbst entdeckt hatte. Sie wollte sich bei Beatrice bedanken, die aber stand schon an einem anderen Tisch und hantierte unsicher an ihrer Blechbüchse herum. Kate zog ihre Jacke an, steckte zwei Fünf-Dollar-Scheine in den Becher «für die Künstlerin» und rollte die Karikatur vorsichtig zusammen.

Als sie ins Freie trat, regnete es leicht. Bis sie nach Hause kam, schüttete es, und als sie im Bett lag und nicht einschlafen konnte, fragte sie sich zum erstenmal, wo wohl in dieser Nacht all die Menschen Schutz fanden, die kein Dach über dem Kopf hatten.

12 Der Narr hatte dort Freiheiten, wo dem Ritter starre Grenzen gesetzt waren.

Der Samstag vormittag war klar und kalt. Kate stand im Morgenrock in einem Sonnenfleck, der durch ein hohes Seitenfenster ins Wohnzimmer fiel, trank Kaffee, telefonierte mit Al Hawkin und machte sich daneben Gedanken über Beatrice und Erasmus.

«Alles klar. Du brauchst wirklich nicht abzusagen, ich will eigentlich nur hin, weil mich die Reaktion von Beatrice neugierig gemacht hat. Dabei glaube ich gar nicht, daß sie mir etwas verbergen wollte. Er hat vielleicht nur lose Reden geführt, und das war ihr peinlich. Ja, die Nummer von Jani habe ich. Wenn sich irgendwas ergibt, rufe ich an, sonst sprechen wir uns heute abend. Viel Spaß, und grüß Jani und Jules von mir.»

Sie stellte das Handy ab und steckte es in die Tasche, dann schloß sie die Augen und gab sich der warmen Wintersonne hin. Die Samstagvormittage verbrachten Jon und Lee bei einem Töpferkurs, wo sie windschiefe Schalen und merkwürdige, vom Unterbewußtsein gesteuerte Gebilde produzierten. Den stillen Stunden in diesem Haus sah sie jede Woche mit der gleichen Freude und demselben schlechten Gewissen entgegen, heimlich verärgert, wenn ihr Job dazwischenfunkte oder Lee, Jon oder die Kursleiterin einmal krank waren. Diesen Morgen konnte sie die Stille nur zur Hälfte genießen, weil sie sich Bruder Erasmus' Vorstellung auf Fisherman's Wharf ansehen wollte.

Normalerweise machte sie in diesen Stunden Dinge, die ganz aus dem Rahmen ihres Alltagslebens herausfielen. Sie ließ laute Musik laufen, aß Waffeln mit Ahornsirup oder aalte sich zwei Stunden lang mit einem Buch in der Badewanne. Heute holte sie sich ein Sofakissen und legte es genau in den Sonnenfleck, über dem sich eine Wolke von Sonnenstaub erhob, goß sich noch eine Tasse Kaffee ein und nahm sich Eve Whitlaws Unterlagen vor. An die Stelle dieses Falls würde vermutlich bald ein anderer treten, dem größere Bedeutung beigemessen wurde als dem ungeklärten Tod eines Obdachlosen im Park – sie jedoch interessierte dieser Erasmus. Nein, mehr noch: Er ließ ihr keine Ruhe, war wie ein juckender Stich, der zum Kratzen reizte. Deshalb machte sie sich erneut an die Lektüre der komplizierten Texte. Diesmal hatte sie einen Block bei der Hand, um sich Fragen und Stichworte zu notieren.

Hatte Erasmus – oder womöglich John – die Narbe einer früheren Tätowierung auf der Wange?

Hinter der Narrenbewegung mußte eine Organisation gestanden haben. Wo waren die ursprünglichen Narren? Irgend jemand mußte Erasmus gekannt haben.

Wer war dieser David Sawyer, von dem jene Notiz von 1983 stammte? Ein Narr?

Und irgendwie mußte es auch möglich sein, sich Einzelheiten über die von Narren begangenen Vergehen und Verbrechen zu beschaffen, insbesondere den Namen des angeblichen Entführers jenes kleinen Mädchens und die Personalien des Narren, der die unbeteiligte junge Frau in Los Angeles tötete.

Die Sonne war weitergewandert, und Kate rutschte mit

ihrem Kissen hinterher. Dann griff sie aufs Geratewohl in die Mappe mit den losen Blättern und las:

«Früher war der Glaube weit verbreitet, daß nur durch die Gebete asketischer Mönche die Mächte des Bösen von der Welt ferngehalten werden können. Heute gelten Mönchsorden als Zufluchtsorte für besonders sensible Seelen und als Refugien geistiger Erneuerung für normale Menschen. Verläßt aber ein Mönch sein Kloster, sind wir verblüfft und ratlos, und werden wir mit einem heiligen Franziskus konfrontiert, der Dummheiten macht und sich ohne eine Spur von Anstand benimmt, so ist er für uns nicht länger ein Heiliger, sondern ein Verrückter, dem wir mit Gitterstäben und Beruhigungsmitteln zu Leibe rükken.

Das Christentum steht in seinem Kern der Narrheit näher als jenem mächtigen Konzern, dem der Papst vorsteht. Die zentrale Botschaft des christlichen Lebens ist Demut in der Nachfolge Christi, der sich selbst erniedrigte. Christus wurde verspottet, verfolgt und niedergemacht. Die mächtigen sogenannten christlichen Reiche und nicht der Heilige Narr stellen die wahre Perversion des Evangeliums dar.

Man kann nicht ein Narr um Christi willen und dabei wirklich verrückt sein. Das heilige Narrentum ist ein sublimierter Zustand, eine bewußte Wahl. Die größte Stärke der Bewegung aber, nämlich ihre Einfalt, ist zugleich ihre größte Schwäche, denn sie kann sich nicht vor Wahnwitz und Verderbtheit schützen. Der harmlose Narr ist hilflos wie ein Kind gegenüber dem Unverstand des gezielten Bösen, und deshalb waren die Schüsse von Los Angeles eine so verheerende Katastrophe.

Der Narr ist das Spiegelbild des Schamanen. Die mythische Reise des Schamanen führt ihn vom Wahn zur Herrschaft über die Grundlagen des Universums; der Narr geht den umgekehrten Weg – von der Normalität in den scheinbaren Irrsinn, in dem er ständig dem universellen Chaos preisgegeben ist. Beide tragen schwer an ihrer Identität. Der Schamane zahlt für sein Herrschaftswissen mit persönlichen Opfern, der Narr ist dem ‹machtvollen Charisma heiliger Narrheit› ausgeliefert, wie Saward es nennt.»

Als Kate ihre Lektüre beendet hatte, war sie nicht viel schlauer als zuvor. Sie legte die Unterlagen auf den Tisch, aß eine Birne und einen getoasteten Bagel als zweites Frühstück und rüstete sich für ihre Touristentour.

An einem sonnigen Samstag strömt selbst im Februar eine stattliche Schar von Besuchern mit Kindern und Kameras über die knapp tausend Meter lange Strecke zwischen dem blumengeschmückten Pier 39 und dem Ghirardelli Square, dem Ur- und Vorbild all jener Einkaufs- und Touristenparadiese, die auf stillgelegten Industriegeländen entstanden sind. Kate parkte in der Tiefgarage unter der früheren Schokoladenfabrik und ging langsam bis zu der Straße vor dem Aquatic Park, ohne einen hochgewachsenen älteren Clown mit Bart zu entdecken. Auf dem Ghirardelli Square hatte sich ein Puppenspieler etabliert, aber eine Spur von Erasmus fand sich auch hier nicht.

Langsam schritt sie die Reihe der Straßenverkäufer ab, bei denen man Sweatshirts und gebatikte Kleinkind-Overalls erstehen konnte, auf Steine oder Redwoodklötze gemalte Ansichten von der Golden Gate Bridge, Glasperlenketten, Klopapierrollenhalter in Form von Fröschen und Palmen und Bergkristalle. Bergkristalle als Briefbeschwerer, Bergkristalle als Ohrringe und Ketten, Bergkristalle als Energiespender zum Einnähen in den Hosensaum. Es juckte sie, Al so ein Ding zu schenken, nur um seine Reaktion zu beobachten, dann aber ging sie entschlossen weiter bis zum nächsten Stand, wo eine grauhaarige Zigeunerin polierte Steine an Lederbändchen verkaufte. Kate nahm einen ovalen Lapislazuli mit einer reizvollen silbrigen Maserung in die Hand.

«Lapislazuli ist gut für die Gesundheit, schützt den Körper und beflügelt den Geist», erklärte die gesprächige Frau. «Steht Ihnen gut, die Farbe!»

Geistige Beflügelung könnte ich weiß Gott gebrauchen, dachte Kate. Laut sagte sie: «Ich suche ein Geschenk für eine blonde Frau» und handelte sich damit einen längeren Vortrag über Aura und Wirksamkeit von Halbedelsteinen ein. Zum Schluß entschied sie sich für eine zierliche Lapislazuli-Halskette in Silberfassung. Während die Zigeunerin nach einer passenden Schachtel kramte, sah Kate sich um.

«Sind Sie oft hier?» fragte sie.

«Seit sieben Jahren.»

«Ich suche einen großen, älteren Mann, der hier eine Clownnummer abziehen soll.»

«Polizei?»

Kate sah sie verblüfft an, denn sie hatte sich absichtlich so angezogen wie tausend andere Frauen, die hier herumliefen.

«Ja. Warum?»

«Weil ich gern weiß, mit wem ich es zu tun habe. Macht achtzehn Dollar.» Kate gab ihr einen Zwanzigdollarschein und nahm dafür ihre zwei Dollar Wechselgeld und ein weißes Kästchen entgegen. «Ich hab nichts gegen Cops, meine Schwester war mal mit einem verheiratet, der war ganz okay. Sie suchen diesen Erasmus, nicht?»

«Ja. Haben Sie ihn gesehen?»

«Heute noch nicht. Meist kommt er erst nachmittags. Vormittags ist er auf der Cannery.»

«Gut, dann versuche ich es dort. Schönen Dank.»

«Nichts zu danken. Es sind die Augen.»

«Die Augen?»

«Bei Cops sind sie immer in Bewegung, gucken den Leuten in die Taschen und sonstwohin. Setzen Sie Ihre Sonnenbrille auf, Schwester. Und ganz locker bleiben! Ist doch ein so schöner Tag.»

Kate mußte lachen. Als sie ihren Weg fortsetzte, war sie plötzlich bester Laune. Es war im Grunde eben doch eine tolle Stadt. Komisch, daß man das nur allzu leicht vergaß.

Vorbei an dem überfüllten Wendepunkt der Cable Car und den Ständen, an denen es nach frisch gebackenen Brezeln roch, ging sie hügelab. Die Hände in den Taschen und die Passanten hinter der schützenden Sonnenbrille beobachtend, schlenderte sie am Wasser entlang. Dabei summte sie eine der eingängigen Melodien aus der Operette vor sich hin, die sie vor zwei Tagen auf dem Video gesehen hatte. «Wenn den Schutzmann ruft die Pflicht, ist das kein Vergnügen nicht ...»

Auf ihrem Weg sichtete sie zwei Dealer, eine arbeitssuchende Nutte und dann einen guten Bekannten. Sie stellte sich neben den Taschendieb und gelegentlichen Polizeispitzel, der behaglich an einer Hauswand lehnte.

«Wie läuft's, Bartles?» fragte sie halblaut.

«Bestens, Inspector Martinelli. Ich bin clean.»

«Freut mich. Sehen Sie zu, daß es so bleibt. Sie werden doch den guten Leuten aus der Provinz nicht diesen schönen Tag verderben wollen.»

«Ich arbeite ja gar nicht. Ich warte nur auf meine Frau.»

«Denn er schätzt ein harmloses Vergnügen nicht weniger als jeder andre brave Mann …», sang sie laut und falsch, so daß sich ein junges Paar aus Visalia leicht verstört nach ihr umsah.

«Eh, was soll'n der Scheiß?» fragte Bartles argwöhnisch.

«Hab ich neulich im Fernsehen gehört. Ich würde Ihnen dringend raten, mit Ihrer Frau nach Hause zu fahren, sobald sie ihre Einkäufe gemacht hat. Ich hab heute gute Laune, und falls Sie mir die verderben, brech ich Ihnen womöglich aus Versehen einen Finger beim Anlegen der Handschellen.»

«Ich bin heute nicht zum Arbeiten hier», beteuerte er.

«Um so besser. Ich auch nicht. Haben Sie einen großen alten Mann mit Bart gesehen, der eine Clownnummer abzieht?»

«Erst unter Druck setzen und einem dann die Würmer aus der Nase ziehen, das hab ich gern!»

«Ich habe nur eine höfliche Frage gestellt.»

«Sie würden mich – o verdammt, da kommt meine Frau. Hauen Sie bloß ab!»

«Na, was ist? Haben Sie ihn gesehen?»

«Zwei Ecken weiter, auf der anderen Straßenseite. Und jetzt verduften Sie gefälligst!»

Kate sah noch, wie die magere Frau in Shorts und Stökkelschuhen sie mißtrauisch beäugte, dann ging sie weiter und erstand in der nächstbesten Klamottenbude eine scharfe rosafarbene Baseballmütze, die mit einer abgeschnittenen Golden Gate Bridge und dem Schriftzug SAN FRANCISCO, CALIFORNIA bestickt war, sowie ein Päckchen Kaugummi. Vor einem winzigen Spiegel neben einem Ständer mit Muschelohrringen steckte sie ihre Haare unter die Mütze und schob sich einen Streifen Kaugummi in den Mund. Freiwillig wäre sie nie so herumgelaufen, aber diese Tarnung war besser als jede Theaterschminke. Kauend machte sie sich auf den Weg zu der Vorstellung von Bruder Erasmus.

13 Ohne eine gewisse Hast war seine Seele nicht im Gleichgewicht.

Wirklich ein unwahrscheinlich schöner Tag, freute sich Kate. Einer dieser Tage, die Leute aus New York und Boise zur Umsiedlung nach Kalifornien verlocken. Erdbeben, Arbeitslosigkeit und mörderische Hypotheken lassen sich zweifellos leichter ertragen, wenn man mittags im T-Shirt unter freiem Himmel essen kann und weiß, daß fast das ganze übrige Land im Schnee versinkt.

Als Kate durch diese Volksfestatmosphäre schlenderte, während Drachen über dem Wasser schwebten, der Geruch von Aftershave und Fisch in der Luft hing, die Bucht funkelte und die Golden Gate Bridge, Mount Tamalpais und die Inselfestung Alcatraz dem fröhlichen Treiben wohlwollend zusahen, vergaß sie minutenlang, daß sie dienstlich hier war. An einem Stand besah sie sich die lebenden Austern – garantiert mit Perle! –, blieb vor einem jungen Afroamerikaner stehen, der auf einer Kiste stand und den Roboter spielte, während sein Kumpel den Hut herumgehen ließ, und kaufte sich – natürlich nur zur Tarnung – eine Eistüte. Inzwischen hatte sie auch Erasmus entdeckt und gesellte sich zu der ansehnlichen Schar seiner Zuschauer.

Er steckte in der Kluft, die Rosalyn Hall ihr geschildert hatte: Khakihosen, eingelaufenes blau-weiß gestreiftes T-Shirt und Laufschuhe, die ihm zu groß waren. Dazu trug er eine Raiders-Kappe, die er sich in den Nacken geschoben hatte. Am Handgelenk prangte eine protzige goldene Uhr. Zuerst hatte Kate nur den Eindruck, das bärtige Gesicht sei dunkler als sonst, aber als er sich umdrehte, sah sie, daß die rechte Gesichtshälfte grau, die linke jedoch kalkweiß geschminkt war; ein raffinierter und irritierender Effekt.

Am auffallendsten aber war nicht Erasmus selbst, sondern sein Stab, den er an einen Zeitungskasten gelehnt hatte. Auf dem geschnitzten Kopf saß eine kleine Raiders-Kappe, auf der Nase eine Kindersonnenbrille, am Hals flatterte ein Streifen blauweiß gestreiften T-Shirt-Stoffes. Bisher war Kate noch gar nicht aufgefallen, wie ähnlich der geschnitzte Kopf Erasmus war, wohl weil sich in dem dunklen Holz die Einzelheiten verloren. Aber jetzt erkannte sie den Bart, die Adlernase, die hohe Stirn – Erasmus im Kleinformat. Nur die Augen waren hinter schwarzen Miniaturgläsern verborgen.

Erasmus führte ein Gespräch mit dem Stab. Es schien sich um eine Art Rede in Versform zu handeln. Dabei ging er auf dem Gehsteig auf und ab wie auf einer Bühne, ohne sich um die Zuschauer zu kümmern. Er konzentrierte sich ganz auf den Stab, und der fing plötzlich zu sprechen an. Kate sträubten sich die Nackenhaare, als sie das heisere Flüstern vernahm, und es dauerte eine Weile, bis sie begriffen hatte, daß sie einen begabten Bauchredner vor sich hatte. Die Zuschauer, besonders neu hinzukommende am Rand der Menge, wechselten verblüffte Blicke und lächelten verlegen. Unheimlich war sie, diese Stimme, bezwingend und erstaunlich echt. Bei einem raschen Blick über die Schulter sah Kate zwei Kinder, die mit aufgesperrten Mäulchen dem Stabkopf zuhörten.

«Eine bittere Pille für mich», sagte er gerade.

«Hör, guter Freund, ich will dich einen Reim lehren...», erbot sich Erasmus eifrig. Er hatte sich leicht vorgeneigt und sah den Kopf auf dem hölzernen Stab an. In dieser Haltung und mit einem Ausdruck von Bauernschläue, der jetzt auf seinem Gesicht lag, wirkte er völlig verändert, nicht mehr ehrwürdig, sondern fast bedrohlich.

«Laß hören», sagte der Stab.

«Gib acht, Gevatter. Hab mehr, als du zeigest, sprich weniger, als du weißt...»

Kate hatte den Kaugummi an einem Backenzahn geparkt, lutschte zerstreut ihr Eis und überlegte, wo sie diesen Text schon einmal gehört hatte. Shakespeare, dachte sie. Ein Stück, zu dem Lee mich mal geschleift hat. Nicht *Macbeth. Der Sturm?* Nein. *König Lear* im Gespräch mit seinem Narren. Hier aber spielte der Stab den König, und den Hofnarren gab der Mensch aus Fleisch und Blut.

«Das ist nichts, Narr», zischelte der Stab.

«Dann ist's gleich dem Wort eines unbezahlten Advokaten», sagte Erasmus schadenfroh.

Die erwachsenen Zuhörer lachten. Die Kinder fingen erst an zu prusten, als der Narr dem Stab zwei Kronen für ein Ei anbot.

«Was für zwei Kronen werden das sein?» fragte der Stab verächtlich.

«Nun, nachdem ich das Ei durchgeschnitten und das Inwendige herausgenommen habe, die zwei Kronen vom Ei.» Damit holte Erasmus zwei Eierschalenhälften aus der leeren Luft, legte sie zwei Kindern auf den Kopf und wandte sich wieder dem geheimnisvollen, geschnitzten Kopf zu.

«Ich bitt dich, Onkel, nimm einen Schulmeister an, der deinen Narren lügen lehrt. Ich möcht gern Lügen lernen.»

Er ließ seine Augenbrauen tanzen, und die Kinder jubelten.

«Wenn du lügst, werden wir dich peitschen lassen», grollte der Stab.

«Mich wundert, wie du mit deinen Töchtern verwandt sein magst», ereiferte sich Erasmus. «Sie wollen mich peitschen lassen, wenn ich die Wahrheit sage. Du willst mich peitschen lassen, wenn ich lüge. Und zuweilen werde ich gepeitscht, weil ich's Maul halte. Lieber wollt ich alles in der Welt sein als ein Narr. Und doch möcht ich nicht du sein.» Kopfschüttelnd trat er näher an den Stab heran. «Du hast deinen Witz an beiden Seiten beschnitten und nichts in der Mitte gelassen.»

Bei seinen letzten Worten hatte er die Stimme gehoben und blickte über die Menge hinweg auf einen bestimmten Punkt. Wie auf Kommando drehten sich alle um. Kate trat ein Stück beiseite, um besser sehen zu können, und – verdammte Scheiße, Erasmus, das kannst du doch nicht machen! Weißt du überhaupt, worauf du dich da einläßt?

Ja, natürlich wußte er das. Seine Augen blitzten erwartungsvoll, während er seine Zielperson anpeilte.

Der junge Mann – er mochte um die zwanzig sein – hatte einen gehörigen Schrecken bekommen, als er sich plötzlich von dreißig Leuten angestarrt sah. Wachsam ließ er seinen Blick hin und her gehen, aber er gehörte zu den Menschen, die keinem Streit aus dem Wege gehen können.

Er war klein, aber kräftig. Unter dem knapp sitzenden Turnhemd wölbten sich dicke Muskelpakete wie bei einem Bodybuilder. Kinn und Wangen bedeckte ein dünner blonder Stoppelbart, die Jeans saßen knalleng, die Doc-Marten's-Boots mit den dicken Sohlen verhalfen ihm fast zu Normalgröße. In der linken Hand hielt er eine braune Papiertüte, aus der eine grüne Flasche hervorsah, den rechten Arm hatte er um die Schulter einer mageren Siebzehn- oder Achtzehnjährigen mit Pickeln im Gesicht und am Ausschnitt und dunklem Ansatz im blondierten Haar gelegt. Am Oberarm hatte sie einen abklingenden Bluterguß. Daß ihre Lippen geschwollen waren, ließ sich trotz Lippenstift nicht übersehen, ansonsten war das Gesicht weitgehend hinter einer großen, dunklen Sonnenbrille verborgen. Kate verfügte über reichlich Diensterfahrung mit häuslichen Streitigkeiten, um die Situation mit einem Blick zu erfassen. Der vorsichtige Gang und die vor der Brust gekreuzten Arme verrieten ihr, daß dem Mädchen die Rippen weh taten; ihre zwiespältige Körpersprache (ein Anschmiegen an den besitzergreifenden Arm bei gleichzeitigem Zurückweichen von ihm) war es, die Kate den Täter verriet.

Auch Erasmus wußte, daß hier etwas nicht stimmte. Er streckte die Hand aus und rief jovial: «Kommt, Bursche, trinkt ein Bier!»

«Danke, bin versorgt.»

«Beeil dich, daß du trunken wirst», sagte Erasmus lächelnd. «Dies sei dein tägliches Geschäft.»

«Ich bin nicht betrunken.»

«Erst nimmt der Mann den Trunk, dann braucht ein Trunk den nächsten, dann nimmt der Trunk den Mann», dozierte der geschnitzte Kopf.

Der Blick des jungen Burschen ging einigermaßen ratlos zwischen dem Mann und dem seltsam gekleideten Stab hin und her. Inzwischen dämmerte ihm, daß er vorgeführt werden sollte, aber vor so vielen Zuschauern konnte er schlecht den alten Mann zusammenschlagen und sich auch nicht unauffällig aus dem Staub machen.

«Was soll der Scheiß?» murrte er.

«Wer viel trinkt, muß viel Durst leiden», stellte der Stab fest.

Der Junge sah ihn mit zusammengekniffenen Augen an, dann ließ er das Mädchen los, um sich ganz auf ihn konzentrieren zu können. «Wie macht der denn das?» fragte er. Die Zuschauer (sofern sie Kinder im Schlepptau hatten, waren sie schon auf und davon) lachten über die neue Nummer. Der junge Mann fuhr angriffslustig herum, und die Zuschauer erwarteten offenbar, daß Erasmus jetzt eingreifen würde. Der aber stand vor dem Mädchen und hielt ihre Sonnenbrille in der Hand.

Ihr linkes Auge sah aus wie für einen Horrorfilm geschminkt. Es war geschwollen und ganz schwarz, der Augapfel selbst war rot wie eine offene Wunde. Es wurde ganz still. Erasmus beugte sich ein wenig vor, sah dem Mädchen in das gesunde Auge und legte behutsam seine Hand darüber.

«Gedrücktes Gemüt, wer richtet es auf?» sagte er leise.

Das Mädchen sah ihn wie hypnotisiert an und regte sich nicht. Gleich darauf trat er zurück und streckte ihr die Sonnenbrille hin, die sie ihm rasch abnahm, um ihr Gesicht wieder dahinter zu verstecken. Doch die Zuschauer sahen nicht sie an, sondern Erasmus, der sich jetzt wieder an den jungen Mann wandte.

«Ob Frau, ob Hund, ob Nußbaum allhie, je mehr du sie schlägst, desto besser für sie.»

Der Junge ließ sich von der freundlichen Stimme des Alten und seinem Lächeln täuschen und nickte stupide.

«Dein kleines Mädchen mußt du schelten», fuhr Erasmus fort, «und schlagen auch, sobald es niest. Sie tut's, das darf als sicher gelten, gewißlich nur, weil's dich verdrießt.»

«Hey, Moment mal», fuhr der Junge auf. «Ich hab sie nicht –»

«Schlag hart, schlag schnell, schlag oft.» Erasmus lächelte noch immer, aber es war kein freundliches Lächeln mehr. Hoch aufgerichtet überragte er den Jungen gut und gerne um zwanzig Zentimeter.

«Ich habe sie nicht geschlagen.»

«Eifersucht ist fast wie die Hölle.»

«Jetzt reicht's. Ich –»

«Grausamkeit hat ein menschlich Herz und Eifersucht ein menschlich Angesicht, der Schrecken gottvoll menschliche Gestalt, Heimtücke menschlich Kleid.»

«Der Typ hat 'n Rad ab, Angela. Komm bloß weg hier.» Der Junge versuchte an Erasmus vorbeizukommen, der aber vertrat den beiden den Weg.

Jetzt mischte sich wieder der Stab in das Gespräch ein. «Es ist nur menschlich, jene zu hassen, denen wir eine Kränkung zugefügt haben», winselte er.

«Paß bloß auf, Alter. Noch so'n Spruch – Schädelbruch.»

Kate arbeitete sich durch die geschrumpfte Zuschauermenge nach vorn und überlegte, wo sie ihre Eistüte lassen sollte. Sie wußte nur zu gut, wie diese muskelbepackten Arme einen alten Mann zurichten konnten – von den Stiefeln gar nicht zu reden. Erasmus beugte sich vor, sah dem Jungen in die Augen und versuchte offenbar, ihn ganz direkt und persönlich zu erreichen.

«Zur Grausamkeit zwingt bloß Liebe mich», sagte er und hob entschuldigend die Schultern.

Es waren wohl nicht so sehr die Worte als die unerwartete Reaktion, die den Jungen zögern ließ. Doch dann wurde Erasmus' Stimme merklich schärfer.

«Warum zerstört ihr mein Volk und zermalmt die Gesichter der Armen?» Eine Pause, dann mit bitterem Hohn in der Stimme: «Das Leben des Menschen ist einsam, arm, häßlich, brutal und – kurz.»

Das letzte, bewußt betonte Wort war der Auslöser, der den kräftigen rechten Arm mit der Flasche in der Papiertüte automatisch vorschnellen ließ. Kate warf sich dazwischen, ehe der Schlag Erasmus' Kopf traf, aber der Aufprall schleuderte sie alle drei gegen Angela und an die Mauer dahinter, wo sie in einem wirren Knäuel auf dem Gehsteig landeten. Wutentbrannt schüttelte der Junge seine Freundin ab und rappelte sich hoch. Hätten ihn nicht drei Männer aus der Zuschauermenge von Kate weggezogen, hätte sie wohl noch mehr Andenken an diesen Vorfall zurückbehalten als drei große Blutergüsse an der Schulter, wo die Stiefel sie getroffen hatten. Sie hielt dem Jungen ihren Dienstausweis unter die Nase, aber erst als sie ihn anschrie: «Polizei! Ich bin Polizistin!» gab er seinen Widerstand auf.

Jetzt verkündeten zwei, drei heiser hustende Sirenenstöße, daß ein Streifenwagen im Anrollen war. Die beiden uniformierten Kollegen bahnten sich energisch den Weg zum Mittelpunkt des Geschehens, aber Kate ließ den Schläger nicht aus den Augen, bis die Kollegen direkt neben ihr standen. Erst dann wandte sie sich um und half Erasmus hoch. Er fuhr mit den Händen an seinem Körper entlang, als wollte er sich davon überzeugen, daß er noch heil und ganz war, und während Kate in ihrer Schilderung den Vorfall so gut wie möglich herunterspielte, griff er seinen Stab vom Zeitungskasten, um ihn sich unter den rechten Arm zu klemmen. Das ergab ein groteskes Bild, auf das Kate immer wieder starren mußte: der Anblick eines zweiköpfigen Wesens.

Die Streifenpolizisten zerstreuten den Rest der Zuschauer, und während der jüngere der beiden sich mit dem Schläger befaßte, nahm der ältere Kate beiseite.

«Interessieren Sie sich aus einem bestimmten Grund für Bruder Erasmus, Kollegin?»

Kate seufzte. «Wenn ich das wüßte ... Es gibt da einen Zusammenhang mit dem Toten aus dem Golden Gate Park, aber Näheres kann ich dazu noch nicht sagen.»

«Ich frage deshalb, weil es immer wieder Ärger gibt, wenn er auftaucht, obgleich er eigentlich ein friedlicher Typ ist. Im Herbst waren wir nicht schnell genug, da haben sie ihn böse zusammengeschlagen. Ich dachte nur, falls er ein Freund von Ihnen ist oder ein Verwandter ...»

«War das im November?»

«Ich glaube schon.»

«Von dem Vorfall hat man mir erzählt. Ich werde mal mit ihm reden, vielleicht nimmt er Vernunft an. Aber er setzt so seine eigenen Prioritäten, wenn Sie wissen, was ich meine, und seine persönliche Sicherheit scheint dabei nicht an erster Stelle zu stehen.»

Die Menge hatte sich verlaufen. Ob es nun an der nachdrücklichen Verwarnung der Cops lag oder einfach nur an der eigenen Niedergeschlagenheit, die Lust, auf alle Männer einzuprügeln, war dem jungen Mann offenbar gänzlich vergangen. Als die Polizei mit ihm fertig war, packte er seine Freundin wieder bei der Schulter und wandte sich zum Gehen, aber Erasmus hielt ihn sanft zurück.

«Freu dich deiner Jugend, o Jüngling», sagt er leise. Der Junge nickte, mied aber seinen Blick, während Angela Bruder Erasmus nachdenklich ansah. «Fürstin und Jägerin, so keusch und so hold!» sagte er freundlich zu ihr und fügte mit einem ernsten Blick auf den Jungen hinzu: «Wem es nicht an Mut gebricht, verdient der Holdheit Preis.»

Der Junge zog Angela weg, aber nach zehn, zwölf Schritten befreite sie sich aus seinem Griff. Schweigend gingen sie jetzt nebeneinander her, ohne sich zu berühren.

Erasmus müsse auf der Stelle hier verschwinden, sagten die beiden Streifenpolizisten, und Kate versprach, sich darum zu kümmern. Just in diesem Moment wurden sie per Funk zum nächsten Einsatz gerufen. Kate winkte ihnen noch einmal zu und wandte sich dann an Erasmus.

«Er hätte Sie halb totschlagen können, Sie leichtsinniger Mensch!» fuhr sie ihn wütend an. Er schien gar nicht hinzuhören, sondern sah nachdenklich dem jungen Paar nach und bemerkte kopfschüttelnd: «Weh denen, die da sitzen in Finsternis und Schatten des Todes.»

«Das von den Schatten des Todes können Sie laut sagen.» Kate trat vor ihn hin, doch um seinen starren Blick zu unterbrechen, hätte sie schon auf und ab springen müssen. «Der Junge hätte Sie krankenhausreif prügeln können, und das hätten Sie sogar verdient. Wie kann man sich nur so idiotisch benehmen?»

Jetzt endlich sah er sie an, und um seine Augenwinkel sprangen Lachfältchen auf. «Wie kraftvoll ist doch das rechte Wort!»

«Und ob es das rechte Wort war! Machen Sie das bloß nicht noch mal, Sie nützen niemandem damit, glauben Sie mir.»

Er sah noch einmal zu dem Pärchen hin, das inzwischen schon fast außer Sicht war. «Zerteilt ist nur die Schlange, nicht getötet», sagte er, was Kate als Zustimmung deutete.

«Bleiben Sie lieber beim Jonglieren», riet sie ihm.

«Oder lassen Sie es am besten ganz sein. Ich kann nicht garantieren, daß ich jedesmal zufällig daherkomme, um Ihnen aus der Patsche zu helfen.»

Natürlich wußte er ganz genau, daß sie nicht zufällig dahergekommen war. Er stützte sich auf seinen Stock und lachte sie aus, und der geschnitzte Kopf schien mitzulachen. Kate spürte, daß sie einen roten Kopf bekam. Dagegen konnte sie überhaupt nichts tun, also drehte sie sich kurzerhand um und ging davon.

14 Bei aller Sanftmut gründete sein Wesen doch auf einer barschen Unrast.

Kates Gesicht war puterrot, das Herz war ihr schwer und das Schienbein, die linke Schulter und der Kiefer taten weh. Vor dem nächsten Papierkorb blieb sie stehen und spuckte den Kaugummi aus. Wie konnte man bloß den ganzen Tag so was mümmeln? Die Leute mußten Kauladen aus Edelstahl haben. Sie riß sich die alberne pinkfarbene Kappe vom Kopf, rollte sie zusammen, steckte sie in die Gesäßtasche ihrer Jeans und brachte mit gespreizten Fingern ihre Kurzhaarfrisur in Ordnung.

Konnte es sein, daß der Mann schizophren war? Daß er sich seiner Umwelt als gespaltene Persönlichkeit präsentierte stand fest, aber ob dieser Zustand echt oder nur gespielt war, wagte sie trotz aller Skepsis nicht zu entscheiden. Ihretwegen jedenfalls hatte er die Nummer nicht abgezogen, denn er sah sie erst, als sie sich aus der Menge löste, und da hatte er schon längst den Jungen aufs Korn genommen. Sie dachte an die Notiz aus Professor Whitlaws Sammlung, in der es hieß, Narrheit könnte gefährlich sein. Nach dieser Erfahrung konnte Kate das voll unterschreiben. Anstatt des Schlägertypen hätte er ebensogut einen Stier reizen können, wobei das wahrscheinlich noch weniger riskant gewesen wäre.

Und wozu das alles? Hatte Erasmus wirklich erwartet,

der Junge würde von jetzt ab seine Freundin anders behandeln? Oder hatte er ihn nur ablenken wollen, um – ja, warum? Um ihr eine Möglichkeit zur Flucht zu geben?

Mach dich nicht lächerlich, ermahnte sie sich. Erasmus ist nicht ganz dicht, und bei solchen Typen ist mit Vernunftgründen sowieso nichts zu machen.

Immerhin hatte er es geschickt angestellt, das mußte der Neid ihm lassen. Er hatte einen Stier gereizt und die Arena unversehrt wieder verlassen, während der Stier … Nein, es war nicht das Bild von einem Stier, das sie im Kopf hatte, sondern das eines anderen wilden, gefährlichen Geschöpfes aus einem Tierfilm, das von einem Rudel kleiner, dreckiger, feiger Kojoten oder Schakale gequält und schließlich zur Strecke gebracht wurde.

Von ihren Gedanken und Bildern ebenso gepeinigt und verfolgt wie die Wölfin von den Kojoten (vielleicht waren es auch Schakale, die eine Löwin hetzten), bemerkte Kate erst jetzt, daß sie bereits vor dem Aufzug der Parkgarage stand. Am liebsten hätte sie den Kopf gesenkt und wild und ratlos die (nicht vorhandene) Mähne geschüttelt, aber da kam eine schnatternde New Yorker Familie aus der Garage, und so nahm sie sich zusammen: Führ dich nicht auf wie ein Kinderschreck, Kate, sagte sie sich und lächelte die Kids an, woraufhin die Mutter ihre Zöglinge umgehend zur Seite trieb und der Vater sie argwöhnisch musterte. Kate trat beiseite, während die New Yorker sich mit scheuen Seitenblicken an ihr vorbeischoben. Typisch, dachte sie seufzend. Hätte ich sie angebrüllt, wäre ich ihnen wahrscheinlich weit weniger unheimlich gewesen.

Sie fuhr den Wagen aus der Garage, hielt in einer Ladezone und griff nach Notizbuch und Autotelefon. Nach viermaligem Läuten nannte eine englische Stimme die Rufnummer, die sie gewählt hatte.

«Professor Whitlaw? Hier Inspector Kate Martinelli.»

«Was kann ich für Sie tun, Inspector?»

«Ich wollte fragen, ob Sie heute nachmittag eine Stunde frei sind.»

«Es tut mir wirklich leid, aber ich habe ein inoffizielles Tutorium, das sich zu einer Art Seminar ausgewachsen hat, und vor dem Tee komme ich hier bestimmt nicht weg.»

«Ach so ...»

«Es sind sechs junge Leute», erläuterte Eve Whitlaw, «und ich fürchte, sie haben sich hier festgesetzt, bis der Hunger sie vertreibt. Geht es um die Unterlagen, die ich Ihnen gegeben habe? Wenn es Zeit bis morgen hat ...»

«Nein, nicht direkt. Das heißt, natürlich würde ich gern auch darüber mit Ihnen sprechen, aber ich habe Bruder Erasmus gefunden und wollte –»

«Sie haben Ihren Narren aufgetrieben? Das ist ja großartig! Wo sind Sie jetzt?»

«Ich sitze in meinem Wagen in der Gegend von Fisherman's Wharf.»

«Wo können wir uns treffen? Bestimmt würde einer meiner jungen Leute mich hinfahren.»

«Wenn Sie sich freimachen können, hole ich Sie ab.»

«Noch besser. Ich greife mir gleich mein Sherlock-Holmes-Vergrößerungsglas und meine Entomologen-Ausrüstung und erwarte Sie vor dem Haus. Obgleich das hier wohl eher ein Fall für Etymologen ist ...»

«Äh ... ja...», stotterte Kate verlegen.

«Ich kann Ihnen gar nicht sagen, wie dankbar ich Ihnen bin, Inspector Martinelli.»

«Freut mich. In zehn Minuten bin ich da.»

Auf der Vortreppe des Hauses, in dem Professor Whitlaw zur Zeit wohnte, sah Kate eine Gruppe junger Leute um einen unsichtbaren Mittelpunkt stehen, auf den sie alle gleichzeitig einzureden schienen. Durch eine Lücke in dem Kreis erspähte sie noch ein Paar Beine, und dann kam Professor Whitlaw in Sicht, die dem kleinsten ihrer Bewunderer knapp bis zur Schulter reichte. Die jungen Leute gaben sie widerwillig frei und verfolgten sie, noch immer auf sie einredend, bis zu Kates Wagen.

«Ja, Kind», sagte die Professorin beschwichtigend zu einer jungen Frau, «das hat bestimmt Zeit bis morgen. Machen Sie nur mit Ihren Wortanalysen weiter.» Sie setzte sich neben Kate, schlug die Wagentür zu und strich sich das Haar zurecht, während die Studenten protestierend zurückblieben. «Erstaunlich, wie groß diese Amerikaner sind», sagte sie matt. «Besonders die Jugend. Womit ziehen die Eltern sie bloß auf?» Sie schien keine Antwort zu erwarten, sondern gurtete sich an, stellte die schwarze Lederhandtasche auf den Boden, legte sich den Taschenschirm in der schwarzen Nylonhülle auf den Schoß, breitete einen lohfarbenen Regenmantel darüber und faltete die Hände. Fünfundzwanzig Grad und kein Wolkenhauch am Himmel – aber die gutgekleidete Engländerin hatte sich vorsichtshalber auf Graupelschauer eingerichtet.

«Wo haben Sie diesen Erasmus gefunden?» wollte sie wissen. «Und was macht er gerade?»

«Er läuft in der belebtesten Touristengegend herum, jongliert, zaubert den Kindern Vierteldollarmünzen aus den Ohren und reizt Stiere.»

«Wie bitte?»

Kate lachte. «Nicht im Wortsinne. Das war nur ein Bild, das mir in den Sinn kam.» Sie erzählte von der Konfrontation, die sie gerade miterlebt hatte. Professor Whitlaw holte ein Heftchen aus der Handtasche und machte sich Notizen.

«Hochinteressant», sagte sie halblaut.

«Warum tut er so was?» fragte Kate. «Daß ein Narr den Obdachlosen helfen will, kann ich noch verstehen und auch, daß er sich bei den Theologen wohl fühlt, aber was hat er in diesem Gammellook hier zu suchen, wo er eine Verhaftung oder Schlimmeres riskiert? Ich glaube, er unterschätzt noch immer die Reaktion der Leute, die er aufs Korn nimmt. Als Dekan Gardner mir erzählte, Erasmus sei im November mal böse zugerichtet in sein Institut gekommen, dachte ich, man hätte ihn auf unbelebter Straße überfallen, aber jetzt würde es mich nicht wundern, wenn ihn jemand in dieser Gegend verprügelt hätte.»

«Sie haben völlig recht. Narren suchen die Gefahr, stürzen sich kopfüber in jede kritische Situation. Sie werden von Gewalttätigkeit, Kälte und Hunger getrieben. Der Hofnarr des Mittelalters beleidigte den König, die frühen Christen gingen in den Märtyrertod. Sie bewegen sich immer am Rand des Wahns.»

«Ist ihr Zustand demnach eine Art Geisteskrankheit?»

«Durchaus nicht – das heißt, von Ihrem Erasmus kann ich das natürlich nicht behaupten, da ich ihn nicht persönlich kenne, aber bei den echten, den sogenannten Heiligen Narren ist der Wahn immer nur simuliert. Er ist kein Dauerzustand, vielmehr dient er ihnen als ein Werkzeug. Vielleicht sollte ich aber hinzufügen, daß einige in ihrem früheren Leben durchaus echte Wahnvorstellungen hatten, durch Bekehrung oder Aufklärung jedoch diese Phase überwunden haben und später immer nur ganz bewußt in ihren früheren Zustand verfallen sind. Man könnte sagen, daß sie gewissermaßen willentlich den Verstand verlieren.»

«Das verstehe ich nicht. Was versprechen sie sich davon?» Abgesehen von der Hoffnung, wegen Unzurechnungsfähigkeit einer Mordanklage zu entgehen, dachte sie.

«Ein Narr, der alles losgelassen, der sich dem Chaos anheimgegeben hat, ist in gewissem Sinne keine Person mehr, kein Mensch mit eigenem Willen und Verstand. Sie haben mir erzählt, daß Erasmus mit seinem Stab spricht. Das ist typisch für diese Haltung: Selbst ein lebloser Gegenstand besitzt mehr eigenen Willen als ein Narr. Und weil er sich selbst nicht im Griff hat, bietet er sich gewissermaßen dem Menschen als Spiegelfläche an, mit dem er gerade spricht. Deshalb ist ein Narr so beunruhigend. Er ist ein Spiegel, und vor Spiegeln erschrickt man für gewöhnlich.»

Erst als sie die belebte Geary Street hinter sich hatten, nahm Kate das Gespräch wieder auf. «Eine griffige Theorie. Was sie allerdings mit Erasmus zu tun hat, ist mir nicht recht klar.»

«Was ich sage, klingt sehr abstrakt, ich weiß. Vermutlich liegt das an meiner hochgestochenen akademischen Ausdrucksweise, aber es hat durchaus Hand und Fuß. Warum, glauben Sie, hat Ihr Narr den jungen Mann so gereizt? Nicht nur, weil er sich über ihn geärgert hat. Erasmus zeigte dem Jungen sein eigenes häßliches Gesicht, führte ihm vor Augen, daß er, ein kräftiger junger Bursche, ein Macho, wie man heute wohl sagt, sich nicht zu schade ist, eine schwache junge Frau, ja, schlimmer noch, einen schwachen alten Mann zu verprügeln. Nach meinen Erfahrungen mit Narren möchte ich annehmen, daß Erasmus, so er nicht gehindert worden wäre, den Zorn des Jungen folgendermaßen entschärft hätte: Indem er sich auf die Erde gelegt und somit den jungen Mann aufgefordert hätte, ihn zusammenzuschlagen, hätte er den Konflikt bis zum Äußersten getrieben. Daraufhin wäre dem Jungen vermutlich der Schreck derart in die Glieder gefahren, daß er sich nicht mehr hätte rühren können. Die

Lektion hätte Erasmus damit abgeschlossen, daß er als das Beinahe-Opfer sich mit dem Mädchen, dem Dauer-Opfer, identifiziert hätte. Ich möchte annehmen, daß der Vorfall den Jungen noch eine ganze Weile verfolgen wird, auch wenn Erasmus sein pädagogisches Ziel nicht ganz erreicht hat. Zum Beispiel jedesmal, wenn er seine Freundin ansieht ...»

«Das sollte in unsere Schulungskurse über häusliche Gewalt aufgenommen werden: Leg dich hin und laß dich von dem Ehemann mit Stiefeln treten, ehe du ihn verhaftest.»

«Ganz so einfach ist es natürlich nicht. Es geht ja hier nicht um eine angelernte Technik, sondern um etwas, das aus dem tiefsten Wesen des Narren kommt. Und wenn ich die Wirkung sehe, die das auf eine durchaus nicht leicht zu beeindruckende Kriminalbeamtin macht, dann freue ich mich schon sehr darauf, Ihren Narren kennenzulernen.»

Zunächst sah es so aus, als würde Eve Whitlaws Wunsch nicht in Erfüllung gehen. Von der Stelle, an der er vorhin seine Vorstellung gegeben hatte, war Erasmus verschwunden. Auch auf der mit Läden und Buden gesäumten Strecke bis zum Maritime Museum entdeckten sie ihn nicht. Dafür stiegen ihnen aufreizende Fritten-, Zwiebel- und Hamburgerdüfte in die Nase.

«Ich hatte kein Mittagessen», verkündete Kate. «Haben Sie was dagegen, wenn ich kurz anhalte und was hole? Hinterher können wir dann noch eine Runde drehen.»

«Tun Sie sich keinen Zwang an.»

Kate bog in die Fort Mason und fuhr so weit wie möglich an Greens Restaurant heran, sprintete hinein und kaufte ein saftiges Sandwich mit Aubergine, roter Paprikaschote und Käse sowie eine Tüte Vollkornkekse für

Professor Whitlaw, die schon zu Mittag gegessen hatte. Sie parkten am Hafen, wo man beim Essen Jogger, Frisbee-Spieler und sonnenhungrige Mitbürger in Augenschein nehmen konnte. Eve Whitlaw aß einen Keks aus ihrer Tüte, dann stieg sie aus und sah auf die Bucht und die Silhouette der Golden Gate Bridge hinaus. Kate stellte sich, ihr Sandwich und die Wagenschlüssel in der Hand, neben sie.

«Eine wunderschöne Stadt», sagte Eve Whitlaw. «Ein Juwel in goldener Fassung. London liegt an einem der temperamentvollsten Flüsse der Welt, aber in der Innenstadt merkt man so gut wie nichts davon. Ich denke oft, daß das typisch für die moderne Großstadt ist: Man ahnt nichts von ihrer natürlichen Umgebung.»

«Die Bucht und die Berge lassen sich eben nicht übersehen.»

«Ja. Ich fürchte, San Francisco ist dazu verdammt, nie eine moderne Großstadt zu werden. Was für ein Segen! Ist das ein Drachen, mit dem der junge Mann da kämpft, oder ein Zelt?»

«Keine Ahnung. Wir werden schlauer sein, wenn er das Ding oben hat.»

Doch die Entscheidung mußte vertagt werden. Die geflügelte Kuppel mit dem Drachenbild hob sich wohl kurz in die Lüfte, schien aber nicht recht flugtauglich zu sein. Kate knüllte ihr Sandwichpapier zusammen und warf es in einen Papierkorb.

«Sind Sie soweit?» fragte sie.

«Ja.» Eve Whitlaw ging wieder zum Wagen. «Das müßte ich wirklich öfter machen. Es ist lächerlich, nur im Haus herumzuhocken, wenn man an einem so wunderbaren Ort ist. Ich glaube, in der letzten Stunde habe ich mehr von der Stadt gesehen als in den drei Wochen, die ich vorher hier verbracht habe. Schönen Dank für die Rundfahrt!»

«Gern geschehen.»

Sie kurbelten die Wagenfenster herunter, und Kate fuhr wieder in Richtung Fishermen's Wharf.

«Stammen Sie aus London?» fragte sie.

«Nein, ich bin auf dem Land aufgewachsen, in Yorkshire. Habe in Cambridge studiert und einige Jahre in London unterrichtet. Dort habe ich mich sehr unwohl gefühlt, es war alles so grau und beklemmend. Chicago war im Vergleich zu London sehr anregend und aufgeschlossen. Allerdings scheint mir Kalifornien eine ganz andere Welt zu sein. Die Narrenbewegung habe ich in Chicago und an der Ostküste kennengelernt, in Boston und New York.»

«Obwohl sie eigentlich von England ausgegangen ist.»

«Ja, eine Ironie des Schicksals ... Von ihrer Existenz wußte ich natürlich schon in England, aber damals habe ich mich nur am Rande damit befaßt. Es war ein Bekannter von mir, der sich leidenschaftlich dafür interessierte. Wir sind später Kollegen geworden. Mein eigentliches Gebiet ist die Geschichte des Kults, aber die Verhaltensweisen in Kulten sind oft so deprimierend, daß ich die Narren als angenehme Abwechslung empfunden habe. Sie gehören zu den wenigen Gruppen, die begreifen, daß Religion nicht nur aus erbaulichen Gesängen besteht, sondern auch richtigen Spaß machen kann. Er ist wohl nicht mehr da?» setzte sie enttäuscht hinzu, als Kate langsam an der Stelle vorüberfuhr, an der er vor zwei Stunden gestanden hatte.

«Wir versuchen es weiter oben noch mal. Eine der Budenbesitzerinnen sagte, daß er nachmittags meist dort ist.»

Am Anfang des Aquatic Park stießen sie auf eine größere Menschenansammlung, doch stellte sich heraus, daß es nur Fahrgäste waren, die auf das Wenden der Cable

Car warteten. Sie umrundeten den Park, wobei sie einer Horde japanischer Touristen und einem schwerbeladenen Kombi aus Michigan ausweichen mußten, und dann erspähte Kate auf dem Weg, der zum Wasser abbog, einen inzwischen vertrauten grauen Kopf inmitten einer Menschenmenge.

Sie hielt im Parkverbot und stellte ihr Polizeischild aufs Amaturenbrett. Dann ging sie um den Wagen herum und half Eve Whitlaw beim Aussteigen.

«Da unten ist er. Da, wo das Kind mit dem Ball lang läuft ...»

Eve Whitlaw marschierte in ihren praktischen Schuhen entschlossen los, und Kate hielt sich neben ihr. Auf halbem Wege – der Lärm der Straßenmusikanten war hinter ihnen zurückgeblieben, und der Wind hatte sich gelegt – hörte Kate seine Stimme. Nicht einzelne Worte, aber den Rhythmus, mit dem er eins seiner Zitate zum Besten gab. Eve Whitlaw blieb stolpernd stehen, und Kate griff nach ihrem Arm, um sie zu stützen, aber gleich darauf setzte sich die Professorin wieder in Bewegung und hatte es mit einem Mal noch eiliger, ihr Ziel zu erreichen.

Die Stimme von Bruder Erasmus hob und senkte sich, während er den Kopf in die eine und die andere Richtung drehte.

«... eher geht ein Kamel durchs Nadelöhr, denn –» Den Rest verwehte der Wind. Der kurze Satz hatte eine erstaunliche Wirkung auf Eve Whitlaw. Sie stieß einen kurzen, rauhen Laut aus und hob die Hand, als wollte sie die Schultern beiseite schieben, die ihr die Sicht auf den Redner versperrten. Als sie begriff, wie zwecklos das war, ging sie rechts um die Menge herum, machte einen langen Hals und stellte sich auf die Zehenspitzen – natürlich ohne Erfolg. Von hier aus konnte nicht einmal Kate ihn sehen.

Sie waren jetzt direkt vor ihm, aber durch eine vier, fünf Reihen breite Zuschauermenge von ihm getrennt. Seine Worte waren ganz deutlich zu verstehen, doch Kate registrierte sie nicht, weil ihre Aufmerksamkeit ganz auf Eve Whitlaw gerichtet war. Die würdige englische Professorin wimmerte vor Wut, daß sie die breiten, Baumwollpullis tragenden Schultern und die dreißig Zentimeter über ihr aufragenden Köpfe nicht mit einem Schlag beiseite rücken konnte. Schließlich schob und drängelte sie sich rücksichtslos durch, wobei Kate ihm dicht auf den Fersen blieb.

Erasmus sah zunächst nur Kate, die er mit gelassener Ironie betrachtete, als wollte er sagen: Du schon wieder, mein Kind? Und dann fiel sein Blick auf die zierliche Frau, die aus der Masse der Zuhörer vor ihm auftauchte. Kate sah, wie der Schreck ihm buchstäblich in alle Glieder fuhr, wie er sich aufbäumte und das schwarzweiß geschminkte Gesicht kalkweiß wurde, wie er den Kopf wegdrehte und doch den Blick nicht von Eve Whitlaw lassen konnte. Auf seinem Gesicht lag ein Ausdruck jähen Entsetzens.

«David?» stieß Eve Whitlaw hervor. «Mein Gott, David! Ich dachte, du bist tot!»

In diesem Moment wandte er sich um und flüchtete durch die Menge.

15 Der Mann, der die Höhle betrat, war nicht derselbe, der sie wieder verließ.

Kate hätte nie geglaubt, daß ein siebzigjähriger Mann, der einen langen hölzernen Stock mit sich herumschleppte und übergroße Schuhe trug, schneller sein könnte als sie, aber da hatte sie die Rechnung ohne Erasmus gemacht. Er hatte den Vorteil, daß er den Kreis der Zuhörer an der schmalsten Stelle durchbrechen konnte, während Kate sich durch die gesamte Gruppe kämpfen mußte, und deshalb war er vor ihr an der Straße. Begleitet von wütendem Hupen und Bremsgekreische rannte er über die Fahrbahn, und bis Kate dem Kombi und einem Taxi ausgewichen war, hatte er längst das Weite gesucht. In den Läden auf dem Ghirardelli Square, in denen sie nach ihm fragte, erntete sie nur verständnislose Blicke. Etliche Türen waren geschlossen und öffneten sich auch auf ihr Klopfen nicht. Puterrot und wütend über ihre fehlende Kondition lief sie zum Wagen, griff zum Autotelefon – und hielt inne.

Es war nicht das schlechte Gewissen beim Anblick einer Polizistin, das ihn in die Flucht geschlagen hatte. Daß sie ihm zum zweitenmal an diesem Tag auf die Spur gekommen war, fand er offenbar nicht weiter beunruhigend. Und nur weil jemand vor einer alten Bekannten davonlief, konnte man ihn noch nicht verhaften. Nicht mehr und nicht weniger hatte er getan. Er kannte Eve Whitlaw, und sie kannte … David? Kate legte den Hörer aus der Hand und stieg aus. Einen Fahndungsbefehl konnte sie später immer noch herausgeben.

Eve Whitlaw saß mit blassem Gesicht auf einer Bank und drückte ihre große schwarze Handtasche an sich. Kate setzte sich neben sie.

«Alles in Ordnung?»

«Ja, danke. Aber ein Schock war es schon. Offenbar für ihn auch. Es war aber auch zu dumm von mir, ihn so zu überfallen.»

«Sie kennen ihn also», stellte Kate fest.

«Ja, natürlich kenne ich – kannte ich ihn. Zehn Jahre lang waren wir Kollegen. Wie lange das jetzt schon her ist …»

«In Ihren Unterlagen war eine Notiz aus dem Jahr 1983. Von einem gewissen David Sawyer …»

«Richtig, die hatte ich ganz vergessen. Das war ein Vierteljahr vor seinem Verschwinden. Wir hielten ihn alle für tot.»

«Was war denn passiert?»

Eve Whitlaw schloß die Augen und legte eine zitternde Hand an den Mund. Kate sah auf. Ein paar Leute waren in der Hoffnung stehengeblieben, Näheres über den aufregenden Zwischenfall zu erfahren. Als Kate nachdrücklich den Kopf schüttelte, verzogen sie sich enttäuscht.

«Ich kann noch nicht darüber sprechen, ich bin doch ziemlich durcheinander», sagte Eve Whitlaw. «Seien Sie mir nicht böse, aber ich muß erst wieder ein bißchen zur Besinnung kommen.»

Sie sah alt aus und schwer erschüttert.

«Ja, natürlich. Am besten bringe ich Sie nach Hause, und wir trinken eine Tasse Tee zusammen.

Die Professorin lächelte dankbar. «Das englische Allheilmittel. Tee gegen Aufregung, Tee nach der Arbeit, Tee gegen Hitze und Kälte, Hunger und Durst, Tee, um eine stockende Unterhaltung wieder in Schwung zu bringen ... Ja, trinken wir einen Tee.»

Während in der heiteren Kiefernküche das Wasser im Kessel heiß wurde, schloß Kate die Tür zum Arbeitszimmer und rief Al Hawkin an. Er meldete sich nach dem dritten Läuten, und zwar weder aus dem Auto noch aus dem Büro, sondern von zu Hause. Im Hintergrund lief der Fernseher.

«Hier Kate. Schön, daß ich dich erwische. Ich dachte, du bist in Palo Alto.»

«Jani hat an diesem Wochenende eine Tagung, da arbeite ich ein paar liegengebliebene Unterlagen auf und sehe zu, wie das Moos auf meinem Teppich wächst. Was gibt's?»

«Professor Whitlaw weiß, wer Erasmus ist. Ich war mit ihr im Aquatic Park, und als er sie sah, ist er in panischer Angst getürmt.»

«Und du hast ihn entwischen lassen?»

«Einer von den Ladenbesitzern muß ihn versteckt oder durch die Hintertür rausgelassen haben», sagte sie verlegen. «Ich wollte keinen großen Aufstand machen. Er ist schließlich kein gewöhnlicher Verbrecher, bei dem Fluchtgefahr besteht.»

«Wo bist du jetzt?»

«Im Haus von Professor Whitlaw in Noe Valley. Sie will mir erzählen, was sie über Erasmus oder vielmehr David Sawyer weiß. Willst du dazukommen?»

Er ließ sich die Adresse und eine Wegbeschreibung geben. «In einer Viertelstunde bin ich da. Muß mich noch rasieren», knurrte er.

«Komm ruhig so, wie du bist, Al, dann hält sie dich für einen verdeckten Ermittler, vielleicht findet sie das aufregend.»

Er murmelte etwas Unverständliches und legte auf. Kate sah sich in dem völlig mit Büchern zugestellten Zimmer um. An zwei Wänden standen einträchtig medizinische Fachbücher (Schwerpunkt Kinderkrankheiten und Allergien) und Hard-cover-Ausgaben von Bestsellern in bunten Schutzumschlägen nebeneinander (Romane und die Art von Sachbüchern, über die alle Welt redet, die aber kaum einer liest). Eine Wand sowie die schmalen Regale neben der Tür hatten die Besitzer offenbar für ihren Hausgast freigemacht. Dort standen ältere Bücher, die größtenteils keinen Schutzumschlag hatten, dafür mit Bibliothekssignaturen versehen waren. Obgleich draußen der Teekessel pfiff und Tassen und Löffel klirrten, ließ Kate in aller Ruhe ihren Blick über die vielen Bände gehen, bis sie fand, was sie gesucht hatte: *Der Narr. Ordnung durch Chaos, Klarheit durch Konfusion* von David M. Sawyer, Professor für Theologie. Als sie den Band herausnahm, entdeckte sie noch ein zweites Buch, das den Verfassernamen Sawyer trug, einen schmalen Band mit dem Titel *Die Reformation der katholischen Kirche*. Sie nahm beide mit in die Küche und legte sie auf den Eichentisch, dessen hochglänzende Oberfläche in den letzten zwei Tagen sichtlich gelitten hatte.

«Sie haben Davids Bücher gefunden», stellte Eve Whitlaw fest und griff nach dem oberen Buch. Sie fuhr ein paarmal fast zärtlich mit den Fingern am Rücken entlang, tätschelte es liebevoll und legte es wieder hin.

«Hat er nur diese beiden geschrieben?»

«Zwei weitere habe ich verliehen, und das fünfte hatte er zur Hälfte fertig, als er verschwand.»

«Es wäre mir ganz lieb, wenn mein Partner Al Hawkin die Geschichte auch hören könnte. Er muß in zehn Minuten hier sein.»

«Natürlich, es macht mir nichts aus zu warten.»

Kate warf einen erneuten Blick auf die beiden Bücher, die ihr ein unverfängliches Gesprächsthema lieferten. «Vom Katholizismus zur Narrenbewegung – ist das nicht ein bißchen breit? Ich denke, Wissenschaftler spezialisieren sich gern...»

«Das Reformationsbuch war seine Doktorarbeit, er hat darin untersucht, wie die Anfänge des Protestantismus die katholische Kirche verändert haben. Ja, auf den ersten Blick könnte man meinen, daß es zwischen diesen beiden Themen keinen Zusammenhang gibt, aber gerade die Tatsache, daß angesichts eines Aufstandes in den eigenen Reihen eine Organisation nicht von der Opposition abrückt, sondern sich ihr annähert, fand David so interessant. Nach Luther haben die katholischen Kirchenbehörden –» Was jetzt kam, war eine regelrechte Vorlesung, und Kate gab sich keine Mühe, ihr zu folgen, sondern nickte nur, wenn Professor Whitlaw einmal Atem holte, und wartete ansonsten darauf, daß es klingelte.

Als Hawkin kam (rasiert, in dunklem Hemd, Schlips und Tweedsakko), bestand Eve Whitlaw darauf, frischen Tee zu brühen und die Schale aufzufüllen, die ihren Worten zufolge «Verdauungsgebäck» enthielt. Erst als sie sich hinreichend gestärkt hatten, begann sie mit ihrem Bericht.

«Ich lernte David 1971 in London kennen. Es war Juli, die Semesterferien hatten angefangen, und ich saß im Lesesaal der British Library. Eines Tages kam er an meinen Tisch und hielt mir vor, daß er zum drittenmal ein Buch nicht ausleihen konnte, weil ich es ihm weggeschnappt hatte. Er war aus Amerika gekommen, um sich mit der

Narrenbewegung zu beschäftigen, die ihn brennend interessierte und die damals knapp zwei Jahre alt war. Zwischen unseren Fachgebieten gab es viele Berührungspunkte, und da er noch ein, zwei Wochen Zeit hatte, taten wir uns zusammen. Rein akademisch», fügte sie streng hinzu. Dennoch erheiterte Kate und Al die Vorstellung von einem so ungleichen Liebespaar, das einen halben Meter Größenunterschied zu überbrücken hat. Da dies jedoch im stillen geschah und die beiden keine Miene verzogen, fuhr Eve Whitlaw fort: «Er war verheiratet und hatte einen Sohn. Die Familie war in Chicago geblieben. Im nächsten Jahr brachte er sie mit. Seine Frau war jünger als er und der Sohn acht oder neun.»

«Wo sind sie jetzt?» wollte Kate wissen.

«Am besten lassen Sie mich die Geschichte auf meine Art erzählen. Wir taten uns, wie gesagt, zusammen. Ich fuhr ihn zu den Zentren der Narrenbewegung in Südengland, und er half mir bei meiner Arbeit. Er verstand sehr viel von Kultpsychologie und kannte praktisch alle bedeutenden Leute auf diesem Gebiet. Nach seiner Abreise blieben wir in brieflichem Kontakt, und im Frühjahr des folgenden Jahres schrieben wir gemeinsam einen Artikel für eine Fachzeitschrift. Als er dann im Sommer mit seiner Familie kam, nahm er ein Haus bei Oxford, und ich habe zwei Monate bei ihnen gewohnt. Seine Frau war eine Seele, sie hatte gerade ihre Doktorarbeit über frühkindliche Erziehung abgeschlossen, und auch der Sohn war sehr lieb. Er hatte einen leichten Sprachfehler und war natürlich noch ganz unreif, zeigte aber hin und wieder überraschend intelligente Reaktionen. Es war ein wunderschöner Sommer.

Aber alles hat einmal ein Ende. Ich kehrte in mein graues London, sie nach Chicago zurück. Zwei Monate später rief David mich an und fragte, ob ich Lust hätte, mich dort um eine Stelle zu bewerben. Zunächst als Lehrbeauftragte mit Freiraum für Forschungsarbeit. Ich griff zu, bekam die Stelle, und für die nächsten zehn Jahre waren wir Kollegen. Es waren die besten Jahre meines Lebens.» Eve Whitlaw preßte die Lippen zusammen, als hätte sie am liebsten nichts mehr herausgelassen, doch dann gab sie sich einen Ruck.

«Jetzt kommt das Schwierigste. Ich muß dazu sagen, daß David auf der Karriereleiter ein gutes Stück höher stand als ich. Er arbeitete fast nur mit Doktoranden und beschäftigte sich ansonsten mit seiner Forschungsarbeit, was in gewisser Weise schade war, denn seine Vorlesungen waren das Anregendste, was ich je erlebt habe. Ich versuchte, ihn so oft wie möglich als Gast für meine Veranstaltungen zu gewinnen, und es war eine Freude zu sehen, wie die Studenten an seinen Lippen hingen. Wenn er über Kirchengeschichte dozierte, über Konzile und Ketzerei, konnte er geradezu poetisch werden.

Daneben aber betreute er, wie gesagt, junge Leute im Graduiertenstudium. Manche waren sehr gut, einige mittelmäßig. Er tat sich schwer damit, jemanden von vornherein abzulehnen. Für die jungen Leute sei es am besten, ihre Grenzen selbst zu erkennen, sagte er. Es gab ein paar Enttäuschungen und einigen Wirbel, wenn einer der Studenten begriff, daß er nicht dazu bestimmt war, die Welt aus den Angeln zu heben, aber meist ging alles glatt. Bis Kyle kam.

Ich habe Kyle Roberts nie gemocht, und ich glaube nicht, daß das eine nachträgliche Erkenntnis ist. Von Anfang an habe ich ihm nicht getraut und habe das auch David gesagt, aber er meinte, aus dem Jungen sei trotz seiner Ecken und Kanten etwas zu machen. Kyle kam aus ganz kleinen Verhältnissen, hatte irgendwo ein Stipendium für Minderheiten ergattert – bis heute weiß ich nicht, wie, denn er war offenkundig ein Weißer – und ging ganz selbstverständlich davon aus, daß die Welt ihm eine ordentliche Stellung schuldig war. Er wollte Professor in Yale werden, nicht mehr und nicht weniger. David amüsierte sich darüber und meinte, wenn Kyle erst begriffen habe, was da verlangt werde, würde er sich auch über eine Lehrtätigkeit an einer weniger erlauchten Hochschule oder vielleicht gar einem College freuen. Er hätte abgehen sollen, nachdem er seinen Magister gemacht hatte, schließlich mußte er eine Frau und zwei Kinder ernähren, aber weil seine Leistungen so schlecht nun auch wieder nicht waren, behielten sie ihn. David und ein paar Kollegen haben ihm immer wieder mal einen Assistentenjob gegeben, aber ich habe da nie mitgemacht. Ganz offen gesagt fand ich es verfehlt, einen Mann, dem man seine Herkunft aus der Unterschicht so deutlich anmerkte, der obendrein eine Familie ernähren mußte und keine Ausstrahlung besaß, in dem Glauben zu lassen, er könne akademische Höchstleistungen vollbringen.

Im Herbst 1983 waren es fünf Jahre, die er im Doktorandenprogramm war. Einige seiner Kommilitonen, die mit ihm angefangen hatten, standen kurz vor dem Abschluß, aber er hatte noch nicht einmal ein Thema für seine Dissertation. Das ist an sich noch nichts Ungewöhnliches, weil die Dauer von Doktorarbeiten sehr unterschiedlich sein kann, aber für ihn wurde es allmählich problematisch, weil er sich selbst für ein Genie hielt.

Anfang Dezember gab einer der Assistenzprofessoren bekannt, daß er abgehen würde, und Kyle ging zu David und bat ihn, ihm die Stelle zu geben. Natürlich war das völlig indiskutabel, er wäre als Kandidat allenfalls dann in

Betracht gekommen, wenn er sich mit seiner Dissertation in der Endphase befunden hätte, aber er hatte ja noch nicht mal angefangen. Es gab mindestens vierzig besser qualifizierte Bewerber, und es war nicht einzusehen, warum man wegen Kyle Roberts das Niveau senken sollte.

Daß alles so schnell ging, finde ich im Rückblick am verblüffendsten. Es gab keine Vorwarnung, keine drohenden Wolken am Horizont. Kyle stellte David zur Rede, und der schenkte ihm endlich reinen Wein über seine akademische Zukunft ein. Zuerst höflich, und als Kyle ihn einfach nicht begreifen wollte, immer deutlicher. Zum Schluß geriet er in Wut und sagte, Kyle mache sich Illusionen, wenn er glaube, es jemals weiter als bis zum Assistenzprofessor zu bringen, und er, David, müsse sich sehr überlegen, ihm auch nur dafür eine Empfehlung zu schreiben.

In diesem Ton hatte noch keine Autoritätsperson mit Kyle gesprochen, und er war total am Boden zerstört. Ich habe ihn gesehen, als er Davids Büro verließ – der Streit war im ganzen Haus zu hören gewesen – und werde den Anblick nie vergessen. Er war totenbleich und wie vor den Kopf geschlagen. Ich weiß – und wußte es schon damals –, daß jeder von uns ihn hätte retten können, wir hätten nur die Hand auszustrecken brauchen. Aber wir haben nichts getan, wir haben ihn laufen lassen. Er war so penetrant geworden, daß wir nichts mehr mit ihm zu tun haben wollten.

Er fuhr nach Hause. Unterwegs hielt er an einem Sportgeschäft, kaufte eine Flinte und lud sie. Dann betrat er sein Haus durch die Hintertür und erschoß seine Frau, seinen achtjährigen Sohn und seine dreijährige Tochter. Nach den Ermittlungen der Polizei hat er danach fast eine

Stunde im Haus gesessen, und in dieser Zeit muß er sich erneut in seine Wut hineingesteigert haben, denn statt sich selbst zu erschießen, ist er zu David gefahren. Es war dunkel, David war noch nicht zurück, aber seine Frau und sein Sohn waren zu Hause. Kyle schoß auf die beiden, und dann endlich richtete er die Waffe gegen sich selbst. Jonny starb. Er war neunzehn. Charlotte, Davids Frau, überlebte mit kollabierter Lunge. Zu Weihnachten wurde sie aus dem Krankenhaus entlassen.

David war ein gebrochener Mann. Er bewegte sich wie ein Automat. Das Haus verließ er nur, um für Charlotte Essen und Medikamente zu kaufen. Er weigerte sich, mit mir zu sprechen. Wenn ich die beiden besuchte, sah er mich nicht mal an. Die Hochschulverwaltung sorgte dafür, daß er Urlaub bekam, aber den notwendigen Antrag unterschrieb er erst, als der Dekan ihn persönlich bei ihm vorbeibrachte.

Ende Januar war Charlotte wieder reisefähig. Sie wollte zurück zu ihren Eltern nach Long Island. David fuhr sie nach New York und kehrte noch einmal in ihr gemeinsames Heim in Chicago zurück. Dort tippte er seine Kündigung und eine Vollmacht für den Anwalt, die den Auftrag enthielt, sein persönliches Vermögen auf Charlotte zu überschreiben. Dann führte er drei Telefongespräche mit Freunden, unter anderem auch mit mir. Er sagte nur ...» Sie schluckte und blinzelte heftig. «Das ist nicht leicht für mich ... Er sagte nur, seine Eitelkeit habe fünf Menschen das Leben gekostet und ...» Jetzt kamen die Tränen doch, aber sie fuhr tapfer fort: «Er wünsche mir alles Gute, sagte er, und wir würden uns wahrscheinlich nicht wiedersehen. Und ich sollte mich um Charlotte kümmern ... Vielen Dank.» Sie griff nach der Schachtel mit Zellstofftüchern, die Hawkin ihr hingestellt hatte, und vergrub ihr Gesicht in dem rosa Papier. «Letzten Monat war das genau zehn Jahre her», sagte sie und schnaubte sich die Nase. «Es kommt mir vor wie gestern.»

Sie ging in die Küche, stellte sich auf einen Hocker und spritzte sich kaltes Wasser ins Gesicht. Dann kam sie wieder an den Tisch.

«Wir dachten alle, er hätte sich umgebracht. Er war ja praktisch schon fast tot. Und dann sehe ich heute David Sawyer in diesen Pennerklamotten, wie er sich vor den Touristen zum Narren macht und die Flucht ergreift, als er mich erkennt. Außerdem erfahre ich, daß er irgendwie in einen Mord verwickelt ist. Noch ein Mord ... Armer David.»

Die letzten Reste ihrer Würde zusammenraffend, ließ sie sich von ihrem Stuhl gleiten und ging rasch durch die Diele. Eine Tür öffnete und schloß sich. Kate atmete tief durch und sah Hawkin an.

«Ich könnte es gut verstehen, wenn jemand *ihm* – Erasmus oder Sawyer – den Schädel eingeschlagen hätte, besonders nach dem, was ich in den letzten zwei Stunden mit ihm erlebt habe. Aber daß er selbst jemanden umgebracht haben soll ...»

«John war ein Erpresser», sagte Hawkin leise.

«Du meinst, er hat die Geschichte mit Kyle ausgegraben und gedroht, sie den anderen Obdachlosen zu erzählen, woraufhin Erasmus ihn mit einem gezielten Schlag zum Schweigen gebracht hat? Tut mir leid, Al, das schlucke ich nicht.»

«Er ist getürmt.»

«Vor ihr, nicht vor mir.»

«Sie weiß, wer er ist. Sie hat ihn identifiziert. Vielleicht hätte er sie, wenn du nicht dagewesen wärst, in eine stille Ecke gelockt und auch abgemurkst.»

Kate beugte sich über den Tisch und sah ihn genau an, aber er verzog keine Miene.

«Ist das dein Ernst, Al? Oder theoretisierst du nur?»

«Man muß an alles denken. Daß er abgehauen ist, gefällt mir gar nicht.»

«Okay, du bist der Boss. Willst du heute abend noch die Fahndung einleiten, oder wollen wir warten, ob er morgen im Park auftaucht?»

«So lange hat es bestimmt noch Zeit. Versuch inzwischen alles über diese Sache mit Kyle Roberts herauszufinden. Und wo steckt Sawyers Frau jetzt? War es wirklich ein klarer Fall von Mord mit anschließendem Selbstmord? Und hinterließ Roberts vielleicht Angehörige, die eine Rechnung begleichen wollten?»

«Zum Beispiel einen eins achtzig großen Weißen mit texanischem Akzent, der sich John nannte?»

«Zum Beispiel. Kennst du jemanden in Chicago?»

«Bei der Polizei meinst du? Nein.»

«Ich auch nicht. Das heißt, ich hab mal auf einer Tagung einen Kollegen aus Chicago kennengelernt, aber wir hatten unterschiedliche Ansichten über Durchsuchungs- und Verhaftungsmethoden und über die Bekämpfung von Unruhen. Zum Schluß hat er nicht mehr mit mir geredet. Hat nicht Kenning von der Sitte einen Bruder dort?»

Kate hatte Hawkins phänomenales Gedächtnis und seine sehr persönliche Art der Informationsbeschaffung schon fast vergessen. Sie war immer diejenige gewesen, die sich vor den Computer gesetzt hatte, während Al sich an einen gewissen Mart, den Vetter eines Kollegen, erinnerte, von dem beim letzten Baseballspiel der Polizeimannschaft die Rede gewesen war.

«Ich frag mal nach», sagte sie. Computer waren eben doch nicht der Weisheit letzter Schluß.

«Mehr können wir hier nicht tun», sagte er. «Übernimmst du das? Ich würde es auch machen, aber am Montag sage ich im Fall Brancusi aus, darauf muß ich mich gründlich vorbereiten. Es kann heikel werden.»

«Kein Problem. Aber vielleicht könntest du Kenning anrufen und ihn nach dem Namen seines Bruders fragen. Wahrscheinlich schaut er das Spiel daheim an, und du weißt sicher eher als ich, wann es zu Ende ist.» Sie grinste vielsagend, und er grinste unbefangen zurück.

«Ich laß beim Arbeiten gern den Fernseher laufen. Nur so im Hintergrund.»

«Schon klar, Al. Trink auch ein Bier auf mein Wohl.»

«Wir sprechen uns später. Sag der Professorin schönen Dank für den Tee.» Er ging hinaus, und gleich darauf hörte Kate eine Autotür zuschlagen und einen Motor anspringen. Sie begann in Sawyers Buch über Narren zu blättern, weil sie dachte, sie würde noch eine Weile auf Professor Whitlaw warten müssen, aber sie hatte kaum die ersten Sätze der Einleitung gelesen, als Eve Whitlaw vor ihr stand.

«Entschuldigen Sie bitte. Es war, wie gesagt, ein Schock. Was kann ich tun, um meinem alten Freund zu helfen?»

«Tja, im Augenblick...»

«Ich muß ihn wiedersehen.»

«Ich sage Ihnen Bescheid, sobald wir ihn gefunden haben.» Soviel sind wir ihr schuldig, sagte sich Kate, aber irgend etwas in ihrer Stimme hatte Eve Whitlaw alarmiert.

«Zweifeln Sie daran?»

«Gut möglich, daß er für ein, zwei Tage untertaucht», sagte sie ausweichend.

«Aber Sie glauben doch nicht, daß er auf Nimmerwiedersehen verschwindet?»

Solche Situationen schätzte Kate ganz und gar nicht. Bei einem Verdächtigen wußte man, woran man war. Da beantwortete man keine Fragen, man tat einfach, als hätte man sie gar nicht gehört. Bei Zeugen dagegen war höfliches Ausweichen angesagt. Aber bei einer so wichtigen, intelligenten und hilfsbereiten Zeugin baute man mit Ausflüchten nur Schranken auf, und das konnte sie sich nicht leisten.

«Wir wissen nicht, womit wir zu rechnen haben, das sage ich Ihnen ganz offen, und ich glaube auch nicht, daß Sie uns in dieser Sache viel werden helfen können. Den David Sawyer, den Sie kannten, gibt es nicht mehr. Er ist jetzt Bruder Erasmus, und Bruder Erasmus ist zu allem fähig.»

«Aber nicht zu einem Mord. Weder als David Sawyer noch als Narr.»

«Hoffentlich haben Sie recht. Er ist mir nämlich sympathisch.»

«Wenigstens das hat sich nicht geändert. Vielleicht ist doch noch mehr von dem alten David da, als Sie glauben.»

«Abwarten. Wir sind Ihnen sehr dankbar dafür, daß Sie ihn identifiziert haben. Und Sie stehen doch wohl zur Verfügung, wenn wir ihn vernehmen möchten?»

«Richtig, Sie sagten ja, daß es schwierig ist, ein Gespräch mit ihm zu führen. Ja, da helfe ich Ihnen gern. Vielleicht sollte ich meine Shakespearekenntnisse auffrischen ...»

«Da fällt mir etwas ein. Sie sagten, daß sein Sohn Jonny hieß?»

«Ja. Eine Abkürzung für Jonathan. Warum?»

«Als ich ihn kennenlernte, hat er versucht, mir und Dekan Gardner etwas begreiflich zu machen. Er sagte etwas von Eitelkeit und Absalom und daß David Jonathan liebte.»

«Merkwürdig. Heißt es nicht in der Bibel, daß Jonathan den David liebte?»

«Das hat der Dekan auch gesagt. Und daß es gar nicht zu Erasmus passe, ein Zitat abzuändern.» Allerdings hatte er das heute doch wieder getan! Denn hieß es nicht in dem Gedicht von Lewis Carroll «Den kleinen *Jungen* mußt du schelten ...»?

«Ich kann mir keinen Narren vorstellen, der in seinen Äußerungen so eingeschränkt ist», sagte Eve Whitlaw.

«Ja, aber wenn Sie sagen, daß sein Sohn Jonathan hieß, wollte er uns vielleicht zu verstehen geben, daß er durch seine ‹Eitelkeit› den Tod seines Sohnes verursacht hat. Demnach kann er sich durchaus verständlich machen, ja, er kann sogar seine Zitate abändern, wenn es ihm wichtig ist.»

«Ich fürchte, ich werde allmählich zu alt für derlei Gehirnakrobatik. Ich muß darüber in Ruhe nachdenken.»

«Tun Sie das. Im Moment können Sie sowieso nichts unternehmen. Und wenn Ihnen etwas einfällt – meine Nummer haben Sie ja. Nochmals vielen Dank. Lassen Sie nur, ich finde allein heraus.»

16 Gern ertrug er die Narren...

Draußen war es schon dunkel. Kate stieg in den Wagen und fuhr zum Polizeipräsidium. Als sie dort ankam, platzte ihre Blase fast von dem vielen Tee, den sie getrunken hatte. Sie sprintete zur nächsten Toilette. Danach ging sie gemächlicher in ihr Büro, wo Kaffeemaschine und Telefon sie erwarteten. Es war Samstag und noch früh am Abend. Bald würde es hier recht lebhaft zugehen. Ihr erster Anruf galt ihrer eigenen Nummer.

«Jon? Hier Kate. Ich habe noch eine Weile im Büro zu tun, wartet nicht mit dem Abendessen. Ach, ihr habt schon? Um so besser. Wenn du weggehen willst, ruf mich bitte an, damit ich weiß, wer im Haus ist, ja? Schönen Dank. Wie? Nein, nicht allzulange, höchstens zwei Stunden, schätze ich. Tschüs.»

Als nächstes erledigte sie die übrigen Anrufe, dann ihre Computerrecherchen, und nachdem Al ihr die Nummer von Kennings Schwager durchgegeben hatte (es handelte sich nicht um seinen Bruder, Al hatte sich ausnahmsweise mal geirrt), erfuhr sie von den Kollegen in Chicago, daß dieser am nächsten Tag wieder im Dienst sei. Sie beschloß, ihn nicht an einem Samstagabend zu Hause zu stören, sondern morgen einen neuen Versuch zu starten. Über David Sawyer fand sich nichts in den Unterlagen. Kein Wunder – der Mann hatte ja vor zehn Jahren praktisch aufgehört zu existieren.

Mehr also konnte sie heute und hier nicht tun. Sie griff

nach ihrem Mantel und lief zum Fahrstuhl, während um sie herum ein hektisches Treiben im Gange war, Telefone schrillten und erregte Worte fielen. Als sie vor dem Aufzug stand, öffneten sich seine Türen. Zwei Kriminalbeamte entstiegen ihm, in ihrer Mitte einen kleinen Asiaten in Handschellen und mit angetrocknetem Blut auf dem Hemd, der leise und resigniert aus geschwollenen Lippen fluchte.

«*Another Saturday night*», trällerte Kate, während sie sich rasch in den Aufzug quetschte, dessen Türen schon wieder zugingen.

«*And I ain't got nobody*», ergänzte der Kollege links von dem Asiaten, dann setzte der Aufzug sich in Bewegung.

Nervös und unzufrieden blieb sie vor ihrem Wagen stehen. Von Rechts wegen hätte sie jetzt nach Hause fahren müssen, um Jon zu entlasten, aber sie hatte ihm gegenüber etwas von zwei Stunden gesagt, und von denen waren erst knapp vierzig Minuten vergangen. Da blieb noch Zeit für einen Abstecher in den Park.

Erasmus verbrachte den Samstag normalerweise bei den Touristen und den Sonntag in dem knapp vier Meilen entfernten Park. Legte er die Strecke dorthin zu Fuß zurück? Hatte er sich vielleicht schon unter einem Baum zur Ruhe gelegt? Wo ließ er sein Zeug, den Schlafsack, den Sportbeutel mit Jeans zum Wechseln, dem Flanellhemd, Seife, einem durchgescheuerten Handtuch und drei Büchern, die ihm nach der Vernehmung – wenn man das mühsame Gespräch so nennen konnte – zurückgegeben worden sind?

Kate fuhr stadteinwärts, vorbei an den Hochhaustürmen der Hotels und Kaufhäuser, den Bars mit den flakkernden Neonschildern und belebten Theatern, vorbei an den Wohngebieten mit ihren chinesischen und italienischen Restaurants und Kinos, Zoohandlungen und Möbelgeschäften, bis die dunkle Oase des Golden Gate Park vor ihr lag.

Der Park umfaßte eine Fläche von über vierhundert Hektar mit Bäumen, Blumen, Rasenflächen und Seen, die man in jahrzehntelanger geduldiger Arbeit dem Wüstensand abgerungen hatte. Mitte des vorigen Jahrhunderts waren die illegalen Siedler der Goldrausch-Ära daraus vertrieben worden, hundertfünfzig Jahre später hatten Brüder im Geiste ihre Nachfolge angetreten; denn trotz der Bemühungen von Polizei und Sozialarbeitern und der von der Parkverwaltung eingesetzten Bulldozer betrachteten viele Männer und Frauen den Golden Gate Park als ihr Zuhause.

Langsam fuhr Kate über Stanyon Street und Lincoln Way und sah sich aufmerksam um. An der Ninth Avenue gingen drei Männer mit Schlafsäcken auf dem Rücken schwankend auf den Park zu. Sie hielt unter einer Straßenlaterne und stieg aus.

«Guten Abend, die Herren!» Überrascht und mißtrauisch blieben sie stehen. «Ich suche Bruder Erasmus. Haben Sie ihn gesehen?»

«Die kenn ich, die ist von der Polizei», sagte einer. Kate griff in die Tasche und holte einen Fünf-Dollar-Schein heraus, faltete ihn der Länge nach und ließ ihn durch die Finger gleiten. «Ich weiß, daß er am Sonntagvormittag meist hier ist, aber ich würde Zeit gewinnen, wenn ich ihn heute noch sprechen könnte.»

«Is morgen Sonntag?» fragte der zweite mit schwerer Zunge. Die anderen achteten nicht auf ihn.

«Am Samstag kommt er nicht», sagte der dritte. «Sie müssen warten.»

«Wissen Sie, wo er heute abend ist?»

«Nicht hier.»

«Woher wissen Sie das?»

«Ist er nie.»

Damit mußte Kate sich zufriedengeben. Die drei bekamen ihre fünf Dollar, auch wenn sie nichts von ihnen erfahren hatte. Prompt gerieten sie sich über die Frage in die Haare, ob sie das Geld gleich ausgeben oder bis morgen aufheben sollten. Alle drei wirkten wie sechzig, mochten in Wirklichkeit aber um die fünfzig sein. Wie in Zeitlupe stritten sie sich um einen Fetzen Papier, der ihnen für einen Abend die Versorgung mit billigem Wein garantierte.

«Wo haben Sie gedient?» fragte Kate spontan. Blinzelnd sahen sie hoch. Der dritte richtete sich auf und versuchte, die Schultern zu straffen.

«Hauptsächlich in der Quang-Tri-Provinz. Tony war 'ne Weile in Saigon.»

«Alles Gute, Jungs. Haltet euch warm.»

«Danke, Ma'am.» Die anderen beiden murmelten etwas Unverständliches, und Kate stieg wieder in ihren Wagen. Sie wendete und fädelte sich auf dem Lincoln Way in den Verkehr ein.

In den nächsten zwanzig Minuten verschenkte sie weitere fünfzehn Dollar an eine Frau mit unruhigen Augen, die mit den Fingern der linken Hand unablässig an ihren wunden Lippen zupfte, an einen zynisch-nüchternen älteren Herrn, der nicht nahe genug herankam, um die Spende aus ihrer Hand entgegenzunehmen, sondern sie sich mit einer kleinen Verbeugung von der Parkbank holte, und an den einsilbigen Doc, den sie schon von der ersten Vernehmung her kannte. Von allen bekam sie mehr oder weniger dieselbe Antwort.

Jetzt hätte sie eigentlich guten Gewissens heimfahren können, ertappte sich aber dabei, daß sie wieder in nördliche Richtung fuhr und schließlich vor dem noch sehr belebten Ghirardelli Square stand. Schließlich war sie ja schon fast zu Hause, auf zehn Minuten mehr oder weniger kam es jetzt auch nicht mehr an.

Es gab hier unten vier Geschäfte, in die sich Erasmus nachmittags hätte flüchten können, dazu zwei verschlossene Türen und eine Treppe zur Hauptebene des Einkaufszentrums. Zwei der Ladeninhaber, die sie vorhin befragt hatte, schienen ein reines Gewissen zu haben und standen nur unter dem üblichen Wochenendstreß, der dritte hatte mit einer Kundin verhandelt, die ein teures Stück kaufen wollte, und sah nicht aus, als würde er einem flüchtigen Narren Unterschlupf gewähren, aber der vierte ... Es konnte nicht schaden, sich den Mann, der liebenswürdig lächelnd hinter dem Ladentisch mit den Zauberartikeln und Plüschtieren gestanden hatte, noch einmal vorzunehmen.

Kate stellte den Wagen unter einem Parkverbotsschild ab und betrat, die Hände in den Taschen ihrer Jeans, das Geschäft. Der Mann erkannte sie sofort, sein Lächeln wirkte jetzt ein bißchen gezwungen, und als er der Kundin, die eine Plüschsau mit anknöpfbaren Ferkeln gekauft hatte, das Wechselgeld vorzählte, schien er leicht nervös. Kate inspizierte die angebotenen Zauberartikel, bis die Kundin weg war und er sich ihr notgedrungen zuwenden mußte.

«Was kann ich für Sie tun?»

«Ich interessiere mich für das Verschwindenlassen von Gegenständen», sagte sie und nahm einen Eiswürfel aus Kunststoff in die Hand, in den eine Fliege eingeschweißt war. «Mir hat man etwas ziemlich Großes vor der Nase weggezaubert, und ich möchte gern wissen, wie so was gemacht wird. Gewiß, Zauberkünstler verraten nicht gern ihre Kniffe, aber ...», sie stellte den Scherzartikel wieder hin und beugte sich vor, «... in diesem Fall würde ich an Ihrer Stelle eine Ausnahme machen.»

Er knickte sofort ein. Sie hatte es nicht anders erwartet. «Es ... es tut mir wirklich leid. Ich wußte ja nicht ... ja, sicher, daß Sie Polizistin sind, war mir klar, aber ich dachte, Sie wollten ihn nur schikanieren. Die Polizei ist doch ständig hinter Straßenkünstlern und solchen Typen her. Und er ist ein so harmloser alter Knabe, da hab ich gedacht, er macht nur Spaß, als er hier reinkommt, den Finger an die Lippen hält und sich hinter dem Vorhang versteckt.»

Er war also keine drei Meter entfernt gewesen. Sie sah sich den kleinen, vollgestellten Lagerraum an, der jetzt natürlich leer war.

«Wieso kannte er sich bei Ihnen so gut aus?»

«Er kommt jede Woche her. Manchmal verkaufe ich ihm was, Schals und zusammenlegbare Blumensträuße und so Sachen. Er zieht sich hier um und läßt sein Zeug bei mir, während er arbeitet. Ich hab nichts dagegen, nicht, weil ich viel an ihm verdiene, aber weil er so sympathisch ist ... Was wollen Sie denn von ihm?»

«Ist er durch die Hintertür abgehauen?»

«Ja, von da kommt man auf einen Lieferanteneingang. Ich hab ihm aufgeschlossen, als Sie raus waren.»

«Hat er irgendwas hiergelassen?»

«Meist zieht er sein Kostüm aus und deponiert es bei mir, aber diesmal hatte er es eilig. Er hat nur sein Make-up abgewischt, sein Jackett aus dem Beutel genommen und die Schuhe gewechselt. Den Beutel hat er dann mitgenommen.»

«Nun gut. Wenn die Polizei Sie um Hilfe bittet, Sie ihr aber eine lange Nase machen, dann dürfen Sie sich in Zukunft auch nicht über Straßenkriminalität beklagen.»

«Was hat er denn angestellt?» jammerte der Mann, aber Kate verließ den Laden ohne ein weiteres Wort und fuhr davon.

Als sie nach Hause kam, war Lee schon im Bett, Jon saß schmollend vor dem Fernseher, und ihr Abendessen war hart, wo es weich sein sollte, und matschig, wo ihm eine knusprige Kruste gutgetan hätte. Wenigstens konnte sie sich mit dem Gedanken trösten, daß sie jetzt wußte, wo Bruder Erasmus sein Hab und Gut lagern ließ.

17 Es gab keinen Menschen, der in diese flammenden braunen Augen schaute, ohne das Gefühl zu haben, daß Francis Bernardone sich wirklich für ihn interessierte.

Zum erstenmal seit seiner Ankunft in San Francisco erschien Bruder Erasmus an einem Sonntagmorgen nicht im Park, um den Ärmsten der Armen zu predigen, mit ihnen zu beten und zu singen, um sich ihre Probleme anzuhören, ihnen ein wenig Mut und neues Selbstvertrauen zu schenken. Die Männer und Frauen warteten eine Weile vor dem Parkeingang an der Nineteenth Avenue, doch als er nicht kam, verliefen sie sich einzeln oder paarweise, wobei sie einen großen Bogen um die zwei Neuen machten – kräftige junge Männer, die abgerissene Klamotten trugen, aber nach Seife und Rasiercreme rochen.

Um zwei rief Kate bei Al Hawkin an. «Ich glaube, er ist weg, Al. Raul hat sich gerade gemeldet, er hat mit Rodriguez bis zum Mittag gewartet, aber unser Mann ist nicht aufgetaucht. Die Leute aus dem Park haben mit ihm gerechnet, und keiner weiß, wo er steckt. Willst du die Fahndung einleiten?»

«Und was machen wir mit ihm, wenn sie ihn aufgreifen? Wir können ihm ja nicht mal eine Ordnungsstrafe anhängen. Es sei denn, du willst ihn unter Aufsicht eines dieser Seelenheinis stellen ...»

«Nein», sagte sie ohne Zögern. Wenn sie Sawyer psychiatrisch beobachten ließen, hatten sie ihn zwar unter Kontrolle, lieferten ihm aber gleichzeitig einen Grund, auf Schuldunfähigkeit zu plädieren. Aber auch aus ganz persönlichen Gründen widerstrebte ihr der Gedanke. Wenn irgend möglich, wollte sie ihm einen Aufenthalt in der Psychiatrie ersparen. Warum mußte er aber auch weglaufen?

«Vielleicht kommen wir doch nicht drum herum», sagte Al. «Aber von mir aus können wir auch noch vierundzwanzig Stunden warten.»

«Ach, noch was, Al. Ich hab mit unserem Mann in Chicago gesprochen, er will versuchen, die Unterlagen auszugraben, und würde sie uns dann zufaxen. Und ich habe mir die Frau aus dem Antiquitätengeschäft vorgenommen, von der Beatrice erzählt hat.» Sie schilderte ihm die gepflegte Frau in den Fünfzigern, die zwar etwas betroffen über den Tod ihres Gelegenheitslovers, aber alles in allem doch eher peinlich berührt war, daß die Polizei zum einen von ihrer Affäre mit diesem Mann erfahren hatte und daß sie zum anderen so wenig über ihn wußte. Mit Bettgeflüster hatte er sich offenbar nicht aufgehalten. Er habe gern prahlerische und unglaubwürdige Geschichten über seine Vergangenheit als reicher Mann erzählt, räumte sie ein, und sei mit Vorliebe über seine Mitmenschen hergezogen.

«Da hat sie dir im Grunde nichts Neues erzählt.»

«Stimmt. Ich melde mich, wenn die Sachen aus Chicago kommen. Bis später.»

«Hör zu, Kate: Verbeiß dich nicht zu sehr in den Fall. Du hast keine Beweise.» Er wartete auf eine Reaktion, aber als Kate nach geraumer Zeit noch immer schwieg, fügte er hinzu: «Es ist Sonntag. Mach jetzt Schluß. Arbeite ein bißchen im Garten. Fahr mit Lee spazieren. Paß auf, daß die

Sache dir nicht unter die Haut geht, sonst löst du den Fall nie.»

«Jawohl. Sir.»

«Laß den Quatsch. Ich arbeite nicht gern mit Leuten zusammen, für die ein Fall zur Obsession wird.»

Kate mußte lachen. «Das mußt gerade du sagen! Was machst du denn da im Moment?»

Sein Schweigen fiel nicht so lang aus wie ihres, dennoch sprach es Bände.

«Der Fall Brancusi sieht nicht gut aus», knurrte er, «und von meiner Aussage morgen hängt viel ab. Da kannst du kaum von Obsession reden. Ich mache nur meinen Job. Ich wollte ja nur sagen –»

«Arbeite ein bißchen im Garten, Al. Geh am Strand spazieren. Oder ins Kino. Es gibt auch –»

Er beendete das Gespräch sehr abrupt. Kate legte lächelnd den Hörer auf und fuhr nach Hause, um Unkraut aus den Verandafugen zu rupfen.

Den Montag vormittag verbrachte Al im Gericht und Kate im Golden Gate Park. Während Al von Anklage und Verteidigung unbarmherzig durch die Mangel gedreht wurde, schlenderte Kate über die Parkwege und führte Gespräche – allerdings nicht mit den Frauen, die chromblitzende Kinderkarren schoben oder kleine Kinder in Designerklamotten im Schlepptau hatten, und weder interessierte sie sich für die Pärchen, die auf Decken in der Wintersonne lagen, noch für die Skateboard- und Radfahrer oder die Gruppen, die um Picknickkörbe herumsaßen. Obdachlose erkennt man an ihrem argwöhnischen Blick, und es kam selten vor, daß Kate an die falsche Adresse geriet.

Sie sprach mit der einundsiebzigjährigen Molly, die früher Sekretärin gewesen war, von einer winzigen Pension lebte und eine Schlafstelle im Mülltonnenverschlag hinter einem Apartmenthaus hatte. Von den Hausbewohnern legte der eine oder andere ihr schon mal was zu essen hin, und zu Weihnachten hatte sie einen blauen Wollmantel und eine schöne Decke geschenkt bekommen. Ja, sie kannte Bruder Erasmus recht gut. Ein sehr lieber Mann, zu schade, daß er gestern keinen Gottesdienst gehalten hatte. Zwei von den Männern hatten versucht, mit ihnen zu singen, aber das war kein Ersatz, und da war sie kurz entschlossen in die katholische Kirche an der Ecke gegangen, so was hatte sie seit zwanzig Jahren nicht mehr gemacht, aber sie hatte es nicht bereut. Sie waren alle sehr nett zu ihr gewesen und hatten sie hinterher zu Kaffee und Keksen eingeladen, und sie war mit einer der Frauen, die den Kaffee ausschenkten, ins Gespräch gekommen. Dabei hatte sich herausgestellt, daß die Gemeinde für drei, vier Stunden Hilfe im Büro brauchte. Wenn das kein glücklicher Zufall war ... Jetzt konnte sie sich ab und zu wieder ein warmes Essen leisten. Ein reiner Segen, sage ich Ihnen ...

Kate sprach mit Star, einer zarten jungen Frau mit einem kindlichen Sommersprossensattel über der Nase und einem lockenköpfigen vierjährigen Sohn, der daumenlutschend auf ihrem Schoß saß und abwechselnd Kate und drei kleine Kinder in Oshkosh-Overalls und europäischen Schuhen anguckte, die fröhlich kreischend einen kleinen Hang herunterrollten. Star hatte fettig-strähniges Haar und ein Fieberbläschen am Mund, aber das Haar des Jungen leuchtete in der Wintersonne, und er trug eine hübsche bunte Jacke. Star lebte auf der Straße, seit ihre Eltern in Wichita sie vor die Tür gesetzt hatten, als sie im vierten Monat schwanger war. Ihr Sohn Jesse war in Kalifornien zur Welt gekommen. Irgendwas war mit ihrer

Stütze schiefgegangen, es kam kein Geld, und so lebten sie seit ein paar Monaten im Asyl. Ja, sie kannte Erasmus. Komischer alter Knabe. Zuerst hatte sie sich von ihm ferngehalten, wenn so ein alter Kerl einem Kind ein Spielzeug schenkt, muß man schließlich aufpassen, aber dann hatte sie gemerkt, daß er ganz okay war. Und zu Jesse war er wirklich sehr lieb gewesen. Im November hatte er eine Geburtstagsparty für ihn gegeben, einen richtigen Kuchen hatte er besorgt mit Jesses Namen drauf, so groß, daß sie allen im Asyl was hatten abgeben können. Und letzten Monat, als Jesse diesen schlimmen Husten hatte, war Bruder Erasmus zu ihr gekommen und hatte ihr Geld in die Hand gedrückt. Sie solle mit Jesse zum Arzt gehen, hatte er gesagt. Nein, nicht ausdrücklich, er hatte doch diese komische, altmodische Art zu reden, aber irgendwas mit Ärzten war es gewesen. Bloß gut, daß sie auf ihn gehört hatte, denn es war eine Lungenentzündung, und Jesse hätte sterben können. Zu schade, daß Erasmus gestern nicht dagewesen war, eigentlich hätte sie nämlich was zu feiern gehabt, sie war jetzt seit einem Jahr clean, Jesse sollte schließlich keine Junkie-Mama haben, und wo sollte er hin, wenn sie im Knast saß? Es gab da eine Fortbildung, die sie machen konnte, darüber hatte sie mit Erasmus reden wollen. Nein, so richtig beraten konnte man sich nicht mit ihm, er gab einem nur manchmal so indirekt einen Tip, aber im Gespräch mit ihm sah man eben manches selber klarer. Sie würde sich wohl für diese Fortbildung anmelden, nächste Woche konnte sie es ihm ja dann immer noch erzählen.

Star war siebzehn.

Kate traf die Vietnamveteranen wieder. Zwei lagen mit nacktem Oberkörper im Gras, der dritte hatte sich neben ihnen zusammengerollt und schlief. Ja, gestern hatten sie Erasmus vermißt, besonders der Tony, der war richtig ausgeflippt und hatte gebrüllt, der Alte wär bestimmt in Gefangenschaft geraten, und sie müßten einen Stoßtrupp losschicken, um ihn zu befreien. «Blödsinn», sagte der Veteran mit der Tätowierung vom Schlüsselbein bis zum Handgelenk gutmütig, der andere zuckte die Achseln. In der Nacht hatte Tony Alpträume gehabt, jetzt lag er da und schlief wie ein Baby. Vielleicht würden sie weiter nach Süden ziehen, da war es nicht so kalt, und vielleicht gab es da Arbeit in den Orangenplantagen. Wenn Sie den Bruder sehe, solle Sie ihm einen schönen Gruß von der Infanterie sagen.

Im Gehen warf sie noch einen Blick auf den schlafenden Tony. Sein Jackenkragen hatte sich verschoben. Hinter dem rechten Ohr schien unter seinem dünnen schwarzen Haar weißes Narbengewebe in der Größe von Kates Handballen hervor.

Ihr nächster Gesprächspartner war Mark, ein bildschöner Junge mit gebräuntem Surferkörper und langen blonden Locken, der irgendwie verloren unter den kahlen, beschnittenen Bäumen vor dem Musikpavillon saß. Ob er Bruder Erasmus kannte? Klar doch. Bruder Erasmus war ja einer der zwölf heiligen Männer, die dafür sorgten, daß nicht die totale Zerstörung über die Welt kam. Wenn einer von ihnen starb, gab es so lange Krieg, bis er wiedergeboren wurde. Oder eine Seuche. Oder auch ein Erdbeben.

Tomás und Esmeralda standen am Bowlingplatz und hielten sich unauffällig bei der Hand. Esmeraldas Bauch wölbte sich fest und rund unter ihrem Mantel, aber sie sah elend aus. *Sí*, wer Padre Erasmus war, das wußten sie genau. Nein, gesehen hatten sie ihn nicht. *Sí*, sie verehrten den Padre sehr. Er war nicht wie andere Padres, er hatte sie getraut. *Sí, verdad*, eine richtige Zeremonie. Mit Papieren, wollen Sie sehen? Nein, amtlich gemacht hatten sie es nicht, Tomás war schon mal verheiratet gewesen, und in der katholischen Kirche gab es keine Scheidung. *Sí*, der Padre wußte das, aber es war trotzdem eine vollgültige Ehe und gesegnet obendrein, denn Tomás hatte jetzt einen Job, Nachtarbeit, und ab Mittwoch hatten sie wieder ein Dach über dem Kopf, nur eine kleine Bude, aber sie saßen im Trockenen und konnten den Verrückten und den Junkies und den Dieben die Tür vor der Nase zumachen, und es stand ein Herd drin zum Kochen und ein Bett für Esmeralda. Tomás würde fest arbeiten. Wenn es ein Junge wird, nennen wir ihn Erasmo.

Drei der Männer, mit denen sie sprach, weigerten sich, ihren Namen zu nennen, aber Erasmus kannten sie alle. Der erste, ein Kleiderschrank von Mann, der ohne Hemd auf einer Bank saß, hatte sie sofort als Polizistin erkannt und gönnte ihr keinen zweiten Blick, aber seine harten Züge wurden weicher, als sie Erasmus erwähnte. Der zweite erzählte ihr bereitwillig, wie er Erasmus eines Nachts auf dem Strawberry Hill hatte stehen sehen, von einem Licht umflossen, das heller und heller wurde, bis einem die Augen weh taten, und wie er dann nach und nach verschwunden war. Kate machte, daß sie wegkam. *«Beam me up, Scotty»*, sagte sie vor sich hin. Der dritte kannte Erasmus, mochte sich aber keine Fragen über ihn stellen lassen und wurde aggressiv. Kate, die in ihren Bewegungen nicht durch einen Schlafsack und vollgepackte Plastiktüten behindert war, entkam und beschloß, sich einstweilen nur noch an Frauen zu halten.

«Sie lieben ihn.» Kate warf ihr Notizbuch auf den Schreibtisch und ließ sich auf den nächstbesten Stuhl fallen. Füße und Hals taten ihr weh. Vielleicht hatte sie jetzt auch die Grippe erwischt.

Al Hawkin nahm die Brille ab und sah sie an. «Wer liebt wen?»

«Die Leute im Park. Ich komme mir schon vor, als wollte ich Mutter Teresa verhaften. Er hört ihnen zu. Er verändert ihr Leben. Sie nennen ihre Kinder nach ihm. Der heilige Erasmus. Es ist zum Verrücktwerden!» Sie fuhr sich mit den Fingern durchs Haar, streifte die Schuhe ab und holte sich einen Becher Kaffee. «Wie lief's in der Verhandlung?»

«Bei den Geschworenen bin ich nicht gut angekommen, glaube ich. Wahrscheinlich werden sie ihn freisprechen.» Domenico Brancusi unterhielt einen Ring blutjunger Nutten, die Spezialbehandlungen anboten und in der ganzen Bay Area operierten. Das hatte ihn zu einem sehr reichen Mann gemacht. Und zu einem sehr vorsichtigen obendrein. Als eins seiner Mädchen starb – eine Elfjährige, bei der man mehr Rippen als Busen sah –, war er unangreifbar wie ein Gürteltier.

«Tut mir leid, Al.»

«Ist sie nicht einfach liebenswert, die amerikanische Justiz? Ich habe mir übrigens das Material angesehen, das unser Freund aus Chicago geschickt hat.»

«War was Brauchbares dabei?»

«Zwei dunkle Punkte in der Vergangenheit deines Heiligen Erasmus. Eine Verwarnung mit fünfundzwanzig, und zehn Jahre später eine Anklage wegen tätlicher Beleidigung. Er hat sich schuldig bekannt und ein Jahr auf Bewährung und hundert Stunden Sozialdienst bekommen.»

«Irgendwelche Einzelheiten?»

«Kaum welche. Anscheinend hat er sich während eines Seminars einen Stuhl gegriffen, um damit jemandem eins überzubraten. Es war während einer Diskussion, die ihm offenbar aus dem Ruder gelaufen ist. Jaja, unsere friedfertigen Intellektuellen ...»

«Verdammter Typ», grollte Kate. «Und warum ist er wie ein Irrsinniger davongerannt?»

«Exakt.»

«Was?»

«Warum er davongerannt ist.»

«Tu mir den Gefallen und spiel jetzt nicht den Sherlock Holmes, Al! ‹Der Hund hat in der Nacht nichts gemacht›, protestierte sie. ‹Exakt›, sagte er geheimnisvoll.»

«Du bist ja heute nicht mit Zucker und Zimt zu genießen», stellte Hawkin fest. «Apropos, hast du schon was gegessen?»

«Jetzt redest du wie meine Mutter. Ja, zwei Hot dogs vorhin im Park.»

«Alles klar! So viel Nitrat muß einem ja aufs Gehirn schlagen!»

«Seit wann hast du was gegen Nitrate? Du stopfst doch das Zeug pausenlos in dich rein.»

«Das war einmal.» Er legte eine Hand auf die Brust. «Ich bin clean.»

«Erst gibst du die Zigaretten auf und jetzt auch noch Junk food ... Wie macht diese Jani das bloß?»

Al Hawkin stand auf und nahm sein Jackett von der Stuhllehne. «Komm mit, Martinelli, ich kauf dir ein Sandwich, und du erzählst mir was über den Erasmus-Fanclub.»

18 Manche mochten ihn wahnsinnig nennen, doch er war das ganze Gegenteil eines Träumers.

Seit dem Mord an John waren zwei Wochen vergangen, vor genau dreizehn Tagen hatte sein Scheiterhaufen gebrannt. Doch als Kate am Dienstag morgen aufwachte, wußte sie nur so viel, daß die Ermittlungen zwar viele Einzelheiten über zahlreiche interessante Leute ans Licht gebracht hatten, daß aber der einzig wirkliche Verdächtige jemand war, den sie am liebsten überhaupt nicht in den Fall verstrickt gesehen hätte.

Kate wußte aus ihrer langjährigen Erfahrung im Polizeidienst, daß auch sympathische Menschen Schurken sein können und daß man Charisma oder zumindest eine ausgeprägte Persönlichkeit eher bei den Tätern als bei den Opfern findet. Sie hatte kein Problem damit, auch einen Typen, der ihr sympathisch war, in den Knast zu schicken.

Verdammt noch mal, bei Erasmus lag der Fall aber anders. Nicht nur, weil er ihr noch immer in seiner Priestergestalt vor Augen stand. Sie hatte schon einmal einen katholischen Pfarrer festnehmen müssen und dabei kaum Skrupel oder späte Reue empfunden. Aber Erasmus hatte etwas ... sie begriff nicht, was es war, sie hätte es nicht einmal andeutungsweise formulieren können, aber sie hatte eine tiefe Scheu davor, ihn hinter Gitter zu bringen. Sie würde ihre Pflicht tun und notfalls auch seine Verhaftung mit aller Kraft betreiben, aber an diesem Dienstag vormittag vor dem Aufstehen begriff sie, daß sie nie ganz an seine Schuld würde glauben können.

Wenn das so ist, sagte sie sich, mußt du eben so lange graben, bis du einen anderen gefunden hast, dem sich die Sache nachweisen läßt. Erleichtert schlug sie die Bettdecke zurück und stellte sich dem neuen Tag.

Ihr Optimismus überlebte den Vormittag nicht. Unter der Klemmleiste auf ihrem Schreibtisch fand sie zwei Zettel. Auf dem einen stand in Al Hawkins Krakelschrift:

«Du mußt dich heute wieder allein durchschlagen, ich bin in Vertretung von Tom beim Bezirksstaatsanwalt und mit einigem Glück gegen Mittag zurück. Al.»

Die zweite Nachricht war vom Diensthabenden der Nachtschicht:

«An Insp. Martinelli, Dienstag 3.09 Uhr. Bitte heute nach 11.00 Uhr Frau in 29th Ave. Nr. 982 kontaktieren. Info wg. Verbrennung.»

Fünf nach elf stand Kate auf der Twenty-ninth Avenue vor einer Reihe heller, zweistöckiger Stuckvillen mit unbenutzten Balkons und schmalen Rasenstreifen. Das Haus Nummer 982 hatte im Gegensatz zu den meisten seiner Nachbarhäuser kein Sicherheitsgitter. Am Rande seiner gefliesten Terrasse stand ein sichtlich gut gedeihender Baum in einem glasierten Keramiktopf. Als sie klingelte, schlug im Haus zweimal ein kleiner Hund an. Durch den Verkehrslärm hindurch war Bewegung im Haus zu hören, eine Tür schlug, Schritte näherten sich. Dann spürte Kate den Blick durch das Guckloch, Riegel wurden zurückgeschoben, die Tür ging auf, und vor ihr stand eine Frau mit blondgrau meliertem Haar in einem viel zu weiten braunen Bademantel. Die Frau war nur wenig größer als sie. Kate holte ihren Dienstausweis heraus und sah ihr in die verschlafenen Augen, die sehr weiße

Haut umgab, während Stirn und Wangen eine tiefe Bräune besaßen. Skibrille, konstatierte Kate.

«Inspector Martinelli, Kriminalpolizei San Francisco. Mir wurde gesagt, daß Sie uns etwas über die Verbrennung im Golden Gate Park vor zwei Wochen sagen können. Hoffentlich komme ich nicht ungelegen.»

«Nein, ich war schon auf. Meine Freundin hat mir gerade den Hund zurückgebracht. Kommen Sie herein. Kaffee? Er ist ganz frisch.» Sie wandte sich um und überließ es Kate, die Tür zu schließen.

«Nein, danke, Ms ...?»

«Hab ich meinen Namen nicht genannt? Sam Rutlidge. Und das ist Dobie», setzte sie hinzu, als sie in die Küche kamen. «Abkürzung für Dobermann.»

Dobermann war eine Dackeldame, die begeistert an Kates Schuhen und Fesseln schnupperte und mit dem seidigen Schwanz wedelte, sie aber weder ansprang noch kläffte. Als Kate eine Hand ausstreckte, schmiegte sich Dobie wie eine Katze daran und leckte sie kurz, dann legte sie sich in das unterste Regalfach einer Bücherwand, das für Dackel und Kochbücher reserviert schien, und beobachtete die beiden Frauen aus blanken schwarzen Augen.

«Einen so ruhigen Dackel habe ich noch nie erlebt», sagte Kate.

«Alles Erziehungssache.» Sam Rutlidge streckte ihr fragend die Kaffeekanne entgegen. Der Kaffee roch wunderbar, und Kate nickte nun doch. «Leider müssen Sie ihn schwarz trinken, ich habe keine Milch im Haus, jedenfalls keine, die Sie trinken würden.»

«Macht nichts. Sie waren verreist?»

«Zwei Wochen zum Skifahren in Tahoe. Gestern kurz nach Mitternacht bin ich zurückgekommen. Es war wohl verrückt, um diese Zeit anzurufen, aber irgendwie stellt man sich unter der Polizei keine Behörde mit Dienststunden von neun bis fünf vor.»

«Die Polizei arbeitet rund um die Uhr, aber einzelne von uns dürfen, wenn sie Glück haben, hin und wieder auch mal schlafen. Wie haben Sie von der Verbrennung erfahren?»

«Durch die Zeitung. Wenn ich eine lange Autofahrt, besonders eine Nachtfahrt, hinter mir habe, bin ich immer so aufgedreht, daß es völlig sinnlos ist, sich ins Bett zu legen. Da starre ich doch nur die Decke an. Meistens mache ich mir dann eine heiße Milch, nehme ein langes Bad und lese eine Weile, um die Spannung abzubauen. Ich habe meine Post durchgesehen und die Zeitung durchgeblättert – meine Nachbarin holt sie herein, wenn ich nicht da bin –, und da habe ich den Artikel über den Mann entdeckt, den sie verbrannt haben. Das war am Tag meiner Abreise.»

«Sie sind am Mittwoch nach Tahoe gefahren?»

«Ja, in aller Frühe. Ich versuche immer, aus der Bay Area herauszukommen, ehe der Verkehr zu dicht wird.»

«Und in Tahoe haben Sie keine Nachrichten gehört?»

«Hatte keine Zeit dazu.»

«Und dann haben Sie es heute nacht um eins oder zwei aus der Zeitung erfahren. Warum haben Sie uns angerufen?»

«Der erste Artikel war eher allgemein, und abgesehen davon, daß es hier ganz in der Nähe passiert ist, hat er mich nicht weiter interessiert, ich habe mit Obdachlosen normalerweise nichts zu tun. An den nächsten beiden Tagen stand über den Fall nichts drin, oder ich habe es überlesen, am Montag brachten sie dann einen Artikel mit Foto, und als ich den Mann sah, fiel mir alles wieder ein.»

«Was für einen Mann?»

Ms. Rutlidge stand auf und ging aus dem Zimmer. Die

Dackeldame hob den schmalen Kopf und sah aufmerksam, aber unbesorgt zur Tür, bis Sam Rutlidge mit einer Zeitung zurückkam, die so gefaltet war, daß man das Foto sah. Sie zeigte auf den bärtigen Mann, der umringt von etwa zwanzig Männern und Frauen auf einem Rasenstück stand und aus einem Buch vorlas.

«Den da. Ich habe ihn aus dem Park kommen sehen, nicht weit von der Stelle, an der sie am nächsten Morgen die Leiche verbrannt haben. Am Dienstag vormittag. Er wirkte sehr verstört.»

«Um welche Zeit war das?»

«Viertel vor zehn. Ich hatte um zehn einen Termin und war knapp dran, weil mir noch ein Telefongespräch dazwischengekommen war. Meist fahre ich, wenn ich zur Fulton will, einen Block weiter bis zur Ampel oder die Twenty-fifth herunter, aber ich hatte es wahnsinnig eilig und hätte wenden müssen, und vor mir war ein Lastwagen, deshalb bin ich geradeaus bis zur Fulton gefahren und dann so bald wie möglich links abgebogen.» Sie warf Kate, der Hüterin von Recht und Ordnung, einen nervösen Blick zu. «Ich fahre immer vorsichtig und habe noch nie einen Strafzettel bekommen. Im Rückblick ist mir natürlich klar, wie leichtsinnig das war, besonders bei diesem dichten Verkehr, und außerdem war die Fahrbahn naß vom Nebel, aber ich hatte es, wie gesagt, eilig und habe nicht nachgedacht. Beinah wäre es schiefgegangen, ein Wagen bremste und hupte, als ich direkt vor ihm auf die Außenspur ging.»

«Keine Sorge, ich bin nicht von der Verkehrspolizei», sagte Kate.

«Trotzdem war es dumm von mir. Gekracht hätte es wohl nicht, aber dem Fahrer war der Schreck in die Glieder gefahren, er hat mir mit der Faust gedroht. Und in dem Moment habe ich ihn gesehen.» Sie deutete auf die Zeitung. «Zuerst dachte ich nur, er hätte mir auch gedroht, aber als ich an ihm vorbeifuhr, merkte ich, daß er mich gar nicht ansah, er hätte den Kopf zur Seite wenden müssen, und er sah stur geradeaus.»

«Wo sah er hin?»

«Ins Leere, soweit ich das erkennen konnte. Er kam auf einem der Gehwege aus dem Park und hatte seinen großen Stab dabei, mit dem fuchtelte er beim Gehen in der Luft herum.»

«Sie kannten ihn also?»

«Ja, er ist regelmäßig im Park. Wir nennen ihn den Prediger.»

«Wir?»

«Ich laufe dreimal die Woche in einer Gruppe, hinterher trinken wir zusammen Kaffee, da sieht man immer dieselben Leute.»

«Haben Sie mal mit ihm gesprochen?»

«Mit dem Prediger? Nein, meist nickt er uns zu, und eine von uns sagt hi, und das ist es auch schon. Auf mich hat er immer einen etwas schüchternen Eindruck gemacht, aber er war immer sauber und ordentlich und sehr höflich. Deshalb ist er mir an dem Morgen ja aufgefallen. Manche dieser Obdachlosen sind ja wirklich daneben, sie gehören in ärztliche Behandlung oder in eine Anstalt, aber dank Reagan haben wir ja keine Kliniken für leichte Fälle mehr, nur noch für die total Abgedrehten. Doch wem sage ich das ...»

«Könnten Sie mir die Stelle zeigen, an der Sie ihn gesehen haben?»

«Ja, gern. Dobie muß sowieso raus. Ich ziehe mich nur schnell an. Nehmen Sie sich noch Kaffee, wenn Sie wollen. Dauert nur ein paar Minuten.»

Einigermaßen irritiert hörte Kate wenig später die Dusche prasseln, aber Sam Rutlidge hielt Wort. In knapp sieben Minuten war sie wieder da, in Jeans und einem Sweatshirt mit dem Schriftzug UCSF, das nasse Haar zurückgekämmt und ein paar ramponierte Laufschuhe in der Hand.

«Tut mir leid, daß Sie warten mußten», sagte sie und setzte sich auf einen Stuhl, um die Schuhe anzuziehen. «Ich brauche vor dem Anziehen einfach eine Dusche, sonst fühle ich mich schmuddelig.»

«Kein Problem. Dobie hat mich gut unterhalten.»

Die Dackeldame, die Kate in Wahrheit die ganze Zeit nur scharf beobachtet hatte, kam aus ihrem Körbchen, stellte sich erwartungsvoll wedelnd in Positur und sauste, als ihre Herrin aufstand, wie ein überdimensioniertes Wiesel zur Tür. Sam Rutlidge zog sich eine Jacke über, befestigte eine dünne Leine an Dobies Halsband, und dann gingen sie los.

An der Fulton blieb sie stehen.

«Hier bin ich eingebogen», sagte sie. «Auf die rechte Spur, der andere Fahrer gab Gas, um an mir vorbeizukommen, und da habe ich den Prediger gesehen. Dort, wo das krumme Parkverbotsschild steht.»

«Hatte er außer seinem Stab noch etwas bei sich?»

«Bemerkt habe ich nichts, aber seine rechte Hand konnte ich nicht sehen, und in der linken hatte er den Stab.»

«Was hatte er an?»

Sam Rutlidge runzelte die Stirn, während Dobie ungeduldig winselte. «Einen bräunlichen Mantel, der ihm fast bis zu den Knien reichte. Dunkle Hosen, keine Jeans. Dunkelbraun oder schwarz. Und eine Strickmütze, auch in einer dunklen Farbe. Ich habe ihn nur zwei, drei Sekunden lang gesehen und hätte wohl gar nicht weiter auf ihn geachtet, wenn man ihm nicht so deutlich angesehen hätte, wie wütend er war – was ja für ihn ganz untypisch ist.»

«Vielen Dank für Ihre Hilfe, Ms. Rutlidge», sagte Kate höflich, aber sehr darauf bedacht, nicht zu viel Genugtuung oder Dankbarkeit erkennen zu lassen. «Wenn ich den Bericht geschrieben habe, brauche ich Ihre Unterschrift. Könnten Sie gelegentlich mal vorbeikommen?»

«Morgen geht es schlecht, da habe ich einen langen Arbeitstag.»

«Was machen Sie beruflich?»

«Ich schreibe über Technik. Ziemlich öde, aber gut bezahlt. Am besten gebe ich Ihnen meine Nummer im Büro, dann können wir was ausmachen.» Sie tauschten Telefonnummern aus, dann gingen Sam Rutlidge und ihre schlanke kleine Hundedame nach rechts zu der Kreuzung, von der aus man über die Thirtieth in den Park kam. Kate ging nach links bis zu der Stelle, wo der Trampelpfad auf den gepflasterten Gehsteig traf und jener Pfosten mit dem verbogenen Parkverbotsschild stand. Das war der Weg, über den an einem Dienstagmorgen vor zwei Wochen ein zorniger Bruder Erasmus gestürmt war, weg von der Stelle, an der nur zwanzig Stunden später die gelben Absperrbänder der Polizei flattern sollten. Dort hinten im Gebüsch hatte an jenem Morgen der namenlose John gelegen und war langsam verblutet.

Sie ging zum Wagen zurück und veranlaßte die Ausstellung eines Haftbefehls auf den Namen David Matthew Sawyer alias Bruder Erasmus wegen Mordes an John, Familienname unbekannt.

19 … das Tal der Tränen, das ihm steinig und trostlos dünkte, in dem er aber später viele Blumen finden sollte

Bei Barstow griffen sie ihn auf.

Keine vierundzwanzig Stunden nachdem die Fahndung angelaufen war, entdeckten ihn zwei Untersheriffs knapp hundert Meilen vor der Grenze nach Arizona, wo er in östliche Richtung über den dünn beschneiten Seitenstreifen des Highway 58 stiefelte. Sie erkannten ihn an dem mannshohen Stab mit dem geschnitzten Kopf, den er mitführte. Er schien nicht überrascht, als sie aus dem Wagen stiegen und ihn aufforderten, sich mit gespreizten Armen und Beinen auf den Boden zu legen. Bei seiner Verhaftung leistete er keinen Widerstand. Außer seinem Stab hatte er nur einen abgewetzten Rucksack mit ein paar warmen Sachen, einer Decke, Brot, Käse, einer Wasserflasche und zwei Büchern bei sich. Die Untersheriffs und alle anderen, die bei dieser Gelegenheit mit ihm zu tun hatten, behielten ihn als höflich-gelassenen, intelligenten und schweigsamen Mann in Erinnerung. Angesichts seiner unerschütterlichen Wortlosigkeit fragte der Sheriff, als er mit Kate wegen der Überführung des Häftlings telefonierte, ob die Kollegen bei der Personenbeschreibung wohl den Hinweis vergessen hätten, daß Erasmus stumm war.

Da die Leute des Sheriffs ohnehin jemanden in San Francisco abholen mußten, vereinbarten sie, um den

Haushalt ihrer Dienststellen zu entlasten, Erasmus gleich mitzunehmen.

Bis sie ihn am Donnerstag ablieferten, war es fast Mitternacht geworden, aber Kate hatte auf ihn gewartet. Er nickte ihr lächelnd zu wie einer alten Bekannten, die man für ein, zwei Tage nicht gesehen hat, und wandte dann seine Aufmerksamkeit wieder den Beamten zu, die den Papierkram erledigten und ihn offiziell der Polizei von San Francisco überstellten. Das Räderwerk der Justiz hatte sich seiner bemächtigt, und aus dieser Maschinerie gab es zunächst kein Entrinnen.

Als die Formalitäten erledigt waren und sie ihn vorübergehend auf eine Bank gesetzt hatten, zog sich Kate einen Stuhl heran und setzte sich zu ihm. Er trug noch die Sachen, in denen man ihn aufgegriffen hatte, nur den Stab hatte er hergeben müssen. Kate betrachtete ihn eine Weile schweigend.

Sie hatte ihn nun schon in sehr unterschiedlicher Gestalt erlebt. Bei ihrer ersten Begegnung hatte er einen feierlichen schwarzen Priesterrock getragen und mit leichtem englischen Akzent gesprochen. Vor den Touristen war er in der Freizeitkleidung von Urlaubern aufgetreten, diesmal im Tonfall des mittleren Westens dozierend. Auch wenn er sich gab wie seine Zuschauer, so irritierte er sie doch mit seinen Hanswurstiaden. Und wenn er sich um die Obdachlosen kümmerte, machte er einen genauso bedürftigen Eindruck wie seine Schützlinge. Er trug seine ganze Habe in den ausgebeulten Taschen des knielangen Dufflecoats mit sich herum, hatte eine Strickmütze auf dem grauen Kopf und sprach mit rauher Stimme und in kurzen Sätzen.

Heute nun erlebte sie einen vierten David Sawyer – einen unauffälligen älteren Mann in Jeans und abgelaufenen Wanderschuhen, der in einem dicken, handgestrickten Pullover aus erikafarbener Wolle steckte, unter dem der ausgefranste Kragen eines blauen Hemdes hervorsah. Dieser Mann zeigte tiefe Spuren der Erschöpfung im hageren Gesicht. (Im übrigen hatte er, wie sie nebenbei konstatierte, keine Narbe unter dem linken Auge, die auf eine frühere Tätowierung hätte hindeuten können.) Er hatte sich an die Wand gelehnt und betrachtete sie abwartend aus halbgeschlossenen Augen. Als er mit einer leichten Bewegung versuchte, den Druck der Handschellen zu lindern, die in seine mageren Gelenke schnitten, mußte sie an ihre erste Begegnung denken und die Geste, mit der er die Arme ausstreckte, als wollte er sich fesseln lassen. Sechzehn Tage später, sechzehn Tage nach dem Mord, hatte sie das getan, was er schon damals erwartet hatte.

Es war kein schönes Gefühl.

«Sie heißen David Sawyer», sagte sie. Weder sein Gesicht noch sein Körper ließen eine Reaktion erkennen. Seine Haltung verriet nichts als ergebene Langmut – und vielleicht eine Spur von Belustigung. «Eve Whitlaw hat uns gesagt, wer Sie sind, und wir haben Kontakt mit der Polizei in Chicago aufgenommen. Wir wissen, was dort geschehen ist, Professor Sawyer. Wir wissen, was Kyle Roberts getan hat.»

Jetzt lächelte er ganz unverhohlen und hob ganz leicht eine Augenbraue. Auch mit Worten hätte er seine Anerkennung darüber, daß sie diesen so lange zurückliegenden Vorfall in all seinen komplexen Einzelheiten voll erfaßt hatte, nicht deutlicher ausdrücken können. Zwei Sekunden später aber war alles vorbei, und er sah nur noch müde und elend aus.

«Blickt nicht mit Trauer in die Vergangenheit», sagte er leise. Kate war tief enttäuscht. Sie hatte gehofft, daß dieser so normale, so alltäglich aussehende David Sawyer sich auch einer alltäglichen, für normale Mitmenschen verständlichen Sprache bedienen würde, aber so kam es offenbar nicht.

«Ich muß aber in die Vergangenheit blicken, David.» Sie sprach ihn bewußt mit seinem Vornamen an, es war der Versuch, ein wenig Nähe, ein wenig Vertrauen zu schaffen. «Und dazu muß ich auch die eine oder andere Frage nach der Vergangenheit stellen.»

«Nicht jede Frage ist einer Antwort wert.»

«Wenn Inspector Hawkin und ich morgen mit Ihnen sprechen, werden wir Ihnen Fragen stellen, die nicht nur einer Antwort wert sind, sondern sie dringend erfordern. Es geht hier um ein Menschenleben, David, auch wenn der Mensch, der sein Leben verloren hat, offenbar nicht sehr liebenswert war.»

«Denn Mord, hat er schon keine Zunge, spricht mit wundervoller Stimme.»

«Wieso haben Sie von Anfang an gewußt, daß es Mord war, David? Nein, Sie brauchen nicht zu antworten, jedenfalls nicht heute abend», setzte sie rasch hinzu, obgleich nichts darauf hindeutete, daß das seine Absicht gewesen war. Daß sie ihm damit indirekt ein Geständnis abgeluchst hatte, schien ihn nicht weiter zu berühren, was sie sehr erleichterte. Sein Verteidiger hätte ihr womöglich einen Strick daraus drehen und geltend machen können, sie habe Erasmus zu einer vor Gericht unzulässigen Aussage verleitet. Dabei fiel ihr noch etwas ein. «Möchten Sie für die Vernehmung morgen einen Anwalt haben, David? Dann besorgen wir Ihnen einen.»

Diesmal mußte er einen Augenblick überlegen, aber dann antwortete er mit einem leisen, verschwörerischen Lächeln und der Andeutung eines Zwinkerns: «Es gibt keine Anwälte unter ihnen, denn sie gelten ihnen als eine Sorte von Menschen, deren Gewerbe es ist, die Dinge zu verschleiern.»

«Sie wollen also keinen Rechtsbeistand. Auch gut ... Sollten Sie es sich noch anders überlegen, lassen Sie es uns bitte wissen.» Während des ganzen Gesprächs hatte er nicht ein einziges Mal den Kopf bewegt. Als sie jetzt aufstand, folgte er ihr mit dem Blick. «Bis morgen», sagte sie. «Hoffentlich können Sie ein bißchen schlafen.» Diese Bemerkung sollte nicht mehr als eine unausgesprochene Entschuldigung für den Lärm sein, der hier herrschte, sie schien aber David Sawyer zum erstenmal voll bewußt zu machen, wo er eigentlich war. Er ließ den Blick über die vergilbten Wände, die lauten, gelangweilten Polizisten, die betrunkenen, krakeelenden, blutbeschmierten Gefangenen gehen und erschauerte. Dann schloß er die Augen und zog sich in sich selbst zurück. Kate stand auf und bedeutete dem Vollzugsbeamten, daß ihr Gespräch mit dem Häftling beendet war, aber noch im Gehen hörte sie David wie im Selbstgespräch, aber sehr nachdrücklich sagen: «Gehe hin und setze dich in deine Zelle, und die Zelle wird dich alle Dinge lehren.»

Verdutzt blickte Kate sich noch einmal um. Aber seine Augen blieben geschlossen, und so zögerte sie nicht länger und fuhr nach Hause, wo auch sie eine unruhige Nacht erwartete.

20 Menschen wie Franziskus sind zu keiner Zeit eine alltägliche Erscheinung und lassen sich allein durch den sogenannten gesunden Menschenverstand nicht erfassen.

Die Vernehmung – wenn man sie denn so nennen konnte – begann am nächsten Morgen, dem letzten Freitag im Februar. Zu dritt saßen sie in dem muffigen Raum zusammen, aber nur Al Hawkin sah aus, als ob er in der vergangenen Nacht überhaupt geschlafen hatte. Doch auch er war wie ein gereizter Bär über den Gang getrottet. Er wurde sauer, wenn man ihn unter Druck setzte, sauer wurde er auch, wenn bei einer Verhaftung der Fall nicht sonnenklar lag, aber besonders sauer wurde er, wenn er vor dem Eingang mit einer Horde von Reportern rangeln mußte, die den Fall offenbar als besseren Witz betrachteten.

«Du hattest wohl mächtige Sehnsucht nach deinem Erasmus, Martinelli! Hättest du dich nicht mit den Leuten des Sheriffs auf eine Autopanne oder so was einigen können? Wir haben bisher nur zwei seiner Verstecke gefunden und noch nicht mal einen Durchsuchungsbefehl dafür, und ich kann mich bei der Vernehmung nur darauf stützen, daß er zufällig in der Nähe war, als jemand dem Opfer eins übergezogen hat. Und zu allem Überfluß wissen wir immer noch nicht, wie der Tote mit richtigem Namen heißt. Ich könnte im Quadrat springen!» Wütend stiefelte er zur Kaffeemaschine.

«Was sollte ich denn machen?» wehrte sich Kate. «Nächste Woche hätte er schon in Florida sein können. Oder in Mexico City.»

«Daß wir ihn schnappen mußten, war klar. Aber warum denn so schnell?»

Genervt von Hawkins unvernünftiger Nörgelei, hängte Kate sich ans Telefon, um Erasmus aus seiner Zelle holen zu lassen.

Und da saßen sie nun: Kate, mürrisch und unausgeschlafen, Sawyer, alt und müde, und Al mit einem starren Grinsen, das eher wie ein Zähnefletschen aussah.

Diesmal handelte es sich nicht um ein unverbindliches Gespräch wie vor zwei Wochen, sondern um eine regelrechte Vernehmung. Ein Gespräch ist gleichsam das höfliche Umschlagen von Seiten im Buch der Erinnerung. Heute sollte das Buch von vorn bis hinten durchgeblättert und hinterher gründlich geschüttelt werden, um festzustellen, ob noch etwas zwischen den Seiten verborgen war. Natürlich mit der gebotenen Rücksichtnahme und streng im Rahmen der Legalität – das garantierte das Tonbandgerät auf dem Tisch –, aber doch mit gewissermaßen geschäftsmäßig hochgekrempelten Ärmeln. Dafür brauchte man freilich einen Verdächtigen, der halbwegs zur Mitarbeit bereit war.

Wie verabredet eröffnete Kate die Sitzung, indem sie fürs Tonband die Uhrzeit und die Namen der Anwesenden nannte. Dann wies sie auf den Wunsch ihres Partners Sawyer noch einmal auf seine Rechte hin. Die erste Schwierigkeit ergab sich, als Sawyer auf die Frage, ob er verstanden habe, eisern schwieg. Damit hatte Hawkin gerechnet. Er beugte sich vor und sagte ins Mikrophon:

«Es wird darauf hingewiesen, daß Mr. Sawyer sich bislang geweigert hat, unmittelbar verständliche Antworten zu geben. Er hat die unerschütterliche Gewohnheit, in Zitaten zu sprechen, die sich häufig nur begrenzt auf das jeweilige Thema beziehen lassen. Es ist deshalb möglich, daß die Vernehmungsbeamten im Verlauf der Sitzung Deutungen für Mr. Sawyers Äußerungen vorschlagen und seine nichtverbalen Äußerungen schildern werden.»

Hawkin hob den Kopf und sah den Verdächtigen an, der zustimmend nickte und sich zurücklehnte, wobei er seine langen Hände vor der schlecht sitzenden Gefängnisjacke faltete. Allmählich belebte sich sein ausdrucksvolles Gesicht, so daß er plötzlich wieder viel jünger wirkte.

«Erzählen Sie mir etwas von Berkeley», forderte Hawkin ihn auf. Der Narr ließ kein Erstaunen über diese unerwartete Frage erkennen, sondern legte nur die übliche Denkpause sein.

«Wir werden eine Schule im Dienste des Herrn gründen», sagte er dann, «und soll darein nichts Harsches und Beschwerliches gebracht werden.»

«Das verstehe ich nicht», sagte Hawkin ohne Umschweife. Sawyer hob skeptisch eine Augenbraue und schwieg. Hawkins erboster Blick prallte an der unerschütterlichen Ruhe des Alten ab, so daß er einen neuen Anlauf machen mußte.

«Soll das heißen, daß Sie die Atmosphäre dort erholsam finden?»

«O Herr, hilf uns durch diesen Tag, bis die Schatten länger werden und der Abend kommt, bis die geschäftige Welt zur Ruhe findet, bis die Hast des Lebens vorüber und unsere Arbeit getan ist. Dann gib uns, Herr, eine sichere Bleibe und die heilige Ruhe und endlich Frieden.»

Dieses tiefempfundene, schlichte Gebet eines Menschen, der ganz offensichtlich am Ende seiner Kräfte war, erfüllte den kleinen, schäbigen Raum mit Andacht. Was er sagt, kommt von ganzem Herzen. Darin liegt seine unglaubliche Ausstrahlung, dachte Kate. Und Hawkin dachte: Wenn sein Fall zur Verhandlung kommt, haben wir nichts zu lachen. Die Geschworenen werden ihm aus der Hand fressen. Er räusperte sich und unterdrückte den heftigen Wunsch nach einer Zigarette.

«Sie gehen also nach Berkeley, wenn Sie sich ausruhen wollen. Machen Sie das regelmäßig?»

Sawyer sagte nichts. Es war, als habe er nichts gehört, und so wartete er geduldig auf die nächste Frage.

«Haben Sie einen bestimmten Zeitplan?»

Schweigen.

«Sie halten sich auch öfter in San Francisco auf, nicht? Im Golden Gate Park. Bei den Obdachlosen. Warum antworten Sie nicht?»

«Nicht jede Frage ist einer Antwort wert», erwiderte er mit Nachdruck. Es war eine der wenigen Wiederholungen, die Kate von ihm gehört hatte.

«Sie glauben also, Sie könnten sich die Fragen aussuchen, auf die Sie antworten wollen? Sie sind wegen des Mordes an einem Mann im Golden Gate Park in Haft, Mr. Sawyer. Zur Zeit lautet die Anklage auf schweren Mord. Die Staatsanwaltschaft glaubt, daß Sie die Tat geplant und vorsätzlich begangen haben. Wenn man Sie aufgrund dieser Anklage verurteilt, erwartet Sie eine lange Haftstrafe. Sie werden im Gefängnis alt werden und vermutlich sterben – in einem Raum, der sehr viel kleiner und unbequemer ist als dieser hier. Ist Ihnen das klar?» Eine andere als eine nur blickweise Antwort wartete Hawkin nicht ab und fuhr fort:

«Zweck dieser Vernehmung ist es unter anderem festzustellen, ob womöglich auch eine weniger belastende Anklage in Frage käme, Mord in einem minder schweren Fall vielleicht oder auch Totschlag. Dann könnten Sie vor Ihrem Tod noch einmal unter Bäumen schlafen. Verstehen Sie, was ich sage, Mr. Sawyer? Mir scheint, das ist der Fall. Ob Sie diesen Mann, der sich John nannte, nun vorsätzlich getötet haben, kann ich freilich erst dann entscheiden, wenn ich von Ihnen gehört habe, was geschehen ist. Und das können Sie mir erst dann sagen, wenn Sie auf Ihre Spielchen verzichten, denn die Antworten stehen nicht bei William Shakespeare oder in der Bibel, sondern in Ihrem Kopf. Wenn dieses Zitatenquiz nicht auf der Stelle aufhört, bekommen Sie jede Menge Ärger. Schildern Sie mir jetzt bitte in ganz normalem Englisch, was sich abgespielt hat.»

Hawkins Rede hatte Sawyer gewiß nicht unberührt gelassen, aber ob er sie als Drohung oder als Bitte auffaßte, war ihm nicht anzusehen. Er hatte sehr gerade dagesessen, die Hände um die Knie geschlungen, jetzt schloß er die Augen, hob den Kopf zum Oberlicht des Vernehmungsraumes und legte die rechte Hand in die Halsgrube, als umfasse er seinen Stab. Drei, vier lange Minuten verharrte er stumm in dieser Haltung und kämpfte mit einem nur ihm bekannten Dilemma. Dann fuhr er sich mit der Hand über die Augen, zupfte an seiner Unterlippe, öffnete die Augen und sah erst Kate, dann Hawkin an. Seine Miene bat gleichsam um Entschuldigung, verriet aber weder Angst noch Unsicherheit.

«Ein jeder schreit nach Wahrheit», begann er, »doch die wenigsten verstehen es, damit zu spielen. Nichts hindert dich, die Wahrheit zu sagen, sofern du es mit einem Lächeln tust.» Er ließ seinen Worten das Lächeln folgen und setzte sich auf die äußerste Stuhlkante, als wollte er damit die Bedeutung seiner nächsten Worte unterstreichen.

«Schrecklicher Tod. Dürrer Tod. Unsterblicher Tod. Tod auf fahlem Pferd.» Er streckte die langen, hageren Finger seiner rechten Hand aus. «Wird je des großen Neptun Ozean dies Blut mir waschen von der Hand? Nein. Die Stimme deines Bruders Bluts schreit zu mir von der Erde. Und der Herr machte ein Zeichen an Kain. Unstet und flüchtig sollst du sein auf Erden.» Er gönnte ihnen eine Denkpause und sah dabei von einem zum anderen. Dann ließ er die Hand sinken und sagte leise und in sehr eindringlich-persönlichem Ton: «Tod ist nicht das Schlimmste, vielmehr vergeblich nach ihm zu streben und ihn nicht zu erlangen.» Gleich darauf beugte er sich wieder vor und streckte die linke, leicht gekrümmte Handfläche aus, als wollte er ihnen darin einen neuen Gedankengang anbieten. Mit starker Betonung der falschen Namenszuweisung sagte er: «David machte einen Bund mit Jonathan, denn er hatte ihn lieb wie sein eigenes Herz. Und David zog aus seinen Rock, den er anhatte, und gab ihn Jonathan. Und dann soll er gehen zu dem Altar, der stehet vor dem Herrn, und Buße tun. Er soll nicht mehr gehen in sein Haus. Ich war ein Fremder in fremdem Land. Und die Raben brachten ihm Brot und Fleisch am Morgen und Brot und Fleisch am Abend, und er trank von dem Bach. Ich traf einen Narren im Walde, einen buntscheckigen Narren. Ein gelehrter Narr ist törichter denn ein unwissender. Laßt einen Narren sich nützlich machen nach seiner Narrheit.» Als er sah, daß sie ihm nicht folgen konnten, hielt er inne und preßte nachdenklich die Lippen zusammen. Dann setzte er noch einmal an – mit einem Gesicht, als habe er Abc-Schützen vor sich. «Die Weisheit dieser Welt ist Torheit vor Gott. Denkt einer unter euch, er sei weise, so laßt ihn zum Narren werden, auf daß er Weisheit lerne. Bis zum heutigen Tage hungern und dürsten wir, sind arm gekleidet und umgetrieben und ohne Heim. Wir sind der Auswurf der Welt, der Abschaum aller Dinge. Wir sind Narren um Christi willen.»

«Soll das heißen, daß Sie all das als eine Art religiöser Übung betrachten?» fragte Hawkin schroff. Kate hätte nicht sagen können, ob er sich dumm stellte, um Sawyer aus der Reserve zu locken, oder ob er sich wirklich ärgerte.

«Ich sehe die Religion nur als kindisches Spielwerk und behaupte, daß es keine Sünde gibt außer der Unwissenheit.»

«Dann muß ich ein besonders schlimmer Sünder sein», blaffte Hawkin, «denn ich weiß beim besten Willen nicht, wovon Sie reden.»

Sawyer lehnte sich wieder zurück, musterte Hawkin eine Weile mit schiefliegendem Kopf und erklärte dann in strengem Ton: «Ein lebendiger Hund ist besser als ein toter Löwe.»

Kate sah ihn scharf an. Er warf ihr einen raschen Seitenblick zu und zwinkerte kurz mit einem Auge. Hawkin hatte davon nichts bemerkt, beäugte Sawyer aber trotzdem argwöhnisch.

«Was soll das heißen?»

«Wer seinen Nachbarn am frühen Morgen mit lauter Stimme preiset, dem wird kein Dank zuteil.»

«Hören Sie, Mr. Sawyer –»

«Sprecht nicht vor einem Narren, denn er wird der Weisheit eurer Worte nicht achten.»

«Mr. Sawyer –»

«Wer da gehet mit den Weisen, wird weise, doch der Gefährte des Narren wird zu Schaden kommen.»

Hawkin stand mit einem Ruck auf. Sein Gesicht war finster wie eine Gewitterwolke. «Laß ihn in seine Zelle –» setzte er an, doch Sawyer fiel ihm mit lauter Stimme ins Wort:

«Eine Peitsche fürs Pferd, ein Zaumzeug für den Esel, eine Rute für den Rücken des Narren. Wie ein Dorn, der in die Hand des Trunkenen sticht, ist ein Sprichwort im Munde von Narren. So wenig der Schnee zum Sommer oder der Regen zur Ernte paßt die Ehre zum Narren. Ein Mann ohne –»

Die Tür schlug hinter Al Hawkin zu. Sawyer, der aufgestanden war, verharrte noch einen Augenblick hoch aufgerichtet, dann entspannte er sich und lächelte Kate an, als sei ihnen beiden gerade ein guter Streich gelungen. «Ein Mann ohne Selbstbeherrschung ist wie eine eroberte Stadt mit niedergerissenen Mauern.» Er setzte sich wieder.

Kate gab sein Lächeln nicht zurück. «Warum bringen Sie die Leute gegen sich auf? Al Hawkin ist ein vernünftiger Mann. Müssen Sie ihn sich unbedingt zum Feind machen?»

Sawyer zuckte die Schultern. «Die Wege des Narren sind die rechten in seinen eigenen Augen. Ein Narr schüttet seinen Geist ganz aus.»

«Genau dazu wollen wir Sie ja bringen, David. Daß Sie Ihren Geist ganz ausschütten und nicht nur Rätselraten mit uns spielen.»

«Spielenkönnen ist eine glückliche Gabe.»

Sie legte die Arme auf den Tisch und beugte sich vor. «Nehmen Sie den Tod wirklich so leicht?»

«Bedenket, daß wir alle sterben müssen.»

«Und glauben Sie wirklich – ausgerechnet Sie –, daß das einen Mord rechtfertigt?»

Plötzlich war Kyle Roberts' Geist im Raum, und ihm

gegenüber standen seine unschuldigen Opfer. Kate sah an Sawyers zerquältem Gesicht, daß auch er das spürte. Er wandte den Blick ab und schluckte. «Können Sterbliche größeres Leid erfahren als ihr Kind tot vor ihren Augen zu sehen?»

«Gerade deshalb müßte Ihnen eigentlich daran liegen, uns zu helfen.» Schweigen. «Wir wollen ja nur, daß Sie mit uns reden. Und zwar so, daß wir es verstehen.» Wieder keine Antwort. Sie hatte es nicht anders erwartet. «Sie sind müde, David. Überlegen Sie sich alles noch mal in Ruhe, vielleicht ändern Sie ja Ihre Meinung. Wir reden später weiter.»

Kate stand auf und gab dem Vollzugsbeamten einen Wink. In der Tür blieb Sawyer noch einmal stehen und sah auf Kate herunter.

«Ich glaube gern, daß du nichts sagst, was du nicht weißt. Und so weit will ich dir trauen, sanfte Kate.» Dann ließ er sich widerstandslos abführen. Kate ging noch einmal ins Vernehmungszimmer und stellte das Tonbandgerät ab.

Mit der Kassette ging sie nach unten in Al Hawkins Büro, der sie in sein Gerät schob. Er ließ das Band ein Stück zurücklaufen. Erasmus schwang seine pathetische Rede; die Tür schlug zu; Kate stellte den Vedächtigen zur Rede; er antwortete. Als das Band zu Ende war, schaltete Hawkin das Gerät ab.

«Gut gelaufen! So hatte ich mir das vorgestellt. Heute lassen wir ihn schmoren. Morgen holen wir ihn uns noch mal, ich klinke mich nach einer Weile aus, und dann machst du allein weiter. Geh noch mal bei ihm vorbei, ehe du hier Schluß machst, ja?»

«Wenn du meinst ...»

«Er muß irgendwie weichgeklopft werden. Anfang der

Woche schickt ihn der Bezirksstaatsanwalt zur psychiatrischen Untersuchung. Wenn sich herausstellt, daß er wirklich abgedreht ist, können wir ihn nicht mehr ohne weiteres festhalten.»

«Ist diese Untersuchung wirklich nötig?»

«Der Staatsanwalt könnte den Fall sonst nie vor Gericht bringen. Du hast doch gehört, wie er sich aufgeführt und was er gefaselt hat. Drogen oder Alkohol können es nach achtundvierzig Stunden Haft nicht mehr sein. Bleibt nur die Möglichkeit, daß er uns was vorspielt. Oder eben tatsächlich unzurechnungsfähig ist.»

«Ich weiß nicht, Al. Auf eine verrückte Art hört sich das, was er sagt, ganz vernünftig an.»

«Ja, *verrückt* ist das richtige Wort ...»

«Nein, wirklich. Hast du was dagegen, wenn ich mir das Band kopiere?»

«Um es nach irgendwelchen geheimen Bedeutungen abzuhören?»

«Ich dachte eigentlich daran, es mir übersetzen zu lassen.»

21 Schließlich war dieser Mann als Mensch geboren.

Am Sonntag nachmittag versammelte Kate ihr Übersetzerteam. Um sich den Transport des Rollstuhls zu ersparen, hatten sie verabredet, sich bei Lee und Kate in Russian Hill zu treffen. Um zwei Uhr fuhr Kate durch strömenden Regen quer durch San Francisco und holte Eve Whitlaw ab. Als sie zurückkamen, saß Dekan Gardner schon vor dem Kamin im Wohnzimmer.

Kate hatte unterwegs haltgemacht, um die Tonbandprotokolle der ergebnislosen Vernehmung vom Freitag vormittag und die der längeren, aber womöglich noch unergiebigeren Sitzung vom Samstag fotokopieren zu lassen. Von der Vernehmung am Sonntag besaß sie nur das Band, eine Abschrift lag noch nicht vor.

Nachdem alle mit Kaffee und Tee versorgt waren, verteilte Kate das Protokoll vom Freitag. Während der Regen an die Scheiben prasselte, vertieften sich Lee, der Dekan und Eve Whitlaw mit gezücktem Stift und der Konzentration von Menschen, die mit dem geschriebenen Wort leben, in ihre Unterlagen. Kate kam nicht so schnell mit. Sie hatte noch zwei Seiten vor sich, als die beiden Hochschullehrer und Lee bereits über das Gelesene diskutierten, aber da sie ja den Ausgang der Geschichte kannte, legte sie die zusammengehefteten Blätter aus der Hand und sagte:

«Ich möchte noch einiges zu dem anmerken, was Sie

gerade gelesen haben. Inspector Hawkins Schärfe war gewollt, und als er merkte, daß Sawyer Wirkung zeigte, zog er noch mehr an. Wir hatten verabredet, daß ich bei den ersten beiden Sitzungen die Rolle der Verständnisvollen übernehmen sollte, weil ich zu Erasmus schon vor seiner Verhaftung eine gewisse Beziehung aufgebaut hatte.»

«Und ich dachte immer, so was gibt es nur in Fernsehkrimis», staunte Eve Whitlaw. «Ich glaube, die haben da sogar einen Namen für diese Technik.»

«Guter Cop, böser Cop», schlug der Dekan vor.

«Genau.»

«Wir arbeiten viel damit», bestätigte Kate, «allerdings ist es nicht so simpel, wie es sich anhört. Beschuldigte sind schließlich auch nur Menschen, und die meisten brauchen eine Bestätigung dafür, daß sie nicht durch und durch schlecht sind. Mitgefühl ist – ob bei einer Vernehmung oder einer Konfrontation auf der Straße – immer sehr viel effektiver als Großtuerei und Drohung. Wir haben nur die Situation ein bißchen überspitzt, um den Kontrast herauszuarbeiten und ihm verständlich zu machen, daß ich eigentlich auf seiner Seite bin.»

«Und hat sich David von dieser kleinen Komödie täuschen lassen?» wollte Eve Whitlaw wissen.

«Ihr Freund David ist ein müder, verwirrter alter Mann, der seit zehn Jahren in einem Traum lebt, den er sich sorgsam zusammengezimmert hat. Ich glaube, er merkt, daß wir ihn behutsam manipulieren, und läßt es sich gefallen. Ich will ganz ehrlich sein: Mir geht es darum, David zum Sprechen zu bringen. Jetzt könnte ich Ihnen erzählen, daß es zu seinem eigenen Besten ist oder auch, daß ich ihn entlasten möchte, weil ich ihn für unschuldig halte, aber ich will Ihnen nichts vormachen. Ich weiß nicht, ob er die Tat begangen hat oder nicht.

Ich denke, daß er – wie wir alle – in heftigem Zorn fähig wäre, auf einen anderen Menschen einzuschlagen. Vorsätzlich war die Tat meiner Meinung nach auf keinen Fall, und ich glaube, das sieht auch die Staatsanwaltschaft so. Ich will auf folgendes hinaus: In erster Linie bin ich Polizistin, und es ist meine Aufgabe, Belastungsmaterial gegen Ihren Freund zusammenzutragen. Ich kann es daher verstehen, wenn Sie mir das ein oder andere verschweigen, aber stellen Sie sich bitte darauf ein, daß auch ich Ihnen manches vorenthalten muß. Können wir uns auf dieser Basis einigen?»

Professor Whitlaw nickte entschlossen. Gardner nickte ebenfalls, aber weniger eindeutig, und griff nach dem Vernehmungsprotokoll vom Samstag. Und Lee betrachtete Kate, als habe sie die Freundin noch nie gesehen.

Kate zuckte die Achseln. «Das ist nun mal mein Job.»

Lee lachte kurz auf und schüttelte den Kopf. Kate reichte ihr das Protokoll.

Sie selbst verzichtete darauf, die Mitschrift zu studieren, denn sie hatte die Sitzung noch deutlich genug in Erinnerung. Statt dessen ging sie in die Küche, um frischen Kaffee und Tee zu machen. Nachdenklich sah sie vor sich hin und ließ sich das, was sie eben gesagt hatte, noch einmal durch den Kopf gehen.

Polizeibeamte wandeln sehr häufig auf einem schmalen Grat zwischen Recht und Unrecht. Sie verfechten das Recht, verbringen aber den größten Teil ihres Berufslebens mit dem Unrecht, ja mit dem Bösen, und haben oft engeren Kontakt zu den Leuten, die sie in Gewahrsam nehmen, als zu ihren Nachbarn. Der Satz von dem Zweck, der die Mittel heiligt, dürfte in einer gerechten Welt eigentlich keine Gültigkeit haben, in dieser aber wird er zur goldenen Regel – erst recht für einen Cop.

Am Freitag war sie auf Hawkins Wunsch noch einmal bei Erasmus vorbeigegangen. Er saß mit geschlossenen Augen auf dem Bett in seiner Zelle und bewegte die Lippen wie im Gebet oder als sage er sich ein Gedicht auf. Als er sie kommen hörte, öffnete er die Augen und sah sie wartend an. Sie setzte sich neben ihn aufs Bett.

«Hallo, Erasmus ... David. Alles in Ordnung?» Sie lachte, als sie den Blick sah, mit dem er den kleinen Raum ausmaß. «Dumme Frage, ich weiß. Kann ich Ihnen irgendwas mitbringen?»

«O du schönste unter den Weibern», sagte er mit leiser Ironie.

«Danke für die Blumen. Etwas zu essen? Knastessen ist nicht so besonders.»

«Das Brot der Trübsal und die Wasser der Angst.»

«Ganz so schlimm wird es ja hoffentlich nicht sein ...»

«Der Überfluß der Reichen wird seinen Schlaf nicht stören.»

«Ich hatte eigentlich auch nicht an Überfluß gedacht», konterte Kate seine Ablehnung, «sondern eher an ein Käsebrot und ein bißchen Obst.»

Bei dem letzten Wort leuchteten seine Augen auf, aber er sagte nichts.

«Sonst noch was?»

Er zögerte einen Augenblick. «Lieber als vierzig Schillinge noch wäre mir mein Buch mit Liedern und Sonetten.»

«Ihre Bücher aus dem Rucksack? Gut, die kann ich Ihnen bringen lassen. Etwas zum Schreiben? Eine zweite Decke?»

Er verneinte mit einem stummen Lächeln, dann legte er die Rechte an die Halsgrube, während er sich mit der Linken den Bart strich. «Dein Stecken und Stab trösten mich ...»

«Ihren Stab wollen Sie haben? Tut mir leid, das wird man uns wohl nicht genehmigen.» Selbst wenn ich das Labor zur Eile antreibe, dachte sie.

Er zuckte bekümmert die Schultern. «Ich bin nacket von meiner Mutter Leib kommen, nacket werde ich wieder dahingehen. Der Herr hat's gegeben, der Herr hat's genommen, der Name des Herrn sei gelobt.»

Sie überlegte einen Augenblick, dann riskierte sie einen Scherz. «Ich glaube, nicht mal Inspector Hawkin hält sich für den lieben Gott.»

Er lächelte verständnisvoll, aber irgendwie hatte sie das unbehagliche Gefühl, damit etwas preisgegeben zu haben. Sie stand auf, und er erhob sich ebenfalls.

«Ich will zusehen, daß Sie heute abend noch Ihre Bücher bekommen. Bis morgen dann. Gute Nacht.»

Zu ihrer Überraschung hielt er sie mit einer Handbewegung zurück, beugte sich zu ihr hinüber und sah ihr ins Gesicht. «Sei stark und guten Muts. Hab keine Furcht», sagte er, und als ihr darauf keine Antwort einfiel, legte er ihr kurz die Hand auf die Schulter und setzte sich wieder auf das Bett, das zu kurz für ihn war. «Ich liege und schlafe ganz in Frieden.»

Diese kleine Szene hatte sie vor Augen gehabt, als sie vorhin sagte, daß David Sawyer sich nicht dagegen sträubte, manipuliert zu werden. Er wußte, was sie mit ihm tat, ja mehr noch, er wußte, was dies Spiel in ihr bewirkte.

Es ging ihr entschieden gegen den Strich, dem alten Mann schön zu tun, um ihn aus seiner Ruhe und Sicherheit zu reißen, und sie kam sich schäbig vor, weil sie die Sympathie ausnützte, die er ihr entgegenbrachte. Allerdings war das ein Berufsrisiko, das sie bisher noch nie daran gehindert hatte, ihre Arbeit zu tun.

Alles in allem wäre ihr aber die Rolle des bösen Cops bedeutend lieber gewesen.

Im Wohnzimmer wurden wieder Stimmen laut. Inzwischen war der Kaffee durchgelaufen, und Kate kam ihren Gastgeberinnenpflichten nach. Als alle Tassen gefüllt waren, sagte sie: «An der Sitzung vom Sonntag hat Al Hawkin nicht teilgenommen, nicht nur der Taktik wegen, sondern auch, weil er andere Verpflichtungen hatte.» (Als würde sich Al durch andere Verpflichtungen von einer wichtigen Vernehmung abhalten lassen, wenn er nicht damit ein bestimmtes Ziel verfolgte, dachte Kate bei sich.) «Ich habe das Gespräch geführt» (bleib bei diesem harmlosen Begriff), «und eine Kollegin hat dabeigesessen. Sie hat Erasmus nur am Anfang begrüßt, ansonsten war sie, wenn ich mich recht erinnere, die ganze Zeit über still.»

«Sein *nom de folie* paßt wirklich besser zu ihm als sein Alltagsname», stellte Dekan Gardner fest.

Kate schob die Kassette ein und nahm sich auch eine Tasse Kaffee. Sie hörte sich die Formalitäten erledigen, darauf erklärte sie dem Häftling, warum Hawkin nicht dabei war, und stellte ihm Officer Macauley vor. Wie immer kam ihr die eigene Stimme fremd und gedrückt vor. Dann begann die eigentliche Vernehmung.

Sie nahm fast drei Stunden und mehrere Kassetten ein. Die Pausen waren doch länger, als Kate in Erinnerung hatte. Viele Fragen blieben unbeantwortet (vielleicht waren sie auch gar nicht zu beantworten gewesen), auf andere kamen Bemerkungen, die mit Kates Fragen scheinbar nichts zu tun hatten. Schon während des Gesprächs hatte Kate den Eindruck gehabt, daß sich der Beschuldigte völlig beliebig äußerte. Hawkin war recht zufrieden mit dem Ergebnis gewesen. Sawyer hatte keine Feindseligkeit erkennen lassen, und die langen Pausen deutete Hawkin als erste Anzeichen von Streß und Verunsicherung. Kate konnte ihm da nicht zustimmen, sie hatte Sawyer keine Unsicherheit angemerkt. Ihr schien eher, daß er sich mit seiner Umgebung abgefunden hatte. Er wirkte ganz lokker und ließ sich ungerührt die Handschellen anlegen und abnehmen. Auch begann er, sich allmählich für seine Aufseher und Mitgefangenen zu interessieren. Am Vorabend hatte er, wie Kate von dem Vollzugsbeamten erfuhr, mit ihnen gesungen und ihnen Gedichte vorgelesen. Es sei der ruhigste Samstagabend seit langer Zeit gewesen.

Nein, Kate hatte nicht den Eindruck, daß die Haft Erasmus zu einem Geständnis bewegte. Es schien eher so, als richte er sich das Gefängnis als ein neues Zuhause ein. Wäre der Rekorder auf Spracherkennung geschaltet gewesen, wäre das Band unter zwei Stunden gelaufen. So aber war es schon Zeit für die Salate, die Jon vorbereitet hatte. Ihre Expertenrunde bediente sich und kam mit Tellern und Gläsern zurück zu Kamin und Sofa. Kate aß nur ein paar Bissen, dann schlug sie ihr Notizbuch auf.

«Ich habe Sie aus zwei Gründen um Hilfe gebeten. Erstens wollte ich Sie fragen, ob Sie eine Idee haben, wie man David Sawyer dazu bringen könnte, mit mir über den Ermordeten zu reden. Zweitens können Sie mir vielleicht dabei helfen, das zu entschlüsseln, was er uns bis jetzt gesagt hat. Ich würde Jahre brauchen, um Zitate zu finden, die Sie wahrscheinlich auf Anhieb erkannt haben.»

«Ich weiß nicht, wie es Professor Whitlaw geht –» setzte Gardner an.

«Eve, bitte!»

«Danke, Eve. Aber auch ich habe mit den Zitaten, die Erasmus verwendet, so meine Schwierigkeiten ...»

«Alle werden wir vermutlich nicht brauchen. Wenn wir

uns auf die konzentrieren könnten, die auf den ersten Blick mit den gestellten Fragen gar nichts zu tun haben...»

«Und was erhoffen Sie sich davon?» fragte Eve Whitlaw skeptisch.

«Das kann ich jetzt noch nicht sagen. Bei so einer Vernehmung kommt meist auf hundert sinnlose Fragen eine, die später von Bedeutung ist, und ich kann nur hoffen, daß ich, wenn wir so vorgehen, irgendwo einen Ansatzpunkt finde.»

«Keine sehr wissenschaftliche Methode», wandte Professor Whitlaw ein.

«Da stimme ich Ihnen zu. Denn hier greift sowieso keine Wissenschaft. Hier ist vielmehr Kunstverstand gefragt.» Wie immer, wenn sie in die Defensive gedrängt wurde, gab Kate sich kämpferisch. Gardner und Eve Whitlaw schienen mit ihrer Antwort zufrieden zu sein, aber Lee sah auf ihren Teller und reagierte nicht.

«Ich will ein Beispiel nennen. Als ich Sie kennenlernte, Dekan Gardner –»

«Philip.»

«Als ich Sie kennenlernte, Philip, hat Erasmus den ersten Teil eines Bibelspruchs aus Matthäus zitiert, und Sie deuteten das als eine Anspielung auf Hühner und Eier und folgerten, daß er ein Omelette haben wollte.» Eve Whitlaw lächelte angesichts dieser verwickelten Argumentation, Lee runzelte die Stirn. «Ich denke mir, daß es bei Shakespeare oder in der Bibel oder sonstwo noch andere Stellen gibt, in denen von Hühnern die Rede ist. Warum hat er sich gerade für diese entschieden?»

Philip sah nachdenklich auf die erste Seite des umfangreichen Protokolls. «Ich verstehe schon, wie Sie es meinen. Die Seligpreisung, die er davor zitiert, steht bei Lukas und nicht bei Matthäus, das eine hat demnach mit dem anderen nichts zu tun. Und das Zitat davor war aus einem der Korintherbriefe.»

Eve Whitlaw hatte den Teller zur Seite geschoben und griff nach ihren Unterlagen. «Vielleicht ist es eher eine thematische als eine bibliographische Verbindung. Er zitiert die Kritik des Paulus an der Gemeinde in Korinth, die nicht akzeptieren will, daß das Prophetentum auch eine negative Seite hat, daß man als Prophet Gefahr läuft, als töricht oder verrückt angesehen zu werden. Da gibt es doch entschieden eine Entsprechung zu dem ersten Teil jenes Zitats aus Matthäus: ‹Jerusalem, die du tötest die Propheten› ...»

«Wollen Sie damit sagen, daß David Sawyer ein Prophet ist?» fragte Kate.

«Ich meine, wir sollten in die Wahl seiner Zitate nicht zu viel hineindeuten», widersprach Eve Whitlaw. «Mir scheint, daß er nimmt, was ihm gerade einfällt, und die einzelnen Sätze dann mehr schlecht als recht zusammenbastelt. Ein bißchen wie eine Collage, bei der das Gesamtbild wichtiger ist als seine Einzelteile.»

«Würdest du dem zustimmen, Lee?»

«Freudianer würden sagen, daß jeder Satz im Hinblick auf die jeweilige Situation analysiert werden muß, aber ich bin keine Anhängerin von Freud. Allerdings denke ich schon, daß man sich die Quellen genau anzusehen hat – woher die Zitate kommen und wovon an der jeweiligen Stelle die Rede ist –, und dabei offen für Themen oder Muster sein muß, die sich daraus ergeben. Um auf Ihre Analogie zurückzukommen, Eve: Es ist wie bei einer Collage, die ich mal gesehen habe. Auf der war ein Sessel abgebildet, neben dem ein Buch auf dem Boden lag, aber wenn man genau hinsah, erkannte man, daß das Bild aus lauter Fragmenten weiblicher Körperteile bestand, Schnipseln von Busen und Nabeln und Hälsen. Sobald man das erkannt hatte, änderte sich auch der Gesamteindruck der Collage – und das war ja der Sinn der Sache.»

«Philip?»

«Ich bin auch der Meinung, daß der Gesamteindruck wichtiger ist als die Einzelheiten. Ich persönlich glaube nicht, daß Erasmus sich für einen Propheten hält. Ein Prophet wird – häufig gegen seinen Willen – erwählt und ist pausenlos damit beschäftigt, zu predigen, zu mahnen und die Menschen auf den rechten Weg zu bringen. Erasmus aber scheint oft einfach nur zuzuhören, und wenn er predigt, wird häufig nicht ganz klar, was er von seinen Zuhörern verlangt. Nein, ein Prophet ist er nicht. Schon eher ein Heiliger.»

Kate sah ihn verblüfft an. «Ist das Ihr Ernst?»

«Daß er das Zeug zu einem Heiligen hat? Allerdings. Selbst Franz von Assisi führte ein sehr menschliches Leben, bevor er zum Heiligen wurde.»

Darauf mußte Kate ihm die Antwort schuldig bleiben. Sie sah wieder in ihre Notizen. «Können Sie mir etwas zu der Auswahl der Zitate sagen, die er neulich bei Ihnen im Institut gebracht hat? Wer sind die Korinther? Warum hat er soviel daraus zitiert?»

Spät erst fand die Sitzung ein Ende, und Kate war erschöpft, aber nicht viel schlauer als zuvor. Es war eine lange, mühselige Unterweisung gewesen, bei der ihre eigene Unkenntnis auf deutliche und demütigende Weise zutage trat. Trotzdem hatte sie das Vorhaben bis zum bitteren Ende durchgezogen, und während sie Eve Whitlaw nach Noe Valley zurückfuhr, versuchte sie, erste Schlußfolgerungen zu ziehen.

Zunächst mußte sie sich wohl von der Hoffnung verabschieden, daß Sawyers Aussprüche mehr Sinn machten, wenn man sich näher mit ihrer Herkunft beschäftigte. Hin und wieder bezog sich ein Zitat auf eine Geschichte oder einen Vorfall, aber gerade dann erwies es sich meist als völlig unpassend; so etwa die Bemerkung «Er ist nicht das Licht», mit der er ihnen den Namen des Toten hatte sagen wollen. In der Regel benutzte Sawyer Zitate als Rohmaterial, das er bedenkenlos aus dem Zusammenhang riß.

Was sie sich darüber hinaus von dem Treffen erhofft hatte, hätte Kate nicht genau sagen können, aber sie hatte nicht das Gefühl, ihre Zeit vertan zu haben. Ihr war, als stünde sie in einem dunklen Zimmer, von dem sie inzwischen immerhin schon den Grundriß kannte. Richtig orientieren konnte sie sich immer noch nicht, aber allmählich bekam sie ein Gefühl dafür, was für Möbelstücke in dem Raum standen und welche Hindernisse sie umgehen mußte.

Als sie die Steigung nach Russian Hill hinauffuhr, spielte sie mit dem Gedanken, Erasmus mit seinen eigenen Waffen zu schlagen. Angenommen, das Übersetzungsteam konnte ihr genug Zitate an die Hand geben – würde sie dann David in die Enge treiben können?

Konnte es sein, daß er darauf geradezu wartete?

22 Nie gab es einen Menschen, der seine eigenen Versprechungen so wenig fürchtete. Sein Leben war ein Exzeß vorschneller Gelübde, die allesamt in Erfüllung gingen.

Es war 2.20 Uhr am Mittwoch morgen, als das Telefon läutete. Jäh wurde Kate klar, daß sie diese erfreuliche Begleiterscheinung des aktiven Dienstes in der Mordkommission regelrecht vergessen hatte. Ihr zweiter Gedanke war, daß David Sawyer einen Selbstmordversuch verübt hat. Sie meldete sich mit ihrem Nachnamen.

«Hier Eve Whitlaw.»

«Professor Whitlaw?» Kate fuhr sich mit der freien Hand über die Augen und warf einen Blick auf den Radiowecker am Bett. Tatsächlich, es war noch tiefe Nacht. «Was ist passiert?»

«Es geht um David. Ich weiß, warum er das macht.»

Macht: Gegenwart, nicht Vergangenheit, registrierte Kate im Halbschlaf.

«Und das ist wirklich so dringend?»

«Ich dachte, ehe Sie ihn in diese Klapsmühle schikken...»

«Er ist schon weg.» Es war keine lange Reise. Das Gericht hatte ihn nur in die Psychiatrie des San Francisco General Hospital eingewiesen.

«Ach so ... Nun ja, vielleicht ist es besser so ...»

«Außerdem ist es Vorschrift. Und er bleibt ja auch nicht lange. War noch was, Professor?»

«Wollen Sie nicht hören, was ich mir überlegt habe? Was er tut, hat – wenn man erst auf den Ansatz gekommen ist – eine ganz klare innere Logik.»

«Könnten Sie mir das wohl morgen früh erzählen?»

«Ist es denn schon so spät? Ach du liebe Güte, das habe ich gar nicht gemerkt. Ich habe hier gesessen und mir meine Gedanken gemacht und – Sie Ärmste! Ja, rufen Sie mich doch morgen früh an. Und jetzt schlafen Sie bitte ganz schnell wieder ein.»

Kate mußte unwillkürlich lachen, legte sich dankbar wieder in ihr warmes Bett und schlief tatsächlich bald darauf an Lees Seite ein.

Am nächsten Morgen entschuldigte sich Eve Whitlaw so eifrig, daß Kate, den Hörer zwischen Kopf und Schulter geklemmt, eine halbe Tasse Kaffee trinken konnte, bis sie selbst zu Wort kam. Schließlich verabredete sie sich mit der reuigen Professorin um elf in einem Lokal in der Innenstadt. Eve Whitlaw war bereit gewesen, alle ihre Frühtermine abzusagen, aber Kate wollte die ihren durchaus wahrnehmen. Obwohl sie sich kurzfaßte, kam sie zu spät. Sie schüttelte die Regentropfen vom Mantel und sah sich um. Eve Whitlaw hatte ein Buch vor der Nase, in das sie dermaßen vertieft war, daß sie offenbar die Teetasse in ihrer Hand völlig vergessen hatte. Als Kate unvermutet vor ihr stand, fuhr sie leicht zusammen.

«Guten Morgen, Inspector! Sie sehen trotz Ihrer gestörten Nachtruhe erstaunlich frisch aus.»

Ehe sie weitere Entschuldigungen vom Stapel lassen konnte, fragte Kate, ob sie etwas essen oder trinken wolle, und als sie verneinte, bestellte Kate sich an der Theke einen doppelten Cappuccino und ein Käsesandwich. Mit dieser Stärkung versehen, setzte sie sich zu Eve Whitlaw, die ihr erwartungsvoll entgegensah.

«Ich will Sie nicht weiter mit Entschuldigungen für meine schlechten Manieren nerven, Inspector, aber ich muß um Nachsicht bitten, daß ich so schwer von Begriff war und das Naheliegendste nicht sofort erkannt habe. Denn das Problem liegt darin», sagte sie in Dozentenmanier, «daß ich Geschichtswissenschaftlerin bin und in dieser Eigenschaft theologische Fragen so angehe wie meine historischen Themen – das heißt als etwas Geregeltes, Vollständiges, in sich Abgeschlossenes. Bei modernen Phänomenen aber kommt man mit dieser Betrachtungsweise nicht sehr weit, sie sind fließend und schwer zu fassen. In der gleichen Weise muß sich ein Theologe des frühen vierten Jahrhunderts damit schwergetan haben, die wahre Bedeutung des Konzils von Nicäa zu erkennen, oder nehmen Sie einen katholischen Bischof aus der Zeit der Reformation, der konnte sich sicher auch nicht vorstellen, was für einen folgenschweren Schritt Luther getan hat. Aber ich schweife ab ... Eigentlich wollte ich damit nur erklären, warum ich am Sonntag, als wir bei Ihnen zusammensaßen, nicht begriffen habe, was mit David los war. Sie sahen die Sache von der juristischen, Ihre Freundin sah sie von der psychologischen Seite, Philip Gardner sieht in David nur Erasmus und damit eine schillernde Persönlichkeit, und ich habe diesen Erasmus bisher nur als Zerrbild David Sawyers angesehen. Heute nacht habe ich einmal den Spieß umgedreht, habe ihn in einen historischen Kontext gestellt und sein Verhalten so betrachtet, als handele er aus einer inneren Logik heraus und nicht unvernünftig und irrational, wie es bei einem Mann mit einem schweren Trauma ja durchaus verständlich wäre.»

Sie beugte sich vor und sagte mit Nachdruck: «Das Schlüsselwort lautet ‹Bund›.»

Kate kaute an ihrem Sandwich und versuchte, ein intelligentes Gesicht zu machen. «Ein Bund ist so was wie ein Vertrag, nicht?»

«Im Sinne der Bibel kann ein Bund alles mögliche sein – von einem internationalen Vertrag bis zu einer geschäftlichen Abmachung. Es war eine geheiligte, juristisch und moralisch bindende Verpflichtung, über die sich niemand hinwegsetzen konnte. Die Beziehung zwischen Gott und dem Volk Israel war durch einen Bund besiegelt worden. Ich hätte das sofort erkennen müssen. David hat den Begriff zweimal benutzt, einmal im Gespräch mit Ihnen und Philip Gardner in Berkeley, das zweite Mal in der Vernehmung am Freitag. Der Satz steht in beiden Protokollen, aber nie habe ich ihn wörtlich genommen, sondern immer nur gedacht, daß David damit eine ganz andere Sache umschreiben möchte.»

«Und was ist nun so besonders daran?»

«Das will ich Ihnen sagen. Aber dazu muß ich wohl einen Schritt zurückgehen ...» Besser ein paar mehr, dachte Kate. «In David treffen sich zwei ganz unterschiedliche religiöse Traditionen, die er aus seiner leidvollen Erfahrung und seiner persönlichen Not heraus verinnerlicht hat. Eine bezieht sich auf den Begriff des Bundes, dazu komme ich gleich noch. Die andere ist die Tradition des Heiligen Narren, mit der sich David fast sein ganzes Berufsleben hindurch beschäftigt hat. Vor zehn Jahren entschloß er sich zu einem lange aufgeschobenen, aber folgenschweren Schritt: Er eröffnete Kyle Roberts, daß er keine akademische Zukunft habe. David sagt jetzt, es sei seine Eitelkeit gewesen, die ihn dazu trieb, sich so schroff zu äußern, und damit meint er wohl, daß er zu stolz auf seine eigene Stellung war, um einen nicht ausreichend befähigten Wissenschaftler wie Kyle für den freien Posten zu empfehlen. Ich finde seine Entscheidung nach wie vor richtig. Es bringt nichts, sich für Nieten und Nichtskönner einzusetzen, dazu ist die akademische Welt zu klein und zu nachtragend. Wie dem auch sei, Davids Kritik war gewissermaßen der Funke, der einen unsicheren und reizbaren Mann explodieren ließ, und in dieser Explosion kamen Davids geliebter Sohn und drei andere Unschuldige um.

Der grundlegendste Charakterzug eines weltlichen oder religiösen Narren ist es, daß er keinen eigenen Willen hat und selbst unbelebte Gegenstände ihn zu foppen vermögen. Denken Sie an die unvergeßlichen Szenen, in denen Charlie Chaplin mit Stühlen und Kleidungsstücken und Tapetenbahnen kämpft und von ihnen besiegt wird. Denken Sie an Erasmus und seinen Stab, der übrigens ein klassisches Narrenrequisit ist. Er hat keinen eigenen Willen, er trifft keine Entscheidungen, wird von Mächten, die er nicht steuern kann, hin- und hergerissen. Selbst wenn er einen energischen, kämpferischen Eindruck macht, stellt er nicht mehr als eine Projektionsfläche dar. David hat dies, und durchaus folgerichtig, bis zum Äußersten getrieben. Er verfügt nicht einmal mehr über eigene Worte.»

Sie wartete, bis Kate ihr durch ein Nicken zu verstehen gab, daß sie ihr bis zu diesem Punkt hatte folgen können, und fuhr dann fort:

«Nur ein genialer Geist wie David bringt so etwas fertig. Aber es geht hier um mehr als Genialität. Ich würde nicht so hoch greifen wie Gardner und David als Heiligen bezeichnen, aber sein Charisma war schon immer erstaunlich. Und deshalb sehe ich seine Entwicklung folgendermaßen: Als David zwischen dem Tod und einer für ihn einigermaßen erträglichen Form des Lebens wählen mußte, beschloß er, das Leben ganz loszulassen und auf jeden eigenen Willen zu verzichten. Erinnern Sie sich an seinen Ausspruch, daß nicht der Tod das Schlimmste ist, sondern der unerfüllte Wunsch zu sterben? Seine Existenz war von diesem Moment an ein unablässiges Opfer.

Er bemühte sich, niemandem zu schaden und möglichst viel Gutes zu tun, um ein wenig von dem zu sühnen, was er verschuldet hatte. Und jetzt kommen wir zu dem Begriff des Bundes. Schuldgefühle sind relativ kurzlebig, und David konnte nicht das Risiko eingehen, daß sich irgendwann – in einem Jahr, in drei oder fünf Jahren – der Drang, der ihn ursprünglich dazu getrieben hatte, als Narr zu existieren, abschwächen und er einen Vorwand finden würde, wieder ein normales Leben zu führen. Um nun seinen Zustand auf Dauer festzuschreiben, legte er – vielleicht sogar an der Leiche seines Sohnes – einen unverbrüchlichen Schwur ab und schloß einen Bund im Sinne der Bibel.

Bei so einem Bund gibt es keine Kompromisse. In alter Zeit wurde ein Bund durch ein symbolisches Tieropfer besiegelt: Das Tier wurde zweigeteilt, und an seinen Hälften entlang wurde eine Flamme gereicht, oder die Menschen zogen daran vorbei. Auf hebräisch wird ein Bund nicht geschlossen, sondern ‹geschnitten›, um die Beteiligten daran zu erinnern, daß sie, so sie sich gegen den Bund vergehen, in der Mitte gespalten werden können wie jenes Tier.

Aber ich merke schon – so langsam kommen Sie nicht mehr mit, und ich gebe gern zu, daß es eine ziemlich kopflastige Erklärung ist. Wahrscheinlich hat David gar nicht in diesen Kategorien gedacht, sondern sich einfach ‹aus dem Bauch heraus› gegen den Selbstmord entschieden. Die Existenz des Narren bot sich wie selbstverständlich an, und der Schwur, den er an der Leiche seines Sohnes abgelegt hatte, schützte ihn wie ein Panzer, war wie ein äußeres Skelett, das ihn zusammenhielt und sein Weiterleben rechtfertigte. Die Unverbrüchlichkeit seines Schwurs, die Sicherheit, in anderer Leute Worte zu sprechen, und die Freiheit, die aus einem radikalen Verzicht erwächst – das machte von nun an sein Leben aus. Dies Leben stand im Dienst der Unbehausten, der geistig verarmten Mittelschicht, der Akademiker, die sich in eine gefährliche Isolation zurückgezogen haben.»

«Und jetzt widmet er sich seinen Mitgefangenen», ergänzte Kate nachdenklich. «Ich habe nämlich das Gefühl, daß Sawyer sich schon fast damit abgefunden hat, eingesperrt zu sein. Die Angst vor der Haft hat er jedenfalls verloren.»

«Ja, es ist gut möglich, daß er nun seine Bestimmung darin sieht, im Gefängnis geistlichen Beistand zu leisten. Was um Himmels willen können wir da tun?»

«Wir müssen ihn zum Sprechen bringen. Wir müssen herausbekommen, was er über Johns Tod weiß. Was ich jetzt sage, mag vollkommen unprofessionell klingen, aber es scheint mir sehr zweifelhaft, daß David Sawyer den Mann umgebracht hat. Allerdings bin ich der Meinung, daß er den Mörder kennt. Und damit muß er herausrükken.»

Das Gedränge, das um die Mittagszeit in dem Lokal geherrscht hatte, ließ allmählich nach, so daß Kate erst jetzt dazu kam, sich kurz im Gastraum umzuschauen. Dann sah sie wieder Eve Whitlaw an, die, wie sie bestürzt feststellte, den Tränen nah war.

«Es liegt mir sehr viel daran, David zurückzubekommen, Inspector Martinelli. Er war mein bester Freund und hat mir sehr gefehlt. Aber so schön es für mich wäre, wenn er zu sich zurückfinden würde, sein Leben könnte doch endgültig zerstört werden, wenn er täte, was Sie von ihm verlangen. Wenn Sie David dazu bringen, sein ganz eigenes Schweigegelübde zu brechen, zwingen Sie ihn damit gleichzeitig zu einem Verrat an seinem ermordeten Sohn. Und das würde er wahrscheinlich nicht ertragen können. Es würde die letzten zehn Jahre seines Lebens entwerten. Ich bin sonst nicht für dramatische Formulierungen, aber ich fürchte sehr, daß Sie ihn damit umbringen würden.»

«Was empfehlen Sie uns?»

«Suchen Sie nach dem wahren Täter.»

Kate unterdrückte ihren Ärger. «Gute Idee», sagte sie trocken.

«Ehrlich gesagt weiß ich nicht, was Sie sonst noch tun könnten. An seinen Selbsterhaltungstrieb zu appellieren würde nichts bringen, dazu liegt ihm zuwenig am Leben. Und daß er die Pflicht hat, Ihnen bei der Suche nach dem Mörder zu helfen, haben Sie ihm schon vergeblich klarzumachen versucht. Wenn Sie ihn nicht davon überzeugen können, daß er mit seinem Schweigen anderen Schaden zufügt, werden Sie kaum etwas bei ihm erreichen. Mehr fällt mir dazu nicht ein.»

Kate stellte ihr Geschirr zusammen. Alles, was *ihr* in diesem Moment einfiel, wäre gelinde gesagt unhöflich gewesen. Selbst ein Wort des Dankes hätte unvermeidlich nach Ironie geklungen, und dabei hatte Eve Whitlaw alles getan, was in ihrer Macht stand. Im Grunde aber hatte sie Kate nichts Neues sagen können. Erasmus wollte nicht reden, und Sawyer wollte sich nicht retten lassen …

Professor Whitlaw hatte ihre Fassung wiedererlangt und hob an zu einer letzten Bemerkung.

«Der Märtyrertod war immer eine Tat von Narren.

Sein Leben für eine Idee hinzugeben ist der Gipfel des Absurden.»

Plötzlich hatte Kate genug von dem Gerede. «Märtyrer setzen sich für etwas ein. Wo wäre hier ein Einsatz, für den zu opfern es sich lohnte? Der Mann stellt sich einfach quer, und das nervt gehörig.»

Geräuschvoll packte sie Teller und Besteck auf den Wagen für das schmutzige Geschirr und trat in den Regen hinaus.

23 ... wie überraschend schnell und leicht Franziskus Roms Aufmerksamkeit und Gunst gewann

Nach wenigen Tagen wurde David Sawyer wieder ins Gefängnis zurückgebracht. Das ausführliche psychiatrische Gutachten besagte, daß er exzentrisch, aber durchaus normal genug war, um vor Gericht gestellt zu werden. Ehe Kate an diesem Abend nach Hause fuhr, ging sie kurz bei ihm vorbei. Am nächsten Abend brachte sie ihm einen Gedichtband, den Lee ihr mitgegeben hatte, am Abend darauf fand sich ein anderer Grund, und bald war ein Besuch bei Erasmus fester Bestandteil ihres Tagesablaufs. Zweimal war sie dienstlich in der Stadt unterwegs und wäre normalerweise direkt nach Hause gefahren, ertappte sich aber dabei, daß sie unter einem Vorwand noch einmal im Büro vorbeifuhr und dann in den sechsten Stock ging, um ein paar Worte mit dem Gefangenen zu wechseln.

Kate war nicht die einzige, die er in seinen Bann zog. Eines Abends bot er ihr auf einem geblümten Papierteller hausgebackene Plätzchen an, bei einem anderen Besuch sah sie eine Kinderzeichnung an der Zellenwand kleben, und als Kate nach einem langen, bedrückenden Arbeitstag noch spät den Zellentrakt betrat, hörte sie Sawyers Stimme laut und klar durch die erstaunlich stillen Gänge hallen. Er lag auf seinem schmalen Bett und las aus einem Buch mit dem Titel *The Martian Chronicles* vor. Die anderen Häftlinge saßen oder lagen in ihren Zellen oder drückten sich an die Gitter und hörten zu. Kate drehte sich um und ging weg. Ein andermal, es war noch später nachts, hörte sie im Vorbeigehen einen eintönigen Gesang; Hymne und Mahnung zugleich, psalmodierte David in jeder zweiten Zeile: Lobet und preiset IHN ewiglich.

Er bekam viel Besuch. Wer von den Obdachlosen den Mut aufbrachte, das Polizeipräsidium zu betreten, kam vorbei: Salvatore einmal, die drei Vietnamveteranen einmal, Doc und Mouse und Wilhelmina je zweimal. Beatrice besuchte ihn an den ersten sechs Tagen nach seiner Rückkehr aus der Psychiatrie viermal. Aus Sawyers anderen Welten kamen Dekan Gardner und Joel, der Doktorand, der Erasmus häufig mit nach Berkeley genommen hatte. Andere Institutsangehörige, Professoren wie Studenten, folgten in Scharen. Zu ihnen gesellte sich der Ladenbesitzer von Fisherman's Wharf, der Zauberartikel und die gläserne Frau verkaufte.

Bruder Erasmus hatte inzwischen sogar seinen eigenen Reporter, einen jungen Mann, der ihn gewissermaßen adoptiert hatte und der den Nachrichtenwert dieses obdachlosen Häftlings vehement gegen seinen skeptischen Redakteur verteidigte. Zehn Tage nachdem Sawyer nach San Francisco zurückgebracht worden war, zahlte sich seine Beharrlichkeit aus: Die Sonntagsausgabe brachte eine ganzseitige Reportage über Obdachlose im allgemeinen und Erasmus im besonderen, in der das Pennervolk vom Golden Gate Park als eine Gemeinschaft weiser Exzentriker präsentiert wurde. Der Artikel löste bei den Ordnungskräften zynisches Gelächter aus, bescherte dem Blatt eine Flut zustimmender wie ablehnender Leserbriefe, erhöhte vorübergehend die Einnahmen der Schnorrer und brachte David Sawyer noch mehr Besucher.

Ermutigt durch seinen Erfolg, legte der Reporter zwei Tage später einen weiteren Artikel vor, in dem er genauer auf den Mordfall einging. Der zuständige Redakteur kürzte ihn um die Hälfte und strich besonders den menschlichen Faktor heraus. In dieser Form erschien er in der Mittwochsausgabe. Er enthielt eine kurze Zusammenstellung der Fakten, Interviews mit fünf der Obdachlosen und Fotos von Erasmus, Beatrice und dem publikumswirksamen Mouse.

Die Aufseher murrten über die vielen Besucher, brachten Erasmus aber nach wie vor Essen und zeigten ihm Bilder von ihren Hunden.

Nur einen Besucher lehnte Erasmus kategorisch ab, und das war Professor Eve Whitlaw. Alle anderen hörte er lächelnd an, betete mit ihnen und gab ihnen ein prägnantes Zitat mit auf den Weg, aber mit dieser so unvermutet aus seiner Vergangenheit aufgetauchten Engländerin mochte er nichts zu tun haben. Sie versuchte es zweimal, dann gab sie es auf.

In den Wochen nach David Sawyers Verhaftung hatte Kate nicht nur mit diesem Fall mehr als genug zu tun, sondern war zusammen mit Hawkin auch noch mit einer anderen Ermittlung befaßt. Eine zweiunddreißigjährige Alkoholikerin (die aussah wie sechzig) war an einer Laugenvergiftung gestorben. Es konnte ein Unfall oder Selbstmord gewesen sein, die Fakten sprachen aber immer stärker für Mord. Sie verbrachten viele Stunden damit, die große, trunksüchtige Familie der Frau zu vernehmen, so daß für Erasmus, der ja in seiner Zelle gut aufgehoben war, nicht viel Zeit blieb.

Inzwischen war seit dem Mord ein Monat vergangen, und der Fall Sawyer begann Kate zu entgleiten. Sie hatte keine Zeit und Muße mehr, sich näher mit ihm zu befassen, und sagte sich schuldbewußt, daß sie ihn wohl schon längst ganz abgegeben hätte, wenn nicht Dekan Gardner und Professor Whitlaw ihre ganze Hoffnung auf sie gesetzt hätten. Als sie an einem Montagabend zu Tode erschöpft, durchgefroren und hungrig heimkam, lagen fünf rosa Zettel für sie auf dem Küchentisch: In ihrer Abwesenheit hatten Philip Gardner, Eve Whitlaw, Rosalyn Hall und nochmals Philip Gardner und Eve Whitlaw angerufen.

Glücklicherweise war es zum Zurückrufen zu spät, aber der Appetit war ihr dennoch vergangen. Sie goß sich ein Glas knochentrockenen Rotweins ein, trank es stehend aus, schenkte nach und ging mit dem Glas ins Schlafzimmer.

Als sie am nächsten Morgen an Lees Seite im Bett lag und ihren Kaffee trank, sah alles schon wieder rosiger aus.

«Ich hatte eigentlich gehofft, genug Zitate zusammenzubekommen, um mich auf dieser Basis mit ihm verständigen zu können. Ich hatte mir sogar ein Zitatenbuch besorgt und ein paar passende Sprüche herausgesucht: ‹Der Schwur, zu fest gebunden, bricht von selbst› und ‹Ich hasse Zitate. Sag mir, was du weißt› – so in der Richtung. Aber daraus wird wohl doch nichts. Ich habe einfach keine Zeit, das ganze Buch auswendig zu lernen.»

«Daß Eve und Philip Gardner angerufen haben, hast du gesehen?»

«Ja, ich melde mich später bei ihnen.»

«Hat sie dir gesagt, daß sie nur noch einen Monat hier ist?»

«Hat sie. Mindestens sechsmal. Aber ich weiß wirklich nicht, was ich machen soll. Sawyer will sie nicht sehen.»

Das Telefon läutete.

«Mist! Es ist ja noch nicht mal acht.»

«Überlaß es doch dem Anrufbeantworter –», sagte Lee, aber Kate streckte schon die Hand nach dem Hörer aus.

«Ja? Ach, Al ... Ich hatte eigentlich jemand anders erwartet. Was – wer?» Kate hörte aufmerksam zu, wobei sie sich halb unbewußt aus Lees Armen löste, bis sie auf der Bettkante saß. «Wie beurteilen sie ihre Chancen? Okay. Ja, sicher. Du hast jemanden ins Krankenhaus geschickt? Gut. Ich bin in zwanzig Minuten da.» Sie legte auf und ging zum Kleiderschrank.

«War was mit David?» fragte Lee.

«Nein, es geht um einen anderen Fall. Fünfzig Verdächtige, und jetzt glaubt einer aus der Familie, daß er weiß, welche seiner Cousinen es war, und hat heute früh auf sie geschossen. Durch die Schlafzimmerwand. Ein Schuß hat getroffen. Eine total durchgeknallte Familie. Nein, kein Frühstück, danke.»

Zwei Minuten prasselte die Dusche, dann kam Kate angezogen und mit nassem Haar aus dem Badezimmer, gab Lee einen zerstreuten Kuß und verschwand. Lee hörte, wie sie die Treppe hinunterging, hörte, wie sie vor dem Schrank stehenblieb und die Waffe umschnallte, wie die Haustür sich öffnete und schloß und vor dem Haus ein Wagen startete. Kate hatte ihn draußen stehenlassen, um nicht spät in der Nacht mit dem Garagentor klappern zu müssen. Dann war sie endgültig fort, und Lee begann seufzend einen neuen, mühevollen Tag.

Zwei Tage später kam das Thema erneut zur Sprache.

«Du hast mir doch neulich erzählt, daß du dir überlegst, Davids Zitate mit eigenen Sprüchen zu kontern», begann Lee.

«Dazu komme ich jetzt bestimmt nicht mehr. Wir haben noch zwei Frauen aus der Familie der Ermordeten eingesperrt, die im Vorgarten der Toten mit Ketten aufeinander eingeschlagen haben. Früher war da ein Rosenbeet. Wenn es einen Preis für die kaputteste Familie gäbe, würde ihn die hier spielend gewinnen.»

«Ich überlege, ob du nicht Philip Gardner und Eve dafür einspannen könntest. Treffende Zitate für dich zusammenzustellen, meine ich.»

«Unser Mann sitzt nach wie vor im Gefängnis.»

«Das weiß ich. Aber was spricht dagegen, sich dort mit ein paar Leuten zusammenzusetzen, von denen zwei aus der Erasmussprache und in die Erasmussprache übersetzen?»

«Es wird nicht gern gesehen, wenn Zivilisten – und noch dazu Bekannte des Beschuldigten – an einer polizeilichen Vernehmung teilnehmen.»

«Ist das ein unüberwindliches Problem?»

«Ich müßte mit Al reden.»

«Tu das. Denn wenn du mit ihm in seiner eigenen Sprache argumentieren willst, müßtest du schon jemanden dabeihaben, der sie so gut spricht wie Philip und Eve.»

«Da hast du recht. Und vielleicht – nein, wohl lieber doch nicht.»

«Was?»

«Mir ist gerade eingefallen, daß Beatrice guten Kontakt zu ihm hatte. Wenn sie dabei wäre, könnte das die Situation entschärfen.»

«Gute Idee.»

«Wie gesagt, ich muß mit Al darüber reden. Am Freitag erwische ich Beatrice auf jeden Fall, notfalls schon vorher, wahrscheinlich aber müssen wir, mit Rücksicht auf Philip Gardners Vorlesungen, das Gespräch sowieso am Samstag führen. Mal sehen, was Al sagt.»

Al hatte starke Bedenken, war aber bereit, das Experiment zu wagen, wenn sich damit David Sawyer aus der Reserve locken ließ. Philip Gardner war einverstanden. Eve Whitlaw war einverstanden. Das Treffen wurde auf Samstag um zehn Uhr angesetzt.

Doch am Freitag abend ging Kate vergeblich zum *Sentient Beans*, um mit Beatrice über ihren Plan zu sprechen. Beatrice war nicht da und hatte sich auch in der vergangenen Woche nicht sehen lassen.

Während Kate sich die zornigen Tiraden des jungen Mannes anhörte, der das Lokal betrieb, lief ihr ein eisiger Schauer über den Rücken.

24 Gelobt sei Gott für unsere Schwester, die Heimholung des Leibes.

«Es ist Ihre Schuld, daß sie weg ist.» Der junge Mann hinter dem hölzernen Tresen hielt das Glas so, als hätte er die größte Lust, es ihr an den Kopf zu werfen. Er hieß Krishna, aber diesem Namen machte er keine Ehre.

«Das müssen Sie mir schon ein bißchen näher erklären.» Kate ließ das Glas nicht aus den Augen.

«Sie müssen doch gemerkt haben, daß sie mit den Nerven völlig runter war. Schikane nennt man so was ...»

«Soll ich das so verstehen, daß Sie Beatrice Jankowski seit dem Abend, als ich hier war, nicht mehr gesehen haben? Das ist fast einen Monat her. Ich habe inzwischen mit ihr gesprochen.»

«Einmal war sie noch da», gab der Mann widerstrebend zu.

«Zweimal», sagte eine weibliche Stimme hinter ihm. Die dazugehörige Frau erschien, ein Tablett mit sauberen Gläsern in den Händen. Sie war sehr klein, hatte glatt zurückgekämmtes, unnatürlich schwarzes Haar, trug jede Menge Ohr- und Nasenringe und schaute aus klugen und freundlichen braunen Augen. Bei näherem Hinsehen erkannte Kate in ihr die Gitarrenspielerin. «Letzte Woche nicht. Aber nach Ihrem Besuch noch zweimal.»

«Woher wissen Sie, wann ich da war? Es war viel Betrieb an dem Abend ...»

«Sie sind mir gleich aufgefallen. Außerdem hat Beatrice von Ihnen gesprochen. Als sie letzte Woche nicht kam, haben wir uns nach ihr umgetan, weil wir uns Sorgen gemacht haben, aber auch in der Nachbarschaft hat sie niemand gesehen.»

«Als vermißt haben Sie Beatrice aber nicht gemeldet?»

«Eine Obdachlose? Da würde man uns doch nur auslachen», gab der Mann verächtlich zurück, aber die Frau sagte: «Ich wollte warten, ob sie vielleicht heute abend wieder auftaucht, sonst hätte ich es gemeldet. Die Krankenhäuser habe ich schon alle angerufen, da ist sie nicht. Ich heiße übrigens Leila.»

Der Mann fuhr herum. Er hielt das Glas fest umklammert. «Du hast die Krankenhäuser ... aber wir haben doch gesagt ...»

«Was ist denn dabei, Krish? Wenn sie nun krank ist?»

«Aber vor zwei Wochen war sie hier?» fuhr Kate rasch dazwischen.

«Ja. ‹Also dann bis nächste Woche, ihr Lieben›, hat sie gesagt, ganz wie immer.» Leila war nun sichtlich beunruhigt. Wenn die Polizei sich so eingehend für jemanden interessierte, verhieß das nichts Gutes.

«Ich glaube, noch brauchen Sie sich keine allzu großen Sorgen zu machen. Ich wollte ihr nur etwas von einem Bekannten ausrichten, der in Haft ist.»

«Bruder Erasmus?»

«Ja. Kennen Sie ihn?»

«Nicht persönlich, aber sie hat ständig von ihm erzählt. Sie hat ihn im Knast besucht.»

«Ich weiß. Er hat nach ihr gefragt», improvisierte Kate.

«Wie lange hat er sie denn nicht mehr gesehen?»

Mit der kleinen Pause vor ihrer Antwort gestand sich Kate ihre eigenen Ängste ein.

«Das weiß ich nicht», sagte sie dann nachdenklich. «Ich müßte es prüfen.»

Und damit war die gefürchtete Möglichkeit ein gutes Stück näher gerückt. Kate fragte, ob sie mal telefonieren dürfe.

Aus dem Besucherbuch ergab sich, daß Beatrice Jankowski am Mittwoch, dem 9. März, zum letztenmal bei David Sawyer gewesen war. Zwei Tage später war sie nicht wie sonst ins *Sentient Beans* gekommen, um ihre Sachen zu waschen und die Gäste zu zeichnen.

In der Leichenhalle von San Francisco gab es keine unbekannten weiblichen Leichen, auf die Beatrice Jankowskis Personenbeschreibung auch nur annähernd gepaßt hätte.

Al Hawkin war nicht zu Hause und auch noch nicht bei Jani in Palo Alto angekommen. Kate hinterließ auf beiden Anrufbeantwortern eine kurze Nachricht, dann ging sie wieder in den Gastraum, wo Leila die Tische abwischte.

«Hat Beatrice Sachen hier?»

«Vermutlich ja. Wir haben ihr einen kleinen Schrank überlassen.»

«Ist er abgeschlossen?»

«Ja, mit einem Vorhängeschloß. Einen Schlüssel haben wir, den anderen hat sie.»

«Bitte geben Sie mir Ihren Schlüssel.»

Leila fiel fast die Tasse aus der Hand, die sie gerade aufs Tablett stellen wollte. «Mein Gott! Was haben Sie rausgekriegt?»

«Bisher noch gar nichts. Ich will den Schrank nicht aufmachen und gebe Ihnen den Schlüssel zurück, wenn Beatrice wieder auftaucht. Mir wäre nur wohler, wenn er inzwischen bei mir wäre.»

Leila kramte einen schweren Schlüsselbund aus der

Tasche ihrer weiten schwarzen Seidenhose, hakte einen kleinen, billigen Schlüssel ab und gab ihn Kate. «Viel kann nicht drin sein. Ihr Skizzenblock und die Schachtel mit Filzstiften, ein bißchen Kleidung und Krimskrams ...»

«Es ist nett, daß Sie ihr den Schrank überlassen haben.»

Da wurde Leila tatsächlich ein bißchen rot. «Ich weiß, wie's da draußen ist. Sie wird langsam zu alt, um aus Plastiktüten zu leben.»

Kate hatte eigentlich fragen wollen, ob Beatrice hin und wieder auch hier schlief, hielt dann aber doch lieber den Mund. Für solche Fragen, die unter Umständen Versicherungsschutz und Gewerbegenehmigung betrafen, war später immer noch Zeit. Sie schrieb Leila eine Quittung, steckte den Schlüssel ein, bedankte sich und ging zu ihrem Wagen.

Im Morddezernat saß Kate dann lange an ihrem Schreibtisch und starrte das Telefon an. Sie wollte nicht telefonieren. Sie wollte heimfahren und Lee den Rücken massieren oder sich von ihr einen Roman vorlesen lassen oder das Video von irgendeinem blödsinnigen Musical gucken. Sie wollte nicht telefonieren, weil sie Angst vor dem hatte, was sie erfahren würde, und weil sie wußte, wem sie Vorwürfe machen würde, wenn sie es erfahren hatte.

Zwei Kollegen, Kitagawa und O'Hara, kamen vergnügt schwatzend herein, und um nicht mit ihnen reden zu müssen, klemmte sie sich nun doch den Hörer zwischen Schulter und Ohr, suchte sich die Nummern heraus und wählte.

Nach dem fünften Anruf regte sich leise Hoffnung in ihr. Vielleicht hatte sie sich geirrt, hatte zu schwarz gesehen. Doch der Optimismus war verfrüht. In der siebten Leichenhalle, der von Santa Cruz, lag eine unbekannte

Tote. Größe und Alter stimmten, sie hatte Beatrices Haar- und Augenfarbe. Wanderer hatten sie vor vier Tagen in den Bergen gefunden, da war sie schon mindestens drei Tage tot gewesen. Kein schöner Anblick. Sicher, irgend jemand würde die ganze Nacht über dasein.

Kate rieb sich die müden, entzündeten Augen, die sie am liebsten ganz lange zugemacht hätte. War es zu spät, um Lee anzurufen und ihr zu sagen, daß sie nicht heimkommen würde? Wahrscheinlich. Früher hatte Lee nur vier, fünf Stunden Schlaf gebraucht. Jetzt brauchte sie acht, sonst hatte sie Schmerzen. Scheißjob, dachte Kate.

Erst jetzt merkte sie, daß ihr Telefon läutete. Jemand rief ihren Namen, und sie hob automatisch ab.

«Ach, du bist's Al! Tut mir leid, daß ich dir das Wochenende verderben muß. Ja, sie war verschwunden, aber ich glaube, ich habe sie aufgespürt. Leichenhalle Santa Cruz. Ja, ich weiß. Ich fahre jetzt hin. Soll ich dich von dort aus anrufen? Du brauchst nicht mitzukommen. Bestimmt? Nicht, daß Jani eine Aversion gegen mich entwikkelt ... Leg ihr einen Zettel hin, vielleicht bist du wieder da, bis sie aufwacht. Ich fahre jetzt los. Bis später.»

Den schlafenden Al im Regen durch die Berge von Santa Cruz zu kutschieren erinnerte an alte Zeiten. Diesmal aber befanden sie sich nicht, wie bei ihrem ersten gemeinsamen Fall vor einem Jahr, auf dem Weg zu einem Wald, in dem drei ermordete Kinder lagen; diesmal waren sie unterwegs zu einem sterilen Raum, in dem vorübergehend eine ältere Frau verwahrt wurde.

Als Kate den Wagen ausrollen ließ, wachte Al auf. Er fuhr sich mit den Händen übers Gesicht, beugte sich vor und spähte durch die Windschutzscheibe. «Alles schon mal dagewesen», murrte er.

«Ich bin dafür, daß wir uns für den März nächsten Jahres mal einen Fall suchen, der uns nach Palm Springs führt.»

«Ich schreib gleich morgen den Antrag. Weißt du, wo –»

«Hier entlang.»

Hinein in den kalten, unmenschlichen Raum, der nach Tod roch. Zu der Leiche. Blick in das graue Gesicht. Kein Zweifel: Beatrice Jankowski.

«Daß sie schon so alt war, hätte ich nicht gedacht», sagte Kate bedrückt.

«Sie hatte ein Gebiß», erklärte der Mitarbeiter aus der Leichenhalle. «Ohne das sieht jeder verschrumpelt und eingefallen aus. Wissen Sie, ob ihre Familie sie anfordern wird?»

«Ich weiß gar nicht, ob sie überhaupt noch Familie hatte.»

«Na gut, dann behalten wir sie erst mal hier.»

«Liegt ein Exemplar des Obduktionsberichts bei Ihnen?» fragte Al.

«Nicht daß ich wüßte. Am besten fragen Sie den Officer, der den Fall bearbeitet. Ich glaube, es ist Kent Makepeace. Ich kann Ihnen nur soviel sagen, daß es Mord war.» Er drehte Beatrices Kopf zur Seite, so daß man unter dem verklebten grauen Haar die Schädelwunde zwischen Ohr und Wirbelsäule sehen konnte. «Da hat jemand zugeschlagen. Und nicht zu schwach.»

25 Viele seiner Handlungen wirken – rational betrachtet – grotesk und unverständlich.

Selbst Al Hawkin mußte zugeben, daß die Identifizierung einer Toten ihnen noch nicht das Recht gab, den zuständigen Kollegen am Samstagmorgen um vier aus dem Bett zu holen. Deshalb suchten sie sich erst einmal ein Lokal, das rund um die Uhr geöffnet hatte, um ihren Körpern mit Hilfe von Eiern und Speck vorzugaukeln, dies sei ein neuer Morgen und nicht eine verlängerte Nacht. Um sechs gingen sie dann aufs Revier, und halb sieben hatte Hawkin einen Untergebenen so weit eingeschüchtert, daß der seinen Chef anrief, und um sieben standen sie in dessen Büro und bekamen Akteneinsicht.

«Ja, völlig nackt», bestätigte der Kollege, sein Gähnen unterdrückend. «Keine Zahnprothese, nicht mal eine Haarnadel.»

«Sie trug mehrere Ringe», sagte Kate.

«Ja, das steht auch im Obduktionsbericht. Kratzer und Schnitte an den Fingern, die Ringe sind nach dem Tod abgeschnitten worden. Ich nehme an, daß er versucht hat, sie abzuziehen, aber weil ihm das wegen der verdickten Finger nicht gelungen ist, hat er sie eben runtergeschnitten. Nach ihrem Tod muß die Frau vom Mordschauplatz weggeschafft worden sein. Wahrscheinlich im Kofferraum eines Autos, denn wir haben Fasern von einer Decke und Schrammen an den Beinen gefunden. Ansonsten nur normaler Schmutz unter den Fingernägeln, sie hat ihren Angreifer nicht gekratzt. Auch keine Verteidigungswunden an den Händen. Aber noch mal zu den Ringen …» Er schien allmählich aufzuwachen und trank einen großen Schluck Kaffee, um seine Stimme zu schmieren. «Meine Leute haben die Gegend, vor allem die Straße, abgesucht, und da haben sie unter anderem einen Ring gefunden, irgendwo hab ich ein Foto …» Er schlug die Akte auf, überblätterte die Hochglanzfotos von der nackten Frau, die mit ausgestreckten Armen und Beinen und wirr ins Gesicht fallendem grauen Haar im Laub lag, holte die Aufnahme eines Modeschmuckrings mit einem großen, geborstenen Stein heraus und legte sie auf den Schreibtisch.

«Kommt mir bekannt vor», sagte Kate, «aber ich muß natürlich noch ihre Freunde fragen. Wo lag er?»

«Sie ist von der Hauptstraße aus auf diesen unbefestigten Weg geschleppt worden.» Er zeigte auf ein Übersichtsfoto, auf dem Beatrice nur als dunkler Fleck in einer Ecke zu erkennen war. «Weit ist er wegen des Gatters nicht gekommen, aber von der Straße aus ist die Stelle nicht zu sehen. Der Ring lag auf der linken Straßenseite. Kann sein, daß er rausgefallen ist, als er die Fahrertür aufgemacht hat. Aus seiner Tasche oder so. Natürlich kann der Ring ebensogut auch schon ein, zwei Wochen da gelegen haben.» Er trank noch einen Schluck Kaffee und fügte hinzu: «An dem Ring war ein ganz ordentlicher partieller Fingerabdruck. Sagen Sie mir Bescheid, sobald Sie Fingerabdrücke von einem Verdächtigen besitzen. Ansonsten haben wir nichts gefunden. Nicht vergewaltigt, nicht gefesselt. Eine Frau um die sechzig und noch ziemlich fit, bis sie Bekanntschaft mit einem stumpfen Gegenstand gemacht hat.»

«Zu der Tatwaffe ist dem Pathologen offenbar nicht viel eingefallen», bemerkte Hawkin, der seine Brille aufgesetzt hatte und die Akte durchblätterte.

«Zu der gibt's auch nicht viel zu sagen. Keine Holz- oder Glassplitter, keine Rost- oder Fettspuren. Ein glatter, harter Gegenstand, Durchmesser etwa fünf Zentimeter. Drei Schläge, aber wahrscheinlich war sie schon nach dem ersten tot. Kann alles mögliche gewesen sein. Wieso rollen Sie eigentlich wegen so einer hier mitten in der Nacht an?»

«Es gibt da eine Verbindung zu dem Mann, der im Golden Gate Park verbrannt worden ist», sagte Hawkin.

«Im Ernst? Über die Sache hab ich was gelesen. Und ich hab immer gedacht, ungelöste Fälle gibt's nur hier draußen bei uns.»

«Nein, ich glaube, davon bleibt keiner von uns verschont. Kann ich Kopien von dem ganzen Kram haben?»

«Aber ja. Wenn es mehrere Abzüge von einem Bild gibt, können Sie die gleich mitnehmen, von den anderen lasse ich Ihnen noch welche machen. Ich stell schon mal den Fotokopierer an.»

Kate bog auf den Highway 17 ein, der in einer starken Steigung vom Meer wegführte. Es war noch nicht viel Verkehr, irgendwann in der Nacht hatte es aufgehört zu regnen, und Kate war zwar mit den Augen, aber nur halb mit ihren Gedanken auf der Straße.

«Der Zeitungsartikel war schuld», sagte sie unvermittelt.

«Woran?»

«Am Mittwoch war ein Foto von ihr in der Zeitung, und in dem Artikel hieß es, sie habe John mit einem Bekannten aus Texas sprechen sehen, und deshalb, habe sie gesagt, müßten wir nun Sawyer laufenlassen. Zwei Tage später war sie verschwunden.»

Al ließ sich Zeit mit seiner Antwort. Kate warf ihm einen raschen Seitenblick zu, aber er war nicht etwa eingeschlafen, sondern sah nachdenklich vor sich hin.

«Bist du anderer Meinung?»

«Wir wissen nichts über die Frau. Voreilige Schlußfolgerungen sind immer gefährlich.»

Es wurde still im Wagen. Kates lähmende Müdigkeit war verflogen, nachdem sie in dem Doughnut-Laden kurz vor der Einfahrt auf die Schnellstraße zwei Tassen abgestandenen Kaffees in sich hineingeschüttet hatte. Jetzt war sie nur noch ein bißchen benommen. Sie hatten die Berge hinter sich gelassen und fuhren durch San José, wo sie sich wieder ganz auf den Verkehr konzentrieren mußte. Erst als sie sich Palo Alto näherten, machte sie wieder den Mund auf. «Ich setz dich dann bei Jani ab, ja?»

«Nein, ich hab mir's anders überlegt. Ich möchte dabeisein, wenn ihr euch heute vormittag mit Sawyer trefft.»

«Sollen wir das Treffen nicht lieber absagen?» fragte Kate überrascht.

«Jetzt erst recht nicht ...»

26 Ihm ist etwas widerfahren, was für die meisten von uns, die wir gewöhnliche, eigensüchtige Menschen sind, die Gott nicht zerbrochen und neugemacht hat, weitgehend im dunkeln bleiben muß.

Die Vernehmung war für zehn Uhr angesetzt, aber um elf saß David, obgleich Kate und Al Hawkin inzwischen wieder in der Stadt waren, noch immer allein in dem kahlen Raum. Seine Hände lagen ergeben im Schoß, die Lippen bewegten sich wie in stummem Selbstgespräch. Zweimal hatte er zur Tür gesehen, beim dritten Mal hatte er sich sichtlich einen Ruck gegeben und bewußt versucht, zur Ruhe zu kommen. Jetzt schien er zu meditieren, die lange Gestalt war entspannt, die geöffneten Augen blickten ins Leere. Um 11.20 Uhr ging die Tür auf, Hawkin kam herein und Kate folgte dichtauf. Beide sahen frisch und sauber aus, aber ihre Augen verrieten, daß sie eine schlaflose Nacht hinter sich hatten.

Im Vernehmungsraum standen drei freie Stühle, aber die beiden setzten sich nicht. Der Mann in der Gefängniskleidung blickte abwartend hoch. Als dann noch jemand den Raum betrat, sprang er jäh auf, und sein Gesicht verschloß sich abweisend. Vorwurfsvoll sah er nicht seine gute alte Bekannte, sondern Kate Martinelli an.

Hawkin hob die Hand. «Bitte setzen Sie sich wieder, Dr. Sawyer.»

Sawyer fuhr zu ihm herum. Hawkins Ton hatte ihn alarmiert, und er überlegte, was sich wohl dahinter verbarg. Er musterte Hawkins Haltung und Gesichtsausdruck und sah mit argwöhnischem Blick auf den braunen Umschlag, den dieser in der Hand hielt. Dann hatte er offenbar die Botschaft seines Gegenübers verstanden: Bisher haben wir Komödie gespielt, lautete diese. Bisher haben wir nur so getan, als ob. Das Spiel ist vorbei. Schlechte Nachrichten, David.

«Bitte», wiederholte Hawkin leise.

Ohne den Kriminalbeamten aus den Augen zu lassen, ging Sawyer zurück zum Tisch und setzte sich wieder. Erst dann sah er Kate Martinelli, die mit gezücktem Kugelschreiber dasaß, und schließlich Eve Whitlaw an. Als sein Blick zu Al Hawkin zurückgekehrt war, der sich ihm gegenüber an den Tisch gesetzt hatte, holte er tief Luft und machte den Mund auf.

Doch Hawkin kam ihm zuvor. «Nein, sagen Sie noch nichts, hören Sie mir erst zu. Man hat mir gesagt, daß Sie gut zuhören können.» Er beugte sich vor und begann, seine Worte sehr sorgfältig wählend:

«Vor fünfeinhalb Wochen wurde im Golden Gate Park ein Mann umgebracht. Einige Ihrer Freunde beschlossen, ihn zu verbrennen, so wie sie es – unter Ihrer Anleitung – schon drei Wochen zuvor mit einem toten Hund getan haben. Durch diesen Versuch einer Feuerbestattung wurde der Fall wesentlich komplizierter, aber es stellte sich dann heraus, daß dieser Vorfall nicht in unmittelbarem Zusammenhang mit dem Tod des Mannes stand.

Sie aber hatten sich von Anfang an verdächtig gemacht. Sie weigerten sich, unsere Fragen zu beantworten. Sie hatten für die Todeszeit kein Alibi. Sie hatten ganz offensichtlich etwas zu verbergen. Am neunzehnten Februar flüchteten Sie vor Inspector Martinelli und einer Frau, die Sie identifizieren konnte. Und als eine in Parknähe wohnende Zeugin aussagte, Sie seien etwa zu der Zeit, als der Mann ermordet wurde, in der Nähe des Tatorts gewesen und hätten einen sehr erregten Eindruck gemacht, schien der Fall ziemlich klar zu sein. Es sah ganz danach aus, als hätten Sie diesen John, der Sie über einen längeren Zeitraum erpreßt hatte, im Zorn erschlagen. Nein, ich würde zwar wirklich gern hören, was Sie zu sagen haben, möchte Sie aber doch bitten, mich erst ausreden zu lassen.»

Hawkin rutschte tiefer in seinen Stuhl und spielte mit der Klappe des Umschlages, der zwischen ihnen auf dem Tisch lag.

«Trotzdem glaube ich nicht, daß Sie ihn umgebracht haben. Ich weiß, daß Sie dazu fähig gewesen wären. Ich weiß, daß Sie auch nach langen Jahren heiliger Lebensführung noch jähzornig reagieren können, und halte es für durchaus vorstellbar, daß Sie die Nerven verloren und zugeschlagen haben. Nicht vorstellen aber kann ich mir, daß Sie sich danach hingestellt und gewartet haben, bis er mausetot war. Oder daß Sie drei Wochen davor seinem Hund den Schädel eingeschlagen haben. Und vor acht Tagen waren Sie in Haft, deshalb weiß ich, daß Sie den Mord an Ihrer Freundin Beatrice Jankowski nicht begangen haben können.»

Es dauerte einen Moment, bis die Nachricht durchgedrungen war, dann aber hätte sich Hawkin keine durchschlagendere Wirkung wünschen können. Die Erschütterung war heftig und ging tief, sie ließ Sawyers Hände an der Tischkante, ließ seinen ganzen Körper erstarren und verschlug ihm den Atem.

«Es tut mir sehr leid», sagte Hawkin, und man hörte ihm an, daß er es ehrlich meinte. «Beatrice ist seit letzter Woche tot. Inspector Martinelli und ich haben die Leiche vor ein paar Stunden identifiziert.» Er schob Sawyer ein Foto aus dem Umschlag zu, den er auf dem Tisch liegen hatte. Fassungslos sah David Sawyer auf das Schwarzweißfoto von Beatrice Jankowski, das unmittelbar vor der Obduktion entstanden war. Ihr Gesicht sah ruhig und friedlich aus, die Augen waren geschlossen, aber die Frau war zweifelsfrei tot.

Jetzt schloß auch Sawyer die Augen. Er hob die Hände, drückte sie fest gegen Mund und Wangen, vielleicht, um Worte zurückzuhalten, vielleicht aber auch nur, um sich nicht übergeben zu müssen. Die Tränen aber, die unter seinen Lidern hervorquollen, konnte er nicht bremsen. Es waren keine kindlich-naiven Tränen wie damals in Berkeley, als Kate ihn zum ersten Mal gesehen hatte, sondern sie flossen qualvoll und mühselig – wie bei Männern, die keine Übung im Weinen haben.

Sie warteten geduldig, bis er sich wieder gefangen hatte. Auch Eve Whitlaw wartete weisungsgemäß, obgleich man ihr ansah, wie gern sie zu ihm gegangen wäre, um ihn zu trösten. Nach langen Minuten nahm er die Hände vom rot verquollenen Gesicht und ließ sich von Hawkin ein Papiertaschentuch geben.

Hawkin rückte mit seinem Stuhl nach vorn, bis er die Arme auf den Tisch legen konnte und sein Gesicht nur ein paar Zentimeter von dem des erschütterten Häftlings entfernt war.

«Weil der Kummer ein Ziel haben muß, reden Sie sich ein, daß Sie an dem Tod Ihres Sohnes und der Familie von Kyle Roberts schuld sind. In Wahrheit aber tragen Sie keine Verantwortung für diese Wahnsinnstat. Etwas anders sieht es im Fall Beatrice Jankowski aus. Sie wissen, wer der Tote auf dem Scheiterhaufen war und wer ihn umgebracht hat. Sie wissen vielleicht auch, warum er umgebracht wurde. Wegen Ihres Gelübdes haben Sie sich geweigert, es uns zu sagen. In Ihren Augen war dieser Mann ein so elender, charakterloser Bursche, daß es sich nicht lohnte, seinetwegen einen Schwur zu brechen. Sie haben Gott gespielt, David, und weil Sie es vor einem Monat abgelehnt haben, unsere Fragen zu beantworten, weil Sie die Ermittlung behindert und verzögert haben, ist der Mörder noch einmal zurückgekommen. Er erfuhr, daß Beatrice ihn gesehen hat, wahrscheinlich hat er das Interview gelesen, in dem sie andeutete, sie könne ihn identifizieren, und da ist er zurückgekommen, um auch sie zu beseitigen. Er hat ihr den Schädel eingeschlagen, ihr die Ringe von den Fingern geschnitten, mit deren Hilfe man sie hätte identifizieren können, hat sie nackt ausgezogen und die Leiche irgendwo in den Bergen abgeladen, weil Sie fest entschlossen waren, lieber den edlen Dulder zu spielen, als unsere Fragen zu beantworten.»

Obgleich sie Eve Whitlaw vorbereitet hatten, öffnete sie jetzt den Mund zu einem Protest. Kate legte ihr mahnend eine Hand auf den Arm, aber Sawyer und Hawkin hatten ihre Reaktion wohl gar nicht bemerkt.

«Sagen Sie es mir, David», bat Hawkin fast flüsternd. «Sie wissen, wer es getan hat und warum. Sie wissen sogar, wo er ist. Sie waren auf dem Weg nach Texas, als Sie in Barstow aufgegriffen wurden, stimmt's? Sie wissen alles, und ich kenne nicht einmal den Namen des Toten. Sie müssen dieses Gelübde aussetzen, David. Nur so lange, daß Sie mir sagen können, was ich wissen muß. Bitte, David! Beatrice zuliebe.»

Kate erkannte den Augenblick der Kapitulation. Halb

bewundernd, halb abgestoßen von Al Hawkins raffinierter Taktik, sah sie, wie David Sawyer sich ergab, wie er den Panzer ablegte, der ihn zehn schwere Jahre lang gestützt und zusammengehalten hatte. Er öffnete den Mund, suchte nach seinen eigenen Worten, nach einer Sprache, die er so lange nicht gesprochen hatte.

«Ich ...», stammelte er und hielt inne. «Mein Name ist ... David Sawyer.»

Eve Whitlaw stand auf, stellte sich hinter seinen Stuhl und legte ihm die Hände auf die Schultern. Er hob die Rechte und griff nach ihrer linken Hand. Das schien ihm ein wenig Kraft zu geben, so daß er weitersprechen konnte.

«Sie ... wissen ... wer ich bin. Sie ... wissen ... was Kyle Roberts getan hat. Darüber ... brauche ich nicht zu reden. Reden ... muß ich über den Toten. Der Mann, den Sie als John kannten ... war krank. Seelisch krank. Er hatte einen gestörten Geist, einen gestörten Verstand. Er ... genoß die Macht ... über andere. Er war reich.» Sawyer hielt erschöpft inne. Seine Zunge, die komplexe Gedanken anderer Menschen so geläufig widergeben konnte, war offenbar unfähig, einen von ihm selbst formulierten Satz hervorzubringen, der über das Niveau eines Vierjährigen hinausging. Im weiteren Verlauf seines Berichts änderte sich das allmählich, aber immer noch machte er Pausen zwischen jedem Satz, manchmal sogar zwischen einzelnen Wörtern.

«John war ein sehr wohlhabender Mann, und er ... verließ Haus und Geschäft und wurde zum ... Landstreicher. Es gibt mehr Menschen wie ihn auf der Straße. Nicht viele, aber immer sind ein paar darunter, die das Nomadenleben bewußt gewählt haben ... die nicht durch die Umstände dahingekommen sind. Sein Charakter aber änderte sich auf der Straße nicht. Er war ein rücksichtsloser Geschäftsmann gewesen, ein Grundstücksspekulant und Bauhai. Er war ... stolz auf seine anrüchigen Geschäfte. Und als er auf die Straße ging, blieb er berechnend und gerissen. Die Armen und Erniedrigten in der Hand zu haben machte ihm noch mehr Freude, als ... einen Konkurrenten auszuschalten.

Als ich nach San Francisco kam, das war vor eineinhalb Jahren –» David Sawyer verstummte, als sei der Faden seiner Erzählung plötzlich gerissen. Er schloß einen Augenblick die Augen, schien ihn in Gedanken neu zu knüpfen und fuhr dann fort: «Ich lernte John kennen. Er war auch erst seit ein paar Monaten hier. Ich merkte sofort, daß etwas mit ihm nicht stimmte, und wenn ich ihn im Kreis seiner Freunde beobachtete, kam er mir vor wie ein ... wie ein Schakal, der nach den schwachen Tieren in der Herde Ausschau hält. Ich ... mied ihn, so gut ich konnte, und ging meiner Wege. Bis an Allerheiligen eins seiner Opfer versuchte, Selbstmord zu begehen.

Der Mann blieb am Leben, aber für mich stand fest, daß nun etwas geschehen mußte. Ich bot mich John als Opfer an. Ich tat, als habe ich ein großes und schreckliches Geheimnis zu verbergen, dessen Entdeckung ... eine Katastrophe für mich gewesen wäre. Solch ein Geheimnis gab es natürlich, aber ich übertrieb seine Bedeutung, um ... John anzulocken. Nach und nach konzentrierte er sich fast ausschließlich auf mich. Aber er ... hat nie ganz aufgehört, auch die anderen zu schikanieren.»

«Wieviel hat er herausgebracht?» fragte Hawkin leise.

«Nicht alles, glaube ich. Er äußerte Vermutungen, und ich warf ihm hin und wieder einen neuen Brocken hin. Er wußte, daß es Todesfälle in Hochschulkreisen gegeben hatte. Er wußte, daß ich mich dafür verantwortlich fühlte.

Er hatte wohl auch einen Privatdetektiv beauftragt. Vor acht Monaten tauchte ein Mann auf, der sich nach mir erkundigte. Aber hätte er die ganze Wahrheit gekannt, hätte er mich das ... deutlich spüren lassen.

Es gelang mir sogar besser, ihn von den anderen abzulenken. Das ... Unerfreulichste an der Sache war seine wachsende Zudringlichkeit. Nicht körperlich, sondern emotional. Er vertraute mir Einzelheiten über seine geschäftlichen Unternehmungen an. Es machte ihm Spaß, anderen Leuten etwas wegzunehmen, auch wenn er es eigentlich gar nicht gebrauchen konnte. Einmal erzählte er mir ausführlich, wie er einem Rivalen die Ehefrau ausgespannt hatte, die sich daraufhin scheiden ließ, und wie er sich dann geweigert hat, die Frau zu heiraten. Ehe er etwas einem anderen gönnte, machte er es lieber kaputt. Ein völlig kranker Mann.»

Wieder hielt er inne und legte den Kopf an Eve Whitlaws Schulter.

«Kann ich Ihnen etwas bringen lassen?» fragte Kate. «Kaffee? Ein Glas Wasser?» Er lächelte ihr mit den Augen zu und schüttelte leicht den Kopf. Dann sah er wieder Hawkin an.

«Sie zeichnen das hoffentlich auf? Ein zweites Mal werde ich es nicht erzählen.»

«Keine Bange, das Band läuft.»

«Gut. Das also war es, was Sie von John wissen mußten.»

«Wie hieß er in Wirklichkeit?»

«John war sein zweiter Vorname. Alexander John Darcy aus Fort Worth, Texas. Im stillen nannte ich ihn nach dem Kirchenvater Chrysostomus, der den Beinamen ‹Goldmund› trug. Und jetzt will ich Ihnen erzählen, was ich über seinen Tod weiß.

John hatte einen Bruder, der bei Fort Worth lebte und Mitinhaber der ihnen zu gleichen Teilen gehörenden Firma war. Als John seinen Heimatort verließ, brachte er damit den Bruder, Thomas Darcy, in erhebliche Schwierigkeiten, was John großen Spaß machte. Geschäfte zerschlugen sich, und es gab große finanzielle Verluste, weil er nicht da war, um seine Unterschrift zu leisten.»

In dem Maße, wie Sawyers Rede geläufiger wurde, veränderte er sich auch in anderer Beziehung. Er hing jetzt unbeholfen in seinem Stuhl, seine Rechte hielt noch Eve Whitlaws Hand, aber die Linke fuhr unruhig an seinem Körper auf und nieder, betastete das Hemd, zupfte an einem Hosenbein. Und sein Gesicht … Kate mußte an die Geschichte von Dorian Gray denken, denn seine Züge waren nicht mehr ruhevoll und nachdenklich, wie sie es von ihm gewohnt war, sondern fast verbissen, geprägt von der Last, die er seit so vielen Jahren trug. Betroffen erkannte Kate, daß der Mann ihr gegenüber nicht mehr Bruder Erasmus war.

«Vor ein paar Monaten erfuhr John zweierlei. Erstens, daß ein Stück Land, das er und sein Bruder gemeinsam geerbt hatten, eine ‹trostlose Brache›, wie er es nannte, jetzt zum Stadtgebiet gehörte und durch seine Lage direkt an der Autobahn sehr wertvoll geworden war. Zweitens kam ihm zu Ohren, daß Thomas kurz zuvor den Antrag gestellt hatte, seinen vermißten Bruder rechtmäßig für tot erklären zu lassen. John führte fast einen Freudentanz auf, als er sich ausmalte, wie er seinem Bruder den Plan verderben würde.»

«Und das hat er Ihnen erzählt?»

«Ja, und zwar in allen Einzelheiten. Er wußte, daß ihm von mir keine Gefahr drohte. Ich mußte zuhören, und er wußte, daß ich den anderen nichts von seinen kleinen oder größeren Geheimnissen erzählen würde, zum Beispiel, daß er in San Francisco eine Wohnung zur Verfügung hatte, die er manchmal benutzte. Er wußte, daß ich mit dem, was er trieb, nicht einverstanden war, daß ich die Art, wie er sich aufführte, geradezu verabscheute. Er spürte meine Reaktion, und das bereitete ihm eine boshafte Freude. Ja, er war ein boshafter Mensch, ich glaube, das trifft es.»

«Und wie verhielt er sich nun seinem Bruder gegenüber?»

«Mit Telefonterror fing es an. Er meldete sich bei Thomas, erging sich in mysteriösen Andeutungen und Drohungen und gab sich schließlich zu erkennen. Sie hatten seit über fünf Jahren keinen Kontakt mehr gehabt. Thomas war zuerst betroffen, dann wurde er wütend und witterte ein Gaunerstück. John sagte ihm, wo er war. Thomas flog – das muß im September oder Oktober gewesen sein – nach San Francisco. Einen Monat danach kam er dann mit dem Auto her. John ließ ihn wochenlang zappeln. Einmal erklärte er sich einverstanden, eine Übertragungsurkunde zu unterschreiben, dann wieder machte er einen Rückzieher.»

«Haben Sie mit ihm gesprochen?»

«Einmal. Gesehen habe ich ihn öfter.»

«Könnten Sie ihn bitte beschreiben?»

«Etwa Ihre Figur, Inspektor Hawkin, nur kleiner. Hochhackige Stiefel, Brille, graumeliertes braunes Haar, gebräuntes Gesicht, kleine, gedrungene Hände.»

«Trug er einen Hut?»

«Als ich ihn zum ersten Mal sah, trug er keinen, da war er wie ein ganz normaler Geschäftsmann angezogen. Als er mit dem Wagen kam, sah er aus wie ein Cowboy, hatte Schlangenlederschuhe an und einen Stetson auf.»

«Wissen Sie noch, was für einen Wagen er fuhr?»

«Den Wagen habe ich nicht gesehen.»

«Woher wußten Sie dann, daß er mit dem Wagen da war?»

«John hat mir davon erzählt. Sein Bruder brauche einen so großen, protzigen Schlitten, sagte er, weil ... weil er ein so kleines ... Geschlechtsteil habe.»

«Rauchte er?»

«Wer? Thomas oder John?»

«Alle beide.»

Sawyer überlegte einen Augenblick. Er sah jetzt aus wie ein müder, vertrottelter Professor im Ruhestand, und man brauchte erhebliche Phantasie, um ihn sich im Talar vorzustellen.

«John rauchte hin und wieder teure Zigarren. Mit einer Zigarette habe ich ihn nie gesehen, allerdings hatte er eins dieser Einwegfeuerzeuge. Wie das bei Thomas war, weiß ich nicht mehr, mit dem war ich nur zehn, fünfzehn Minuten zusammen.»

«Überlegen Sie noch mal in Ruhe.»

«Es könnte wirklich sein, daß er Raucher war», sagte Sawyer nach einer kurzen Pause überrascht. «Er hatte kleine, pingelig saubere Hände, aber die Nägel waren gelb verfärbt. Wie bei Rauchern eben ...» Die Pausen zwischen seinen Worten und Sätzen waren seltener geworden, er sprach jetzt fast normal, wirkte aber erschöpft.

«Wissen Sie sonst noch etwas über Thomas Darcy?»

«Er war hier in San Francisco, als sein Bruder starb.»

«Tatsächlich?» Hawkin schnurrte fast vor Zufriedenheit.

«Ja. Meist sprach ich noch einmal mit John, ehe ich nach Berkeley fuhr, wir verabredeten uns dann irgendwo im Park, oft in Marx Meadows, danach ging ich zum Presidio Park, wo Joel mich abholte. Dort haben wir uns auch an jenem Tag getroffen.»

«Um welche Zeit?»

«Morgens gegen neun. Wir gingen über die Wiese unter den Bäumen, und er erzählte mir, daß sein Bruder ihn wieder besuchen würde. Und daß er entschieden habe, was er mit dem Grundstück machen würde, das sein Bruder unbedingt verkaufen wollte. Er wolle wieder untertauchen, aber vorher würde er seine Hälfte an dem Stück Land auf mich überschreiben. Auf mich, nicht auf seinen Bruder!»

«Wie bitte?»

«Doch. Geradezu unfaßbar, nicht wahr? Ihm genügte es nicht, seinen Bruder zugrunde zu richten, sondern auch in mein Leben wollte er hineinpfuschen. Das Grundstück sei vier oder fünf Millionen Dollar wert, sagte er, aber ihm ginge es nicht um das Geld, sondern um meine Seele.»

«Und Ihre Antwort?»

«Ich war sehr zornig. Ich hatte gedacht ... gehofft ... er hätte sich zum Guten hin entwickelt und seine bösen Neigungen abgelegt, nachdem ich ein Jahr an ihm gearbeitet hatte. Statt dessen hatte er sie insgeheim gehegt und gepflegt. Ich war so aufgebracht, daß ich ihn anbrüllte und dann stehenließ. Ich brauchte lange, um mich zu beruhigen, und darüber hatte ich Joel vergessen. Er hatte eine Weile gewartet und war dann losgefahren, und ich mußte mich zu Fuß und per Anhalter nach Berkeley durchschlagen.»

«Gesehen haben Sie aber Thomas Darcy an dem Tag nicht?»

«O doch. Er saß in einem Wagen am Kennedy Drive und hatte eine Straßenkarte vor sich. Ich glaube nicht, daß er mich bemerkt hat. Vielleicht hätte ich ihn gar nicht erkannt, denn er hatte sich einen Bart stehenlassen. Wären da nicht diese kleinen, gepflegten Hände gewesen, die die Karte hielten … Außerdem dachte ich sowieso gerade an ihn, weil John mir ja eben erst erzählt hatte, daß er sich mit ihm treffen würde.»

«In was für einem Wagen saß er?»

«Nicht der, den mir John beschrieben hatte, sondern ein ganz normaler weißer Wagen. Ziemlich neu.»

Typischer Leihwagen, dachte Kate, während sie die Beschreibung notierte.

«Sie können wahrscheinlich von Glück sagen, Dr. Sawyer», erklärte Hawkin ernst, «daß Thomas Darcy Sie nicht gesehen hat.»

Sawyer betrachtete seine linke Hand und rieb mit dem Daumen über die Delle, die sein Ring hinterlassen hatte, der jetzt in einem Umschlag in der Asservatenkammer lag. Er schüttelte bekümmert den Kopf.

«Arme Beatrice. Ich habe sie sehr geschätzt. Sie muß ihn gesehen haben.»

«Nicht an jenem Tag, sondern vorher, als er mit seinem eigenen Wagen aus Texas gekommen war. Aber weil Thomas Darcy ein schlechtes Gewissen hatte, hat er zuviel in ihre Aussage hineingelesen.»

«Hat sie gelitten?»

«Ich glaube nicht. Es war, wie bei John, ein schneller Tod durch einen kräftigen Schlag auf den Schädel, der sofortige Bewußtlosigkeit zur Folge hatte.»

«Die Ärmste. Ein so sinnloses Ende. Was ist mit der Beerdigung?»

Hawkin sah ihn verblüfft an. «Da bin ich überfragt. Das hängt wohl davon ab, ob jemand sich für sie zuständig fühlt. Die Stadt hat für feierliche Begräbnisse kein Geld.»

«Angehörige hat sie nicht mehr. Ich werde den Trauergottesdienst halten.»

«Wir werden sehen …»

«Wenn Sie an das Finanzielle denken – darum kümmere ich mich, Inspector Hawkin. Und in meinem früheren Leben war ich, auch wenn meine Lizenz vermutlich erloschen ist, ordinierter Pfarrer.»

Spätabends ging Kate hinauf in den sechsten Stock und blieb vor David Sawyers Zelle stehen. Er kniete, die Hände locker gefaltet, auf dem harten Boden. Als er sie sah, blickte er auf und erhob sich lächelnd.

«Ich wollte Sie nicht stören …»

«Liebe Kate! Wie schön, Ihren Vornamen auszusprechen, Namen sind eine der wenigen Freuden, nach denen ich mich gesehnt habe. Nein, ich habe nicht gebetet, das kann ich im Augenblick nicht, aber schon so zu tun, als ob, wirkt beruhigend. Was kann ich für Sie tun?»

«Ich wollte mich bei Ihnen für den heutigen Tag bedanken. Ich weiß – oder kann es wenigstens erahnen –, welchen Preis Sie dafür gezahlt haben.»

«Hätte ich ihn einen Monat früher gezahlt, hätte ein Menschenleben gerettet werden können. Kein Preis wäre dafür zu hoch gewesen.»

«Ja, manchmal wäre es schon schön, wenn wir in die Zukunft sehen könnten», sagte Kate und merkte überrascht, daß sie versuchte, ihn zu trösten. Offenbar war dieser Gedanke auch ihm gerade gekommen, denn er lächelte etwas wehmütig. Dann tat er etwas Erstaunliches. Er streckte die rechte Hand durchs Gitter, legte sie ihr aufs Haar und zeichnete ihr mit dem Daumen ein Kreuz auf die Stirn.

«*Absolvo te*, Kate Martinelli. Was Sie und Ihr Partner

getan haben, war notwendig und richtig, Sie brauchen sich nicht dafür zu entschuldigen.» Einen Moment noch ruhte seine Hand schwer und warm auf ihrem Haar, dann trat er zurück. «Gute Nacht, Kate Martinelli. Schlafen Sie gut.»

27 Von Natur aus gehörte er zu der Sorte von Menschen, die eine bestimmte Eitelkeit besitzen. Diese Eitelkeit ist das Gegenteil von Stolz, sie steht vielmehr der Demut sehr nahe.

Kate führte die Ermittlungen zu Ende und trat auch in der Verhandlung gegen Thomas Darcy als Zeugin auf, aber sie war nicht mehr mit dem Herzen dabei. Nach David Sawyers Aussage war ihr der Fall merkwürdig ferngerückt. Er berührte sie kaum noch.

Nachdem sie nun den Namen kannten, ging alles sehr schnell. Durch das Flugticket, eine Tankstellenquittung und einen Empfangschef mit gutem Gedächtnis ließ sich nachweisen, daß Thomas Darcy die Woche, in der sein Bruder ermordet worden war, in San Francisco verbracht hatte. Ein partieller Fingerabdruck und Röntgenbilder vom Gebiß, die sein Zahnarzt in Fort Worth zur Verfügung gestellt hatte, lieferten die Bestätigung dafür, daß es sich bei dem Toten um Alexander John Darcy handelte. Als Thomas Darcy Beatrice beseitigte, war er vorsichtiger zu Werke gegangen, dennoch waren ihm Schnitzer unterlaufen: Bei der Leihwagenfirma hatte er seine Kreditkarte benutzt; ein Zeitungshändler in Fort Worth sagte aus, daß Darcy die Zeitung vom Mittwoch, die das Interview mit Beatrice gebracht hatte, am Tag nach ihrem Erscheinen bekommen hatte. Und ein Verkäufer in einer Pacifica-Eisenwarenhandlung erinnerte sich, daß Darcy dort eine kleine, kräftige Drahtschere gekauft hatte. Die Schere hatte er mit nach Texas genommen, wo die Polizei sie in einer Küchenschublade fand. Die gerichtliche Untersuchung ergab, daß der Ring, den man in der Nähe der Toten gefunden hatte, mit ebendieser Schere durchtrennt worden war. Ein Ring, an den sich viele ihrer Bekannten erinnerten, unter anderem die Besitzer des *Sentient Beans*, die auch bei dem Prozeß gegen Darcy aussagten. Der partielle Fingerabdruck an dem Ring ergab so viele Übereinstimmungen, daß damit die Weichen gestellt waren.

Im Falle seines Bruders befand die Jury auf Totschlag, im Fall von Beatrice aber lautete das Urteil auf vorsätzlichen Mord.

Für den Tod von Theophilus wurde Thomas Darcy nicht zur Rechenschaft gezogen, obgleich sich in der Spalte zwischen Sohle und Oberleder eines seiner Stiefel Hundeblut gefunden hatte. Das alles aber stellte sich erst später heraus.

An dem Tag, als Thomas Darcy in Fort Worth festgenommen wurde, kümmerte sich Kate persönlich um David Sawyers Haftentlassung. Sie wartete, bis er die orangefarbene Gefängniskleidung abgelegt hatte und man ihm seine Jeans, sein Hemd, Dufflecoat und Strickmütze, die Stiefel, an denen noch der Staub von Barstow haftete, den Rucksack mit den beiden Büchern und der Flasche mit abgestandenem Wasser sowie den abgetragenen Trauring zurückgegeben hatte. Als er auf den Gang trat, sah er Kate Martinelli, die sich auf einen Wanderstab mit geschnitztem Kopf stützte. Der Stab war dreißig Zentimeter größer als sie.

Er blieb stehen.

«Ich dachte mir, daß Sie vielleicht auch gern Ihren Stock zurückhaben möchten», sagte sie.

Er machte keine Anstalten, ihr den Stab abzunehmen. «Können wir irgendwo noch einen Kaffee trinken?»

Sie schleppte den sperrigen Stab durch die Gänge, in den Fahrstuhl und auf die Straße, manövrierte ihn mühsam durch die Tür des Coffeeshop und lehnte ihn an die speckige Wand hinter ihrem Stuhl. Dabei überlegte sie, ob er ihr das verflixte Ding auf Dauer überlassen wollte und was um Himmels willen sie damit machen sollte.

Die Bedienung kam mit ihrem Block. Sie sah genauso angekratzt und mitgenommen aus wie ihr Namensschild, das krumm und schief an dem schlappen Nylonkittel steckte.

«Nur Kaffee bitte», sagte Kate.

Sawyer sah der Kellnerin lächelnd in die dunklen Augen. «Ich hätte auch gern eine Tasse Kaffee, Elizabeth. Und könnte ich etwas Sahne und Zucker dazu haben?»

Die junge Frau klapperte verdutzt mit den Augendekkeln, und Kate war ganz seltsam bewegt, weil sich Sawyer so unverhohlen an diesen alltäglichen Worten freute. Es war, als ob er sie sich auf der Zunge zergehen ließ, ehe er sie aussprach, und sie glaubte jetzt zu wissen, was Eve Whitlaw gemeint hatte, als sie von seinen eindrucksvollen Vorlesungen und anderen öffentlichen Auftritten sprach.

Der Kaffee kam umgehend. Sawyer riß zwei Tütchen Zucker auf, gab sie zusammen mit einem großzügigen Schuß Sahne in die Tasse, die wohl früher einmal weiß gewesen war, rührte um und legte den Löffel auf den Tisch.

«Die Beerdigung von Beatrice ist heute nachmittag», sagte er.

«Ich komme hin, und Al wird auch da sein.»

«Ich habe Phil Gardner gebeten, den Trauergottesdienst zu halten.»

«Da Ihre Lizenz erloschen ist», ergänzte sie lächelnd.

«Ich finde, daß ich nicht mehr das Recht habe, einen Talar zu tragen.»

In diesem Moment sah Kate, daß er auch seinen Trauring nicht mehr trug, und setzte energisch ihre Tasse ab. «Sie können nicht alle Sünden dieser Welt auf sich nehmen, David. Nicht Sie haben Beatrice umgebracht, sondern Thomas Darcy hat sie auf dem Gewissen. Sie trifft noch weniger Schuld als den Reporter.»

«Ich verspreche Ihnen, nur meine eigenen Sünden auf mich zu nehmen.»

«Aber warum –»

Er hob eine Hand. «Nein, damit muß ich allein fertig werden, aber ich weiß, daß Sie mir helfen wollen, und dafür bin ich Ihnen dankbar.»

«Wo wollen Sie hin? Haben Sie schon eine Bleibe?»

«Eve möchte, daß ich nach der Beerdigung mit ihr in das Haus ihrer Freunde gehe. Sie hat mich gebeten, sie nach England zu begleiten, wenn sie die Behörden dazu bewegen kann, einem Mann ohne Ausweispapiere einen Paß auszustellen.»

«Und werden Sie das tun?»

Sawyers Blick ging zur gegenüberliegenden Wand. Lange betrachtete er den Stab mit dem geschnitzten Kopf hinter Kate, und ganz allmählich entspannten sich seine Züge, verlor sich der leidvoll-verhärmte Ausdruck, der sich dort eingenistet hatte, als er von dem Mord an Beatrice erfuhr. Fast widerstrebend löste er den Blick von seinem Stab und sah wieder Kate an, aber statt ihre Frage zu beantworten, stellte er eine Gegenfrage: «Kommt Ihre Freundin auch zu der Beerdigung?»

«Lee? Ich habe sie nicht gefragt. Solche Unternehmungen sind für sie nicht einfach. Sie sitzt im Rollstuhl.»

«Ich weiß. Aber unter Umständen könnte es ihr etwas geben ...»

«Lee hat in den letzten Jahren mehr Trauerfeiern mitgemacht, als ihr lieb war», sagte Kate nüchtern. Sawyer nickte verständnisvoll, trank seinen Kaffee aus und erhob sich. Kate ging zur Kasse, um zu zahlen, und als sie sich umdrehte, stand Sawyer auf der Straße, während der Stab noch an der Wand lehnte. Sie holte ihn, stellte sich neben Sawyer auf den Gehsteig und betrachtete die vertraute heruntergekommene Umgebung.

Sawyer beobachtete ein schmutzstarrendes, klapprigzahnloses Individuum auf der anderen Straßenseite, das gewissenhaft den Inhalt einer Mülltonne inspizierte. Kate erwartete ein treffendes Zitat über den Zustand der Menschheit, aber als er den Mund aufmachte, äußerte er sich in seinen eigenen Worten und zu seinem eigenen Zustand. «Was ich Ihnen gesagt habe – mit Ausnahme der Tatsache, daß ich Thomas Darcy mit einer Straßenkarte in der Hand im Wagen habe sitzen sehen –, dürfte vor Gericht als die Wiedergabe von Behauptungen Dritter keine Beweiskraft haben.»

«Mag sein, daß in manchen Punkten ...»

«In fast allen Punkten. Sie brauchen meine Aussage nicht.»

«Kommt drauf an, was die Sachverständigen noch rausbekommen. Wenn er seine Spuren sorgfältig verwischt hat, sitzen wir schön in der Scheiße.»

«Und dann halten auch meine dürftigen Aussagen den Fall nur mühsam zusammen.»

«Stimmt schon, aber –»

«Und die Verteidigung wartet vermutlich nur darauf,

sie nach allen Regeln der Kunst zu zerpflücken. Danke für Ihre Freundschaft, Kate Martinelli», sagte er unvermittelt. «Wir sehen uns heute nachmittag in der Kirche.»

«Einen Moment noch, David. Wollen Sie Ihren Spazierstock nicht mitnehmen?»

Er sah den Stab an, sah Kate an, und dann ging ein sehr sanftes, sehr inniges Lächeln über sein Gesicht. Ein Erasmus-Lächeln.

«Doch, natürlich.» Er legte die Hand kurz auf den abgegriffenen geschnitzten Kopf, ließ sie dann bis zu der anderen blankgewetzten Stelle in Schulterhöhe gleiten, dann wandte er sich um und ging davon.

Kate staunte über sich selbst, als sie vom Büro aus Lee anrief und fragte, ob sie zur Beerdigung einer ihr völlig fremden obdachlosen Frau gehen wolle, und staunte noch mehr, als Lee ja sagte.

Ein halbes Dutzend Fotografen lungerte vor den Kirchenstufen herum, und Kate, die das vorausgesehen hatte, fuhr einen Block weiter. Dort stand das Fahrzeug des Beerdigungsinstituts. Sie stellte sich dahinter, schob Lee aus dem Wagen und betrat die Kirche durch einen Seiteneingang.

Die Trauergemeinde war überraschend groß. Kate sah in den Kirchenbänken viele Gesichter, die sie von der Ermittlung her kannte – Obdachlose, ein paar Geschäftsleute aus dem Haight-Bezirk, wo Beatrice «zu Hause» gewesen war. Krishna und Leila aus dem *Sentient Beans* saßen ganz vorn, die drei Veteranen, der verstörte Tony in der Mitte, hockten sprungbereit in der letzten Bank. Auch ein paar Reporter – kenntlich an sauberen Krawatten und unbeschädigten Sakkos – waren erschienen. Al Hawkin saß ihr fast unmittelbar gegenüber.

Von David Sawyer keine Spur.

Das alles registrierte Kate, während sie für Lee einen Platz im Mittelgang suchte und sich neben sie ans Ende einer Bank setzte.

Vom Altar her hörte sie Philip Gardner sagen: «Wir danken Dir, daß Du sie uns, ihrer Familie und ihren Freunden geschenkt hast als eine liebenswerte Gefährtin auf unserer irdischen Pilgerfahrt. In Deiner grenzenlosen Güte tröste uns, die wir trauern.»

Einer der weißgekleideten Diakone neben Philip Gardner machte eine leichte Bewegung, und Kate sah genauer hin. Es dauerte einen Augenblick, bis sie begriffen hatte, daß es David Sawyer war, und noch einmal eine Weile, bis sie in ihm Bruder Erasmus erkannte.

Der Gottesdienst nahm seinen Lauf. Gemeindemitglieder standen auf, verlasen mehr oder weniger fließend irgendwelche Texte, ein Choral wurde gesungen und noch einer, und dann hob Philip Gardner die Hände zum Segen, und es war vorbei. Talare und Chorröcke zogen durch den Gang, die Gemeinde schloß sich an, und dann saß Sawyer – oder Erasmus? – auf der Bank vor Kate und hielt Lees Hand. Sie machte die beiden miteinander bekannt, auch wenn das offenbar kaum noch nötig war.

«Die Heilerin, der man Wunden geschlagen hat», sagte er, als Kate Lees Namen nannte.

«Dasselbe könnte man von Ihnen sagen», gab Lee zurück.

«Antwortet einem Narren nach seiner Narrheit», sagte er lächelnd.

«Und sind Sie ein Narr?» Lee beugte sich vor, um das zerfurchte Gesicht genauer erkennen zu können. «Spreche ich mit Bruder Erasmus oder mit David Sawyer?»

«Ich bin der Narr des Glücks. Ein alter, kindischer

Narr, der einen Fuß schon in der Grube hat. Ein verrückter Narr mit kurzem Verstand. Wie gut steht einem Schalksnarren weißes Haar!»

«Ich finde sogar, daß weißes Haar einem Narren sehr gut steht. Wie heißt es doch: ‹Der Bursch ist klug genug, den Narrn zu spielen …›»

David Sawyer sah fast ein wenig betreten drein und schien froh zu sein, als Al Hawkin zu ihnen trat und das Gespräch unterbrach. Er stand auf und schüttelte dem Inspector die Hand.

«Ist dies der Mann, der die Erde zittern läßt und Königreiche erschüttert? Hast du mich gefunden, mein Feind?»

Hawkin lachte. «Von Feindschaft kann keine Rede sein. Ich wollte mich nur für Ihre Hilfe bedanken und Ihnen alles Gute wünschen.»

«Ende gut, alles gut.» Er wandte sich an Kate, und sie wartete auf sein Lächeln und seine Worte. Worte, die nicht seine eigenen waren, die er sich aber zu eigen gemacht hatte. «Der Herr segne und behüte dich, der Herr lasse sein Angesicht leuchten über dir und gebe dir Friede.»

«Sie wollen also wieder auf die Straße?» fragte sie.

«Es ist besser, ein gutes Werk nicht anzufangen, als es zu beginnen und dann aufzugeben», sagte er leise.

«Sie werden alt, David», sagte sie unumwunden. «Das ist etwas für junge Leute. Sprechen Sie mit Philip Gardner. An seinem Institut könnten Sie bestimmt viele gute Werke tun.»

Jetzt lachte er fast. «Mag auch oft es Streit hier geben, laß mich akademisch leben!» Kate hatte Eve Whitlaw nicht kommen sehen. Jetzt hörte sie die sehr englische Stimme hinter sich, in der ein Ton trauriger Enttäuschung schwang. «Er war ein Hochgelehrter, reif und tüchtig.»

Bruder Erasmus sah sie über Kates Schulter hinweg an und schüttelte sacht den Kopf.

«Dann passen Sie wenigstens gut auf sich auf», sagte Kate, «und seien Sie nicht wieder so leichtsinnig wie damals bei dem betrunkenen Kerl, das kann auch mal schiefgehen.»

Er lächelte jetzt, und allen war klar, daß er zu der Quelle seiner schönen, stillen Heiterkeit zurückgefunden hatte. «Der Herr ist mein Licht und meine Rettung», sagte er schlicht. «Wen sollte ich fürchten?»

28 Die Freunde des heiligen Franziskus haben es fertiggebracht, ein Bild von ihm zu überliefern, das einer liebevoll-frommen Karikatur gleicht.

Bruder Erasmus, einstmals David Matthew Sawyer, seines Zeichens ordinierter Pfarrer und Hochschullehrer, verbrachte die nächsten zwölf Tage bei seiner alten Bekannten Eve Whitlaw im Haus ihrer Freunde in Noe Valley. Doch als der Ostermorgen kam, war er nicht mehr bei ihr und weilte auch nicht mehr in San Francisco.

Weder Kate noch Al Hawkin sahen ihn je wieder. Doch die Obdachlosen und Vergessenen, die Armen und Verlorenen vieler Großstädte wissen so manches über Bruder Erasmus zu berichten. Er sei ein reicher Mann gewesen, der sich erniedrigt habe, sagen sie, er habe einen kleinen schwarzweißen Hund an seiner Seite gehabt, eine Art Schutzgeist, der von einem Unhold getötet wurde, den seinerseits Erasmus bezwang. Bruder Erasmus habe einen kranken Jungen geheilt, sagen sie, er habe weissagen und übers Wasser wandeln können.

Er sei tot, sagen sie. Aber sie sagen auch, daß er lebt und unerkannt durch die Straßen streift. Manche nennen ihn einen Heiligen. Andere sagen, er sei ein Narr gewesen.

All das sagen sie über den Mann, der sich Bruder Erasmus nannte.

Und all das ist wahr.

Das jeweilige Motto zu den einzelnen
Kapiteln ist G. K. Chestertons Biographie des
heiligen Franziskus von Assisi entnommen
(Garden City, N.Y.: Doubleday, 1924).
Der auf Seite 142ff. zitierte Abschnitt und
der Hinweis auf die zeitgenössische irische
Narrengemeinde auf Seite 111ff. stehen
bei John Saward, Perfect Fools, Oxford:
Oxford University Press 1980.
Lektorat: Gunnar Cynybulk

Die Originalausgabe erschien 1995
unter dem Titel «To Play the Fool»
bei St. Martin's Press, New York
Umschlaggestaltung any.way, Barbara Hanke
(Foto: Tony Stone Images / Jed Share)
Satz Garamond PostScript (PageOne)

Laurie R. King

«Wenn jemand die Nachfolge von P. D. James antritt, dann **Laurie R. King.**»
Boston Globe

Die Gehilfin des Bienenzüchters
Kriminalroman
(rororo 13885)
Der erste Roman einer Serie, in der Laurie R. King das männliche Detektivpaar Sherlock Holmes und Dr. Watson durch eine neue Konstellation ersetzt: dem berühmten Detektiv wird eine Assistentin – Mary Russell – zur Seite gestellt.
«Laurie King hat eine wundervoll originelle und unterhaltsame Geschichte geschrieben.» *Booklist*

Tödliches Testament
Kriminalroman
(rororo 13889)
Die zweite Russell-Holmes-Geschichte.

Die Apostelin *Kriminalroman*
(rororo 22182)
Mary Russell und Sherlock Holmes, der wohl eingeschworenste Junggeselle der Weltliteratur, haben geheiratet. Aber statt das Familienidyll zu pflegen, ist das Paar auch in dem dritten Band über den berühmten Detektiv und seine Assistentin wieder mit einem Mordfall beschäftigt.
«*Die Apostelin* ist ein wundervolles Buch. Ich habe diesen Roman geliebt.»
Elisabeth George

Tödliches Testament
Kriminalroman
(rororo 13889)

rororo Unterhaltung

Die Farbe des Todes *Thriller*
(rororo 22204)
Drei kleine Mädchen sind ermordet worden. Kein leichter Fall für Kate Martinelli, die gerade erst in die Mordkommission versetzt wurde und noch mit der Skepsis ihres Kollegen Hawkin zu kämpfen hat.

Die Maske des Narren
Kriminalroman
(rororo 22205)
Kate Martinelli und Al Hawkin übernehmen ihren zweiten gemeinsamen Fall.

Geh mit keinem Fremden
Kriminalroman
(rororo 22206)

Die Feuerprobe *Roman*
Deutsch von Eva Malsch und Angela Schumitz
544 Seiten. Gebunden.
Wunderlich (September 2000)